KB237113

허담 新무협 판타지 소설
FANTASTIC ORIENTAL HEROES

# 무천향
武天鄉

무천향 7
허담 新무협 판타지 소설

초판 1쇄 찍은 날 § 2009년 5월 6일
초판 1쇄 펴낸 날 § 2009년 5월 11일

지은이 § 허담
펴낸이 § 서경석

편집장 § 문혜영
편집책임 § 정서진
편집 § 문정흠

펴낸곳 § 도서출판 청어람
등록번호 § 제1081-1-89호
등록일자 § 1999. 5. 31
어람번호 § 제2-1734호

주소 § 경기도 부천시 원미구 심곡2동 163-2 서경B/D 3F (우) 420-822
전화 § 032-656-4452팩스 § 032-656-4453
http://www.chungeoram.com
E-mail § eoram99@chollian.net



ISBN 978-89-251-1792-8 04810
ISBN 978-89-251-1582-5 (세트)

7
깨어진 은하
은하의 계곡
무천향
武天鄕
허담 新무협 판타지 소설
FANTASTIC ORIENTAL HEROES
도서출판
청어람

# 目次

第一章
파열(破裂)

서늘한 바람이 파소의 뺨을 스쳤다. 파소는 성해에서 시작된 강바람을 뚫고 북쪽으로 달리고 있었다. 북쪽에 치우친 검산과 동쪽에 자리 잡은 정종을 잇는 작은 소로의 중간 지점에서 세 무리의 고수들이 뒤엉켜 들고 있었다. 그렇다고 싸움이 일어난 것은 아니었다. 세 무리는 제각기 도검을 빼 들긴 했으나 누구도 먼저 상대를 향해 손에 들고 있는 검을 휘두르지는 않았다.

싸움이 시작되지 않은 모습에 안도의 한숨을 내쉬며 파소가 공력을 좀 더 끌어올렸다. 전신에 흐르고 있는 선검의 정순한 기운이 순식간에 파소의 몸을 십여 장 앞쪽으로 밀어댔다.

파팟!

파소가 공력을 빌어 땅을 박차고 허공으로 솟구쳤다. 파소
는 한 번에 사오 장 거리를 도약하며 마치 나는 새처럼 세 무리
의 고수들이 모여 있는 지점까지 순식간에 도달했다.

"소천!"

파소가 장내에 도착하자 정종 고수들 중 한 명이 놀란 얼굴
로 파소를 맞이했다. 육십대 초반으로 보이는 지긋한 나이. 그
러나 파소가 이름을 알지 못하는 사람이었다.

"어찌 된 일입니까?"

상대의 이름을 몰라도 그가 정종의 고수라는 사실은 분명했
기에 파소가 서슴없이 질문을 던졌다. 파소의 모습은 평소의
그와는 달리 무척 냉정했다.

"검산 심가의 형제들이 정종에 머물기를 원합니다."

물론 장내의 사정을 모르는 것은 아니었다. 파소는 좀 더 자
연스럽게 이 일에 끼어들 기회를 만들고자 정종의 고수에게
질문을 던진 것이었다.

정종 고수의 대답을 들은 파소가 천천히 고개를 돌려 정종
과 검산 고수들 사이에 서 있는 사십여 명의 사람들을 바라봤
다. 남녀노소가 골고루 섞여 있는 무리는 긴장한 듯 얼굴이 굳
어 있었으나 파소가 등장하자 마음이 놓이는지 어느 정도 여
유를 되찾고 있었다.

"정종에 머물길 원하신다고요?"

다시 파소가 질문을 던졌다. 그러자 검산 심가의 식솔 중 칠
십이 넘어 보이는 노인이 앞으로 나서며 파소의 질문에 대답

했다.

"그렇소이다, 소천!"

대답을 하는 노고수를 잠시 바라보던 파소가 불쑥 입을 열었다.

"성함을 알 수 있겠습니까? 무천향에서 지낸 시간이 짧아 향의 노고수분들의 존대성함을 모두 알고 있지 못합니다."

"난 심정이라 하오. 음, 소천 외조부의 사촌 동생이오."

순간 파소가 재빨리 자세를 바꿔 노고수에게 포권을 해 보이며 입을 열었다.

"파소가 외숙조를 뵈옵니다."

파소의 갑작스런 인사에 잠시 어리둥절하던 심정이 한순간 얼굴에 미소를 지으며 고개를 끄덕였다.

"그리 말해주니 고맙구려."

파소의 행동은 장내에 적지 않은 영향을 끼칠 수 있는 행동이었다. 파소가 심정을 외숙조라 불렀다는 것은 곧 검산 심가를 자신의 외가로 인정한다는 것이고, 그건 검산 심가가 위기에 빠졌다면 그들을 위해 나서겠다는 의미였기 때문이다.

"그런데 무슨 일로 이렇게 모든 식솔을 이끌고 정종으로 오시는 겁니까? 그리고 저들은 또 무슨 일입니까?"

역시 모르고 하는 질문은 아니었다. 파소의 시선이 검산 심가의 사람들을 북쪽에서 반원형으로 둘러싸고 있는 이십여 명의 검산 고수들을 향했다. 그러자 심정이 노기가 서린 음성으로 검산의 고수들을 노려보며 입을 열었다.

"본 가문은 검산 육조사의 후인임에도 불구하고 그동안 지나치게 검산의 다른 가문들에게 핍박을 받아왔소이다. 그런데 최근 들어 그들이 더더욱 노골적으로 본 가를 압박하는 통에 신변의 위협을 느껴 본 가의 거처를 정종으로 옮기기로 한 것이라오. 그런데 저들은 그것조차도 용납하지 않겠다고 이렇게 우리를 추격해 왔구려."

심정의 말에 파소가 걸음을 옮겨 검산의 추격자들을 앞에 섰다.

"그대들을 무슨 이유로 이들의 행보를 막으려고 하는 것이오?"

파소의 추궁에 추격자들 중 한 명이 앞으로 나서며 입을 열었다.

"우린 검산 심가가 나머지 다른 다섯 가문의 마음을 오해해 검산을 떠난다기에 그 오해를 풀기 위해 따라온 것뿐이오."

"그대의 이름은?"

파소가 차가운 인상의 육십대 노인을 바라보며 물었다. 검산 심가를 추격해 온 자들은 대부분 오십이 넘은 자들로, 그 기도가 범상치 않아 검산 고수들 중에서도 특히 뛰어난 고수들이 동원된 것이 분명해 보였다.

"난 무자명이라 하오. 혹 소천께선 노부의 이름을 들어보았소?"

자신의 이름을 밝히는 노고수의 태도에서 자신감이 배어 나왔다. 아마도 스스로에 대한 자부심이 대단한 사람인 모양이었다. 사실 그는 자부심을 가질 만한 인물이기도 했다. 무자명은 검산 육종성 중 무무경의 동생으로, 그의 형과 마찬가지로 검산 육조사 중 일인인 불괴 무인의 진전을 이은 사람이었다. 그의 무공은 무천향 백대고수 안에 능히 들어 지난번 성해 변에서 열린 대집회에도 참석했던 고수였다. 그러나 파소의 반응은 무자명의 기대와는 사뭇 달랐다.

"무자명이라… 들어본 것도 같구려."

파소가 심드렁하게 말하자 무자명의 낯빛이 변했다.

"소천께선 이 무천향에 대해 좀 더 관심을 기울여야겠구려."

"물론 이제부터 관심을 가지려 하고 있소. 그런데 나도 한 가지 물어 봅시다."

"말씀하시구려."

"그대들은 검산 심가의 오해를 풀기 위해 따라왔다고 했는데, 그 오해를 도검으로 풀 생각이었소?"

파소가 차갑게 질문을 던지고는 시선을 도를 들고 있는 무자명의 손으로 향했다. 그러자 무자명이 당황한 듯 잠시 말을 끊고 있다가 변명하듯 입을 열었다.

"음, 도를 들게 된 건 정종의 고수들이 달려들었기 때문이오."

무자명이 얼른 파소의 뒤쪽에 도열한 정종 고수들을 보며 말했다. 그러자 파소가 크게 고개를 끄덕이며 말했다.

"아! 그렇소? 그렇다면 서로 오해가 있었단 말이구려. 음, 그럼 큰 문제도 아니구려. 정종이나 검산이나 모두 무천향의 식구들, 이대로 도검을 거두고 각자 자신들의 거처로 돌아가면 되는 일 아니겠소이까? 심가와의 오해는 나중에 풀어도 될 일이고… 그만 돌아가시는 것이 어떻겠소이까?"

파소의 말에 무자명의 말문이 다시 막혔다. 그는 잠시 망설이는 듯한 표정을 짓다가 고집스런 눈빛을 흘려내며 입을 열었다.

"심 노사, 심가의 집은 검산인데 어딜 가시겠다는 거요. 검산으로 돌아가십시다. 가서 그간의 오해를 푸는 것이 어떻겠소?"

무자명의 말에 심정이 고개를 저으며 말했다.

"오해를 풀려면 검산의 종성들께서 나중에라도 향주전에 납시면 될 것이오. 오늘 우리 심가는 정종으로 갈 것이오."

순간 무자명의 눈에서 차가운 살기가 흘러나왔다.

"정녕 이 무자명의 호의를 거절하시겠다는 말이오?"

"하하하, 호의를 베풀려는 사람치고는 그 눈빛이 너무 무섭구려. 이 심정은 무 노사의 눈빛을 감히 감당할 수 없으니 역시 정종에 들어야겠소이다."

"후회할 일은 만들지 마시오."

"너무 늦게 욕망에 물든 검산을 떠나는 것이 오히려 후회스럽소이다."

"그 말… 검산을 모독하는 것이오."

무자명이 노기를 흘려내며 말했다.

“그럼 지금의 검산이 존경받기를 원하시오?”

“감히 검산을 모독하다니… 과연 그대에게 그럴 능력이 있는지 궁금하군.”

스르릉!

서늘한 마찰음이 흘러나오면서 무자명의 손에 들려 있던 도가 도신을 드러냈다.

순간 장내의 분위기가 차갑게 가라앉았다. 곧 하늘에서 눈이라도 내릴 듯한 냉기. 그런데 도를 뽑은 무자명을 보며 파소가 피식 실소를 흘렸다. 그리곤 천천히 입을 열었다.

“하하, 무천향의 소천은 이제 정말 아무 존재감도 없는 모양이군.”

파소의 실소에 무자명이 차가운 눈으로 파소를 보며 물었다.

“무슨 말이시오, 소천!”

“말 그대로요. 무천향의 소천은 더 이상 무천향의 고수들에겐 아무런 의미가 없는 존재인 것 같다는 말이오. 아니면 그대들은 더 이상 무천향의 무인이 아니라고 말하고 싶은 거든지!”

“우린 여전히 무천향의 무인이오.”

“그렇소? 그런데 무천향의 무인이라는 사람이 향의 소천 앞에서 그렇게 함부로 도를 뽑아도 되는 것이오?”

“그는 검산을 모독했소. 그는 그에 대한 대가를 치러야 하오.”

무자명이 단호한 태도로 말했다.

“향에는 천률이 있고, 또한 그 천률을 집행하는 율사들이 있소.”

파소의 말에 무자명이 냉정한 어투로 말했다.

“그들은 이미 공정함을 상실했소. 검산은 그들을 향의 천률을 주관하는 자들로 인정할 수 없소.”

“결국 지금의 무천향을 인정할 수 없단 말이군. 그런데 또 하나 물어봅시다.”

“소천의 질문이라면 얼마든지!”

무자명이 여유있는 태도로 고개를 끄덕였다. 너따위 애송이 소천 정도야 자신들에게 아무런 방해도 되지 않는다는 듯한 태도. 그런 무자명을 보며 파소가 빈정거리듯 입을 열었다.

“그대는 여기 계신 나의 외숙조께 검산을 모독할 능력이 있냐고 물었지. 그래서 말인데… 그대는 과연 무천향의 소천을 모독할 능력이 있는가?”

스릉!

어느새 파소의 손에 낡은 그의 검이 쥐어져 있었다. 파소의 검은 비록 낡았지만 잘 손질되어 있어 검면에서 흘러나오는 기운은 현묘하기 그지없었다.

파소의 갑작스런 발검에 무자명은 물론, 장내의 모든 사람들의 표정이 급변했다.

“지금… 노부와 무공을 겨루자는 말이오?”

“아니, 그대의 능력을 시험해 보자는 말이지. 과연 향의 소천을 무시할 능력이 있는지 말이야. 어때, 자신있나?”

파소의 말투가 변했다. 차가우면서도 냉정한 파소의 말투는 검산의 노고수 무자명의 자존심을 깡그리 짓밟고 있었다. 이미 서로 등을 돌린 사이란 건 말하지 않아도 알고 있는 일. 하지만 그래도 양쪽은 마지막 남은 예의 정도는 차리는 사이였는데 파소는 그 마지막 예의까지 던져 버린 것이었다.

"애송이, 향주의 혈손이란 이유로 소천이 되더니 눈에 보이는 게 없나 보구나."

"당신은 무벽에 남긴 검흔을 보지 못했나?"

"물론 봤다."

"그런데도 내가 향주의 혈손이라 소천이 되었다고 생각하다니, 그대의 능력은 정말 대단한가 보군. 무벽의 검흔 따윈 안중에도 없는 모양이야."

"애송이, 네 무공이 제법 뛰어나긴 하다만 이 무천향에선 애송이일 뿐이다."

"좋아. 그럼 그토록 대단하다고 지껄이는 늙은이의 능력을 보여봐!"

파소의 말에 무자명의 볼이 한차례 꿈틀거리더니 이내 그의 도끝이 파소를 향해 겨눠졌다.

"소천! 내가 맡겠소."

심정이 재빨리 파소의 앞을 가로막으려 하자 파소가 검을 들지 않은 손으로 심정을 밀어냈다.

"제 싸움입니다. 정말 그렇게 대단한 늙은이인지 확인해 보지요. 제가 물러서면 향의 소천이 모욕을 당하고도 물러났다고 향의 고수들이 모두 비웃을 겁니다.”

“하지만 그는…….”

“알고 있습니다. 무천향에서 늙어온 너구리라는 걸. 하하!”

파소의 말이 끝나자마자 무자명의 노성이 터져 나왔다.

“애송이, 다신 그 주둥일 열지 못하게 해주마! 소천이라고? 흥!”

“나도 마찬가지야. 그 입, 다무는 게 좋겠어! 그리고 지금 그대가 보인 태도는 결국 무천향의 무인이기를 포기했기 때문이라고 생각하겠다. 그렇다면 그대의 목숨을 보장할 수 없군.”

“네 목숨이나 걱정해라, 애송이!”

무자명이 노성을 흘려내며 파소를 향해 달려들었다.

웅!

무자명의 신형이 파소를 향해 일 장 정도 전진하는 순간, 강력한 파공음과 함께 무자명의 도가 사선으로 그어졌다. 순간 무자명의 도에서 시퍼런 도기가 일렁이더니 한순간 쏘아진 화살처럼 도기가 맹렬한 속도로 파소를 향해 뻗어나갔다.

스슥!

무자명의 도기가 파소의 가슴 반 장 정도에 다다랐을 때 파소의 발에서 미세한 소음이 일어났다. 순간 파소의 신형이 기이하게 틀어지며 순식간에 무자명이 만들어낸 도기를 자신의 겨드랑이 아래로 흘려보냈다.

쾅!

파소의 곁을 스쳐 지나간 도기가 땅에 꽂혀들며 강렬한 파

열음을 일으켰다,

"웃!"

"조심!"

순간 파소의 뒤에 늘어서 있던 정종 고수들이 사방으로 비산하며 경고성을 터뜨렸다. 비록 파소에게 손해를 입히진 못했지만 무자명의 이 일도의 초식은 그의 능력을 드러내는 데 충분한 한 수였다. 한순간에 도기를 만들어내는 충실한 공력과 그 도기를 도에서 분리해 상대에게 날릴 수 있는 도법은 가히 무천향 백대고수의 반열에 오른 인물의 무공다웠다.

파소의 얼굴에 가벼운 긴장감이 흘렀다. 과거 무천향의 추방자 백혼이나 몇몇 고수들과 겨뤄보긴 했지만 오늘처럼 무천향 십이조사의 무공을 정통으로 이어받은 노고수와 겨루는 것은 무천향에 든 이후 처음 있는 일이었다. 파소 스스로 자신의 무공에 어느 정도 자신감을 가지고 있었지만 무자명을 가볍게 생각할 수는 없었던 것이다.

파팟!

파소의 신형이 무자명의 도기를 피해낸 것과 동시에 왼쪽으로 이동했다. 무자명은 파소가 자신이 펼쳐 낸 회심의 일격을 피해내자 언뜻 놀란 표정을 지으면서도 파소가 움직인 방향으로 신형을 틀었다.

무자명의 왼쪽 방면으로 움직이던 파소가 한순간 가볍게 검을 휘둘렀다. 그건 마치 손에 든 나뭇가지로 파리를 쫓아내듯 가벼운 동작이었기에 그것이 과연 공격을 위한 초식의 전개인지 아니면 그저 검의 위치를 바꾸기 위한 움직임인지조차 불확실했다.

그런데 다음 순간 갑자기 무자명의 눈에서 기광이 번쩍이더니 그가 다급한 음성을 토해냈다.

"엇!"

슈욱!

무자명의 다급성이 그의 입에서 토해지는 순간, 마치 흔적 없이 수풀을 지나온 뱀처럼 무자명 앞에서 한 줄기 검기가 솟구쳤다.

쩡!

다급성을 토해내면서 급히 휘두른 무자명의 도와 유령처럼 모습을 드러낸 파소의 검기가 격돌했다.

"으음!"

준비없이 급작스럽게 맞이한 격돌에 무자명이 충격을 받은 듯 신음성을 통해내며 대여섯 걸음 뒤로 물러났다. 그러면서도 무자명은 재빨리 시선을 들어 파소의 위치를 확인했다. 파소는 무자명으로부터 오 장여 정도 떨어진 곳에 있었는데, 뒤로 물러서는 무자명을 향해 달려들 것 같지는 않았다.

파소의 위치와 움직임을 확인한 무자명의 얼굴에 안도의 기운이 묻어났다. 그러면서 한줄기 비웃음을 입에 걸었다. 아마도 적의 약세를 보고도 기회를 놓쳐 버린 파소의 미숙함을 비웃는 듯했다.

"강호의 싸움은 무공의 고하로만 결정되는 게 아니지."

　겨우 신형을 바로세우며 무자명이 중얼거렸다. 한 번의 공수 교환에서 손해를 봤음에도 여전히 파소를 아래로 내려다보는 무자명이었다. 그런 무자명을 향해 파소 역시 냉랭한 목소리로 입을 열었다.

　"하지만 일단 그 능력의 차이가 분명하다면 어떤 것도 승부의 추를 바꾸지 못하는 법이지."

　말이 끝나는 순간 파소가 무자명을 향해 득달같이 달려들며 번개처럼 열십자 모양으로 검을 휘둘렀다. 그러자 처음과 마찬가지로 무자명의 전면에 예고없이 열십자 모양의 검기가 불쑥 생겨났다.

　"이, 이건 도대체?"

　무자명의 입에서 절망적인 목소리가 흘러나왔다. 무천향에서 태어나 무천향에서 늙어가는 무자명이었지만 파소의 검술과 같은 기이한 무공을 상대한 경험이 없었다. 그저 가볍게 검을 휘두르는 것이 전부인 파소의 검술은, 한 번 검을 휘두를 때마다 오 장여 밖에 있는 상대의 면전에 강렬한 검기를 만들어 내는 것이었다.

　파소의 무공은 공간의 제약을 무시하는 것과 같았다. 아무리 무인이라 할지라도 공간과 시간의 흐름을 벗어날 수는 없었다. 다른 말로 하자면, 세상에서 가장 빠른 쾌검이라 할지라도 시전자와 목표물 사이에 아무런 흔적도 남기지 않을 수는 없었다. 그런데 파소의 검법은 그 공간의 제약을 무시하고 있었다.

쾅!

한 번 막아낸 파소의 초식이었지만 두 번은 막아내기 힘들었다. 더군다나 이번에는 하나가 아닌 두 개의 검기. 무자명이 급히 휘두른 도에 파소가 만들어낸 검기 하나가 격돌하는 사이, 다른 하나의 검기가 무자명의 옆구리를 베고 지나갔다.

"큭!"

무자명의 입에서 신음성이 터져 나왔다. 순간 파소의 검기가 뚫고 지나간 무자명의 옆구리에서 붉은 피가 솟구쳤다.

"이이……!"

무자명은 그 자신이 감당할 수 없는 큰 부상에 놀라 주춤주춤 뒤로 물러나면서도 파소를 향해 적의를 담은 눈빛을 쏘아 보내며 으르렁거렸다.

"형편없군."

강렬한 적의를 드러내는 무자명을 향해 파소가 차가운 한마디를 내뱉었다. 그 말에 모멸감을 느꼈을까, 무자명이 수치심으로 벌겋게 상기된 얼굴로 노성을 흘려냈다.

"정종도 타락했구나. 사술(邪術)을 쓰다니!"

순간 파소의 입에서 피식 실소가 흘러나왔다.

"사술? 자신이 감당할 수 없는 무공은 모두 사술인가? 그런 편협함으로 어찌 무도를 향해 나아갈 수 있었겠는가? 그러니 욕망에 물들 밖에!"

"닥쳐라."

"닥칠 사람은 내가 아니고 당신이야. 자, 이제 선택하지. 돌아가 목숨이라도 구할지 아니면 이곳에서 죽든지.”

파소가 내놓은 치욕적인 조건에 무자명이 부들부들 몸을 떨었다. 무천향에서 살아오면서 단 한 번도 받아보지 못한 치욕. 그러나 목숨은 명예보다 중했다. 더군다나 이미 야망에 물든 인간에게 목숨이란 그 무엇과도 바꿀 수 없는 것, 무자명의 선택은 이미 정해져 있었다.

“좋아. 오늘은 그만 돌아가마. 하지만 분명히 이 빚을 받아낼 것이다.”

“그건 좋도록 해. 그리고 다시 날 찾아올 때는 최소한 십 초는 받아낼 실력이 되길 기대하지. 물론 그럴 것 같지는 않지만!”

“놈! 두고 보자!”

“제길, 대무천향의 소천에게 놈이라니. 역시 무천향은 이렇게 끝장나는 것인가? 가서 전해라. 난 이 무천향에 별반 미련이 없는 사람이라고, 다시 말해 전쟁을 벌여 서로 공멸해도 상관없단 말이지. 하지만 나의 뿌리가 이곳이니 무천향을 살리겠다면 그걸 막지는 않겠다. 그러나 그러기 위해선 네 뒤에 있는 자들이 향주 앞에 무릎을 꿇고 과거의 죄를 빌어야 할 거라고!”

파소의 눈에서 한줄기 서늘한 한광이 흘러나와 무자명을 꿰뚫고 지나갔다. 이미 부상을 입어 흔들거리고 있던 무자명이 파소의 안광에 정신이 번쩍 든 모습으로 몸을 떨었다. 그리곤 신음이 배어 있는 목소리로 나직하게 명을 내렸다.

"돌아간다!"

파소와 정종의 고수들, 그리고 검산을 탈출한 검산 심가의 식솔들은 무자명이 그 수하들을 이끌고 검산으로 돌아갈 때까지 그 자리에서 움직이지 않았다. 비록 추격자들을 되돌려 보내긴 했지만 장내 고수들의 표정은 그리 밝지 않았다. 오늘 일이 의미하는 바가 너무도 명확했기 때문이다.

"소천, 가십시다."

검산 심가의 수장 격인 심정이 검산으로 돌아가는 검산 고수들을 바라보고 있는 파소에게 말을 건넸다. 그러자 파소가 신형을 돌렸다.

"탈출을 시도할 정도로 긴박한 상황이었습니까?"

파소가 묻자 심정이 고개를 끄덕였다.

"그들은… 이미 피를 볼 작정을 한 듯하외다. 그들이 그렇게 결심을 했다면 검산에 내환이 될 수 있는 우리 심가를 가장 먼저 제압할 것이란 건 누구나 예측할 수 있는 일이라 움직이지 않을 수 없었소이다."

"심가를 제외한 검산의 모든 고수들이 한통속인 겁니까?"

파소의 물음에 심정이 잠시 생각에 잠겼다 입을 열었다.

"아마 처음부터 모두가 한통속은 아니었을 것이오. 하지만 지금은 설혹 검산의 고수 중 다른 마음을 품고 있는 사람이 있다 하더라도 나서서 그들의 행보를 반대할 입장이 아니오. 이미 검산은 패도의 길을 걷고 있소이다."

"역시 그 중심에는 탁발로, 그자가 있는 건가요?"

"그게 참 이상한 일이외다."

심정의 대답에 파소가 심정을 돌아봤다. 누가 보아도 현재 검산의 최강자는 탁발로였다. 그런데 심정의 반응은 마치 탁발로가 이 일의 주재자가 아닌 듯한 표정이었다.

"탁발로 뒤에 다른 사람이 있는 겁니까?"

"일단 검산을 움직이는 사람은 탁발로, 그가 맞소이다. 그런데 과거 소천의 아버님을 죽음으로 몰아넣은 인물은 탁발로가 아닌 듯합니다. 지난번 대집회에서 소천이 새로 정해진 후 돌아가는 길에 탁발로가 이런 한탄을 하더이다. 그도 실수할 때가 있군. 이리되면 그가 삼십 년 전 벌인 일은 아무런 소용이 없게 되어버렸구나. 이젠 그의 방법으론 곤란하겠어. 시작은 그가 했으나 끝은 내가 맺어야겠어, 라고 말이오."

"음, 그가 누군지는 모르십니까?"

그러자 심정이 잠시 침묵을 지키다 입을 열었다.

"정확한 것은 아니나 짐작 가는 사람이 있기는 하오."

"누굽니까?"

"소유거… 난 그가 의심스럽소이다."

"대성사 소유거 말입니까?"

파소가 놀란 얼굴로 심정을 바라봤다. 그러자 심정이 고개를 끄덕이며 입을 열었다.

"대성사 소유거는 사실 알려진 것과는 조금 다른 사람이지요. 대부분 그가 대쪽 같은 성격에 패도적인 성정을 지니고 있다고 알고 있지만, 그를 잘 아는 사람들은 그가 무척 뛰어난 심계를 지닌 음흉한 인물이라는 걸 모르지 않소이다. 검산에서 그는 육종성에 속하지는 않지만 그에 버금가는 권위를 지니고 있을 뿐 아니라 대성사라는 지위로 인해 외부로의 출입이 가장 자유로운 인물이라고 할 수 있소이다. 그러니……."

"하지만 그것만으로는……."

"물론 그것만이 아니오. 지난번 대집회가 끝난 이후 그는 검산의 행보를 전면에 나서서 주관하고 있소이다. 물론 탁발로가 중심에 있지만 검산의 행보는 모두 그의 머리에서 나오고 있소이다. 그리고… 결정적인 것은 대성사 소유거는 젊은 시절 지금 율관에 갇혀 있는 심연동, 고연수 등과 마치 의형제처럼 가까운 사이였단 것이오. 난 그 두 사람이 자의로 광혈단을 무극동천에 들여보낼 배포가 있다고는 생각지 않소이다. 비록 그들이 십이종성이라 할지라도 말이오."

심정의 말에 파소가 고개를 끄덕였다. 심정은 검산 사람이다. 그만큼 검산의 사정을 잘 아는 인물은 아마도 없을 터였다.

"일을 누가 시작했든 결국 지금은 검산 전체가 무천향의 적이 된 것이군요."

"그렇다고 해야 할 것이오. 본래 큰 불도 작은 불씨에서 시작되는 법이니, 소유거 그자는 그냥 작은 불씨에 지나지 않았을지도 모르오. 애당초 검산 고수들의 마음속에 야망이 없었다면 소유거가 일으킨 불씨는 중도에 사그라졌을 것이오. 그런데 그 불씨가 꺼지지 않고 이렇게 강하게 타오르고 있으니, 결국 대다수 검산 고수들은 무도를 추구하는 무천향에 지쳐 버린 것이라고 해야 할 거요. 그 대신 그들은 패도(覇道)를 택한 것일 테고……."

파소와 심정이 대화를 나누는 사이 일행은 어느새 향주전을 통과해 송림에 마련된 정종 수뇌부의 천막 앞에 도달했다. 송림에선 향주 을도산이 몇몇 정종 고수들과 함께 심정과 검산 심가의 식솔들을 기다리고 있었다.

"어서 오시게. 고생했네."

"고생이랄 것까지야 있겠습니까? 다행히 소천께서 마중을 나오셔서 힘들지 않게 검산을 벗어날 수 있었습니다."

심정이 을도산에게 허리를 숙이며 말했다.

"그쪽 상황은 어떤가?"

"썩 좋지는 않습니다. 모두는 아니지만 대부분 흥분으로 투기를 끌어올리고 있습니다."

"휴, 한판 붙자는 것이군. 결국 이렇게 되는 것인가?"

"어쩔 수 없는 일이지요. 사람들의 마음속에 야망의 바람이 들어갔으니 누구도 그들의 행동을 말리지 못할 겁니다. 대비를 철저히 하시는 것이……."

"음, 싸움을 걸어온다면 피할 생각은 없네. 우린 그들을 상대할 준비가 충분히 되어 있네."

"하지만 그들은 수십 년간 오늘을 기다리며 힘을 기른 자들입니다."

심정이 걱정스런 표정으로 말하자 을도산이 미소를 지으며 대답했다.

"알고 있네. 하지만 나도 지난 수십 년간 만약의 사태에 대해 준비해 왔다네."

순간 심정의 눈빛이 번쩍였다.

"그러셨습니까?"

"후후, 내가 아무리 모자란 인간이라도 대무천향의 향주가 아닌가. 자, 들어가세. 다른 심가의 형제분들은 노사께서 좀 맡아주시구려."

을도산이 곁에 서 있는 을정해를 보며 말하자 을정해가 얼른 고개를 끄덕였다.

"알겠습니다, 그러지요."

심가의 식솔을 을정해에게 맡긴 을도산이 심정을 이끌고 정종의 수뇌들이 모여 있는 천막으로 향했다.


검산 심가의 식솔들이 검산을 탈출해 정종에 들었다는 소문은 삽시간에 무천향에 퍼졌다. 그러자 무천향의 분위기가 한순간 정종 쪽으로 기울어지기 시작했다. 정종은 누가 뭐래도 무천향 최고의 가문이 지키는 곳이었다. 비록 검산에도 검산 육조사의 후예들이 만든 명문들이 있었지만 그들 하나하나를 정종 을씨 가문에 비교할 수는 없었다.

그런 상황에서 검산의 유력 가문 중 하나인 검산 심가가 정

종으로 이동했다는 것은 정종과 검산의 전력에 적지 않은 영
향을 주는 일이었다. 그런데 검산 심가가 정종에 든 삼 일 후
무천향의 그 누구도 예상하지 못했던 사건이 일어났다.


　아침부터 다급한 발걸음 소리가 파소와 석청을 깨웠다. 발
걸음 소리가 파소의 문 앞에 멈췄을 때 파소는 어느새 자리에
서 일어나 있었다.
　"아직 자느냐?"
　단보였다.
　"일어났습니다. 그런데 이렇게 일찍 무슨 일로……?"
　파소가 얼른 문을 열고 밖으로 나갔다. 그러자 단보가 조금
상기된 표정으로 입을 열었다.
　"문제가 일어났다."
　"무슨 일입니까?"
　단보의 표정에서 파소는 이미 심상치 않은 기색을 읽어내고
있었다.
　"간밤에 정종의 인물 수십 명이 정종의 권역을 벗어나 검산
으로 향했다."
　순간 파소가 놀란 눈으로 단보를 바라봤다.
　"그게 무슨……?"
　"다시 말해 정종의 식솔 수십 명이 정종을 배신했다는 말이
다."
　순간 파소의 표정이 기이하게 변했다.

"그들의 힘이 정종에까지 미치고 있었다는 건가요?"

"그렇다고 봐야지. 뭐, 놀랄 일도 아니다. 전대 소천을 암살하려 한 배후에 정종의 노고수인 을산인이 있지 않았었느냐?"

"그렇긴 하지만 놀랍군요. 그들과 뜻을 같이하는 자들이 수십 명이나 있었다니. 그런데 정확히 몇 명이나 간 거죠?"

"대략 스물다섯 정도라더구나. 일단 나가자. 향주께선 이미 막사에 나와 계신다."

"벌써요?"

"일이 벌어진 게 반 시진 전이다. 가자."

단보의 재촉에 파소가 서둘러 걸음을 옮기기 시작했다.

"금방 뒤따라갈게요!"

방 안에서 석청의 목소리가 들려왔다.


파소가 송림의 정종 수뇌부 막사에 도착했을 때, 정종의 노고수들은 일제히 막사 밖으로 나와 서쪽을 바라보고 있었다. 그런데 서쪽을 바라보는 그들의 표정이 하나같이 어두웠다.

"왔느냐?"

파소가 도착하자 을도산이 먼저 입을 열었다.

"소식은 들었습니다."

"음, 정종의 식솔들이 검산으로 간 것 말이냐?"

"예."

"지금 그게 문제가 아니다."

순간 파소의 눈에 의아한 빛이 떠올랐다. 정종의 고수들이 검산으로 이동한 것 말고 더 중요한 문제가 어디 있단 말인가?

의문 어린 파소의 시선을 받은 을도산이 고갯짓으로 성해 건너편 서쪽을 가리켰다. 파소가 을도산의 몸짓에 고개를 돌려 보니 무천향 서쪽의 무성한 대숲에서 수백여 명의 인물들이 걸어나오고 있었다.

"저들은……?"

파소가 놀란 얼굴로 을도산을 바라봤다. 그러자 을도산이 고개를 끄덕였다.

"그래 죽림의 고수들이 모두 몰려나왔다. 도대체 무슨 일인지… 자네, 알고 있는 것 없나?"

을도산이 단보에게 물었다. 단보는 파소를 따라 향주전으로 옮겨온 이후에도 죽림 출입을 자주했다. 을도산의 당부에 따라 죽림의 고수들이 검산 쪽으로 기울어지는 것을 방비하기 위해서였다. 그런데 그런 단보조차 오늘 죽림 고수들이 보이는 행동은 미처 예상치 못하고 있었던 듯싶었다.

"모르는 일입니다. 도대체 무슨 일이 벌어진 건지……."

"자네가 죽림에 다녀온 지 얼마나 됐나?"

"겨우 삼 일입니다. 별다른 동향이 없었는데……."

"삼 일이라. 삼 일이면 충분히 예상치 못한 일들이 일어날 만한 시간이지. 어쨌든 두고 보세. 저들의 어떤 행동을 할 지……."

을도산이 침착한 목소리로 말을 하고는 다시 시선을 돌려 대나무 숲에서 걸어나온 죽림 고수들의 움직임을 주시하기 시작했다.

　대나무 숲을 벗어난 죽림의 고수들은 거의 한 무리로 뭉쳐 성시 가까이까지 전진했다. 그리곤 시전 서쪽의 제법 커다란 공터에서 그 움직임을 멈췄다.

　그런데 그들이 움직임을 멈추는 순간, 한 무리를 이뤘던 죽림 고수들 사이에 미세한 균열이 생겨나기 시작했다. 그리고 채 일각이 지나지 않아 공터에 모인 죽림 고수들은 정확히 두 패로 갈라졌다.

　두 패로 갈라진 죽림 고수들은 거의 같은 숫자로 보였는데, 그중 한쪽은 북쪽에 치우쳐 있었고, 다른 한 쪽은 남쪽에 모여 있었다. 그들은 그렇게 한동안 움직이지 않은 채 서로를 바라보며 뭔가를 이야기하고 있었다. 그런데 그때 불쑥 정종의 종성 중 한 명인 을청산의 목소리가 들려왔다.

　"가봐야 할 것 같습니다."

　"응?"

　을도산이 을청산의 말에 고개를 돌려 을청산을 바라봤다. 을청산은 을도산의 첫째 아우로, 검산 무벽에 도전했던 을경의 부친이기도 했다.

　"검산이 움직였습니다."

　을청산이 손을 들어 북쪽 검산으로 이어지는 산길을 가리켰다. 그러자 과연 일단의 인물들이 숲길을 통해 모습을 드러냈다.

"뭘 하자는 걸까?"

을도산이 중얼거리자 이번엔 또 다른 종성 중 한 명인 을천목이 입을 열었다. 을천목은 정종의 사대종성 중 가장 현명한 자라 알려진 인물이었다.

"아마도 죽림이 분열하고 있고 검산에선 자신들 쪽에 들어오려는 자들을 마중하려는 것일 겁니다. 그러니 우리도 가봐야지 않겠습니까?"

을천목의 말에 을도산이 고개를 끄덕였다.

"그럼 그대가 가보시겠는가?"

"알겠습니다."

을천목이 순순히 고개를 끄덕였다. 그리곤 말이 끝나자마자 훌쩍 몸을 날려 송림 아래로 달려가기 시작했다.

을천목은 마치 한 마리 새처럼 움직였다. 그는 순식간에 향주전으로 들어가더니 눈 깜짝할 사이에 향주전 정문 앞에 모습을 드러냈다. 그리고 그가 향주전 정문에 모습을 드러냈을 때는 이미 그의 곁에 이십여 명 정도의 정종 고수들이 모여 있었다.

향주전을 벗어난 을천목은 정종의 고수들을 이끌고 성해의 남쪽 길을 택해 질주했다. 성시 인근에 모여 있는 죽림 고수들에게 가려면 북쪽 길이 더 가까웠지만 북쪽 길로 이동하면 검산 고수들과 마주칠 수 있었기 때문에 남쪽 길을 택한 모양이었다.

"역시 신중해. 저 사람에게 일을 맡기면 걱정할 게 없지."

을도산이 을천목의 움직임이 마음에 드는지 고개를 끄덕이며 말했다. 하지만 파소의 관심은 을천목의 움직임이 아니라 다른 곳에 있었다.

"그들은 어느 쪽을 선택했을까요?"

파소가 단보에게 물었다.

"그들? 죽림이성 말이냐?"

단보가 되묻자 파소가 고개를 끄덕였다.

"글쎄다. 삼 일 전 만났을 때만 해도 향주의 곁을 지키겠다고 공언하긴 했다만……."

"별로 믿지 않으시는 모양이군요."

"흠, 그들은 이득에 따라 움직일 사람들이다. 결국 어느 쪽에 서는 것이 더 큰 이득인가를 생각하겠지. 소천을 뽑을 때 널 지지했으니 그에 대한 대가를 바라고 이쪽으로 올 수 있고, 또는 그사이 검산에서 혹할 만한 제안을 받았다면 검산으로 갈 수도 있을 것이다. 그리고 솔직히 말한다면, 그들의 성향은 검산에 웅크리고 있는 자들과 더 어울린다고 할 수 있다. 본래 욕망이 강한 사람들이야. 널 지지한 것도 향후 네가 향주가 되었을 때 널 내세워 무천향을 좌지우지하기 위함이란 건 너도 알고 있겠지?"

"물론 그렇지요."

"그런데 그들의 계획이 틀어진 거지. 그들이 널 지지할 때는 무천향이 분열될 거란 생각은 없었을 것이다. 그런데 검산의 늙은이들이 아예 무천향을 쪼개자고 나왔으니 그들은 아마도 또 다른 선택을 하게 될 게야."

"그들이 검산을 선택한다면 죽림의 형제들이 그들을 따라 움직이지 않을까요?"

"글쎄다. 아마 꼭 그렇지는 않을 게다. 너도 알다시피 죽림이란 곳이 한 가문이나 문파의 진전을 이은 곳이 아니지 않느냐? 그냥 외부에서 은하의 계곡을 통해 무천향에 들어온 사람들이 모여 이루어진 곳이니 종성의 영향력도 정종이나 검산에 비하면 보잘것없는 곳이지. 죽림의 무인들은 자신이 원하는 대로 행보를 결정할 것이다."

파소와 단보가 대화를 나누고 있는 사이 어느새 을천목과 정종의 고수들은 수백 명의 죽림 고수들이 모여 있는 성시 인근에 도달해 있었다. 그리고 그즈음 검산에서 내려온 일단의 고수들 역시 죽림 고수들이 양분되어 있는 곳에 도착했다.

그렇게 모인 세 세력의 사람들은 잠시간 무슨 말인가를 주고받는 듯 공터를 떠나지 않았다. 그러나 잠시 후 그들은 서로에게 등을 돌리고 검산과 정종을 향해 움직이기 시작했다.

"얼추 비슷하군."

단보가 중얼거렸다. 그러자 을도산이 담담한 목소리로 말했다.

"기대 이상이군. 난 솔직히 죽림 대부분의 고수들이 검산을 택할 줄 알았는데."

"왜 그렇게 생각하셨습니까?"

단보가 묻자 을도산이 미소를 지으며 대답했다.

"물론 자네의 영향력이 죽림에서 대단하다는 것은 아네. 또한 자네가 지난 며칠간 죽림의 고수들을 공들여 설득했다는 것도 알고. 하지만 기본적으로 죽림의 고수들은 외부에서 들어온 사람들과 그 후예들일세. 다시 말해 무천향의 전통을 지키는 것은 그들에게 별반 중요한 문제가 아닐 수도 있단 말이지. 그러니 현실의 이득을 취하는 쪽으로 움직일 거라 생각했었네."

을도산의 말에 단보가 고개를 저으며 대답했다.

"향주께서도 잘못 보실 때가 있군요."

"응? 내가 실수를 했나?"

"전 오히려 그들이 외부에서 들어왔기에 무천향의 전통을 지키는 쪽에 더 많은 사람들이 모일 거라 생각했었습니다. 정종이나 검산의 무인들은 태어나면서부터 무천향의 삶이 숙명처럼 주어진 사람들이지만, 죽림의 형제들은 스스로 원해서 은하의 계곡을 통과한 사람들이지 않습니까? 애초에 주어진 삶을 사는 자들과 자신이 선택한 삶을 사는 사람 중에서 어느 쪽이 더 자신에게 주어진 것을 소중하게 생각하겠습니까?"

단보의 반문에 을도산이 크게 깨달은 얼굴로 고개를 끄덕였다.

"듣고 보니 과연 자네 말이 맞네. 내가 나이를 헛먹었구만. 맞는 말이야. 스스로 선택한 삶을 사는 사람들이 자신의 삶에 좀 더 치열한 법이지. 오늘 내가 자네에게 크게 배웠네."

"무슨 말씀을. 단견일 뿐이지요."

"단견(短見)이 아니야. 난 저들을 중히 쓸 생각일세. 자네의 말대로라면 저들은 오늘 스스로 정종을 선택했으니 태어날 때부터 정종에 속해 있던 사람들보다 더 믿을 만하다고 할 수 있겠지. 더군다나 그들은 현실의 이득을 버리고 오는 사람들이니까."

을도산의 얼굴에 예상치 않은 선물을 받은 사람의 기쁨이 떠올랐다.


을천목이 이끌고 온 죽림의 고수는 모두 일백오십여 명 정도였다.

죽림의 고수들 가장 앞에는 대성사 남창이 있었고, 그 뒤로 파소에게도 눈에 익은 인물들이 더러 눈에 띄었다. 그러나 죽림이성 두 명의 모습은 끝내 보이지 않았다.

# 第二章

## 누가 집을 비울 것인가?

　양분된 무천향. 파소는 쓸쓸히 비어 있는 죽림을 돌아보고 있었다. 정종의 권역을 벗어나는 것을 극구 만류하는 주변 사람들의 성화에도 불구하고 파소는 홀로 정종을 벗어나 죽림으로 향했다.

　파소는 천천히 죽림의 동쪽으로 난 대나무 숲길을 따라 오르다가 북쪽 석벽 아래로 이어진 길로 들어섰다. 시원한 바람이 불어와 대나무 숲을 물결치게 했다. 파소는 대숲의 시원한 울부짖음을 등 뒤로 하고 북쪽 석벽 아래 난 길을 따라 걸음을 옮겼다.

　얼마간 길을 따라 이동하자 파소의 눈에 익은 초옥이 모습을 드러냈다.

"종성 임하는 검산으로 갔고, 소법 어른은 죽림에 남아 있네. 마음을 정하지 못한 것인지, 아니면 죽림을 고수하겠다는 것인지는 나도 모르겠네. 한편으론 걱정이 되는 것도 사실일세. 검산이 패도를 따르기로 했다면 죽림에 남아 있는 고수들을 그냥 두지는 않을 걸세. 모두 모여야 일백이 안 되는 숫자이니 검산의 고수들이 밀어닥치면 죽림을 내어주지 않는 한 목숨을 잃기 십상일 걸세."

정종으로 죽림의 고수 일백오십여 명을 이끌고 온 대성사 남창이 전한 말이었다.

파소가 죽림으로 향한 이유는 죽림에 남아 있다는 종성 소법을 만나기 위함이었다. 굳이 그를 정종으로 끌어들이려는 목적은 아니었다. 단지 남창의 말대로 소법의 안위가 걱정되어서였다.

죽림을 떠나지 않은 일백여 명의 고수와 그 고수들과 함께하기 위해 죽림에 남은 소법. 파소는 왠지 자신이 소법과 죽림에 남은 고수들에게 빚을 진 것 같은 느낌에 며칠을 고민하다 이렇게 소법을 만나러 죽림을 찾은 것이다.

"어? 어쩐 일이세요?"

죽림이성이 머물던 모옥에 다가가자 모옥 앞에서 누군가 툭 튀어 나오며 파소에게 알은척을 했다.

"넌 여전히 이곳에 남아 있구나."

갑작스레 파소의 앞을 막아선 사람은 죽림이성의 처소에서 두 종성의 시중을 들던 두 명의 소동 중 유수라는 이름을 가지고 있는 아이였다.

"종성 어른께서 남아 계시니 저도 떠날 수 없지요."

소동 유수가 단호한 표정으로 말했다. 자신이 모시는 어른을 생각하는 유수의 심성에 파소의 얼굴에 미소가 지어졌다.

"무소는 떠났느냐?"

"쳇, 그 녀석은 임하 종성님을 따라 검산으로 갔어요."

유수가 투덜거리며 말했다.

"그래, 종성께선 안에 계시느냐?"

파소가 고개를 들어 모옥 안쪽을 살피며 묻자 유수가 고개를 저었다.

"좀 전에 산보를 하시겠다고 모옥 뒤쪽에 있는 대숲으로 가셨어요. 기다리실래요? 아니면 제가 안내를 해드릴까요?"

"음, 지금 향의 사정이 좋지 않으니 내겐 시간이 그리 많지 않구나."

"알았어요. 그럼 절 따라오세요. 소법 종성께서 항상 가시는 곳이 있어요. 아마 오늘도 그곳에 가 계실 거예요."

유수가 자신있게 말을 하고는 앞장서서 파소를 이끌기 시작했다.


유수는 파소를 죽림이성의 모옥 뒤편에 우거진 대숲으로 인도했다. 대숲 중간에는 북쪽 석벽에서 발원한 물줄기가 모여 만들어진 작은 개울이 흐르고 있었는데, 유수의 걸음은 그 개울 너머로 이어져 있었다.

"그런데 어쩐 일이세요?"

문득 앞서 가던 유수가 물었다.

"걱정이 되어서 와봤단다."

"정말이에요?"

유수가 믿기 어렵다는 듯 파소를 돌아봤다.

"그럼 내가 왜 이곳에 왔겠느냐?"

"그야 어르신을 정종으로 데려가려고 오셨겠지요."

"후후, 난 어르신이 원치 않으면 어르신을 굳이 정종으로 모실 생각은 없다. 하지만 이곳에 남아 계시는 것이 무척 위험하단 사실은 부인할 수 없구나. 뭔가 방책을 세워놓아야 할 것 같아서 말이다."

"그렇긴 해요. 이렇게 있다가 어느 한쪽에서 밀고 들어오기라도 하면… 임하 종성께서 떠나시며 그랬거든요. 곧 다시 돌아오겠다고."

"그랬느냐?"

"네. 솔직히 전 그때 무척 겁이 났었어요. 소법 종성께서 떠나지 않겠다니까 무척 화를 내시며 떠나셨거든요."

"그래, 그런 일이 있었구나."

파소가 유수의 말에 고개를 끄덕이는데 갑자기 대숲 저쪽에서 은은한 피리 소리가 들려오기 시작했다. 순간 파소와 유수, 둘 모두 누가 먼저랄 것도 없이 걸음을 멈췄다.

대숲을 떠도는 은은한 피리 소리, 세상에 그 무엇도 존재하지 않는 듯한 허무감이 묻어나는 피리 소리는 사람의 가슴을 텅 비게 만드는 힘이 깃들어 있었다.

누구라도 지금 대숲을 떠도는 피리 소리를 듣는다면 손에 든 도검을 내리고 그 자리에 주저앉아 눈물을 흘릴 수밖에 없을 만큼 강렬한 허무감이 깃든 피리 소리에 어느새 소동 유수가 눈물을 흘리며 그 자리에 주저앉았다.

파소 역시 두 다리에 힘이 풀리는 것을 느끼면서도 피리 소리에 저항할 마음이 생기지 않았다. 오히려 그 피리 소리에 파묻혀 그 자리에 주저앉아 하염없이 눈물을 흘리고 싶다는 욕망이 파소의 마음속에 생겨나기 시작했다. 그런데 바로 그 순간, 한줄기 바람이 조금 강하게 불어오더니 파소의 곁에 있던 대나무를 밀어 다른 쪽 대나무와 제법 강한 충돌을 일으켰다.

딱!

대나무와 대나무가 충돌하며 일어난 충돌음에 파소가 퍼뜩 정신을 차렸다.

'이건 정말 대단하구나. 사람의 혼을 빼놓는 피리 소리라니. 만약 이 피리 소리의 주인이 독한 마음을 먹는다면 수십, 수백 명이 그 자리에서 목숨을 끊을 것이다. 그것도 웃어가면서…….'

파소는 피리 소리에 깃든 강렬한 마력에 자신도 모르게 두려움을 느꼈다. 이제 파소도 강호 경험이 제법 쌓이긴 했지만 이런 식으로 사람을 무기력하게 만드는 것은 처음 겪는 일이었다.

 '이게 바로 음공이라는 거구나. 음공이라면 그저 강한 음파를 만들어내어 그 진동으로 상대를 격살시키는 것으로만 알고 있었는데, 이제 보니 사람의 의식을 제압할 수도 있겠어. 놀라운 일이다.'

 파소가 대숲 저쪽에서 들려오는 피리 소리에 감탄하고 있는 사이 어느새 피리 소리가 서서히 잦아들기 시작했다. 그리고 잠시 후 대숲을 유령처럼 떠돌던 피리 소리가 멎고 숲에는 그저 댓잎 부서지는 소리만이 남았다.

 "이… 이게 어떻게 된 거죠?"

 땅바닥에 주저앉아 하염없이 눈물을 흘리고 있던 유수가 퍼뜩 정신을 차리고 어리둥절한 표정으로 파소에게 물었다.

 "처음 있는 일이었더냐?"

 유수는 죽림이성을 가까이서 모시는 아이였으니 그동안 소법의 연주를 제법 많이 들었을 거란 생각에 파소가 물었다. 그러자 유수가 고개를 저었다.

 "물론 가끔 종성 어르신께서 피리 연주를 하시긴 했지만 이렇게… 이렇게 슬픈 연주는 처음이에요."

 "그랬느냐? 그렇다면 아마도 소법 종성께서 무척 심난하신 모양이구나. 이렇게 공허한 피리 소리를 만들어내신 걸 보니."

 파소가 눈을 들어 피리 소리가 흘러나온 쪽을 바라보며 말했다. 그때 파소의 시선이 가 닿은 곳에서 한마디 음성이 들려왔다.

“수야, 손님을 이쪽으로 모셔오너라.”

순간 파소의 얼굴이 살짝 굳었다.

‘손님이라… 더 이상 날 죽림의 사람으로 보지 않는다는 거군.’

파소가 씁쓸한 미소를 짓는 사이 정신을 차린 유수가 재빨리 걸음을 옮기며 말했다.

“따라오세요.”


유수의 뒤를 따라 이십여 장을 이동하자 대나무 숲으로 사방이 둘러싸인 작은 공터가 나타났다. 공터 중앙에는 사람 키의 두 배쯤 되어 보이는 커다란 바위가 덩그러니 놓여 있었는데, 죽림이성 중 음공의 대가인 소법은 바로 그 바위 위에 올라 앉아 있었다.

“어서 오시게. 무슨 일이신가?”

바위 위에서 소법이 파소를 내려다보며 물었다. 소법은 바위 위에 가부좌를 틀고 앉아 있었는데, 그의 무릎에는 방금 전 그가 불었던 피리가 가지런히 놓여 있었다.

“죽림에 남으셨다는 말을 듣고 찾아와 봤습니다.”

“후후, 역시 대단한 소천이시군. 이 와중에 이렇게 스스럼없이 정종을 벗어나 죽림에 오다니 말이야. 그것도 호위 하나 없이.”

“살던 곳에 다니러 오는데 호위가 필요하겠습니까?”

“클클, 둘 중 하나군. 스스로를 지나치게 믿고 있든지, 아니면 이 죽림에 남아 있는 사람들을 너무 믿고 있든지.”

“굳이 답을 하시라면 후자를 선택하겠습니다.”

파소의 말에 소법이 표정을 굳히며 파소를 바라보다 고개를 까딱이며 말했다.

“올라오게.”

소법의 말이 떨어지자 파소가 그 자리에서 가볍게 도약해 소법이 앉아 있는 바위 위에 사뿐히 내려섰다.

“역시 대단해. 무벽에 도전할 때보다 또 한 단계 발전한 것 같군.”

소법이 파소의 신법을 보곤 중얼거렸다. 파소는 소법의 말에 그저 빙그레 미소를 지어 보인 후 그의 앞에 가부좌를 틀고 앉았다.

“정종에서의 생활은 어떤가?”

“죽림에서만큼 즐겁지는 않습니다.”

“후후, 그렇겠지. 이 상황에 즐거운 사람이 어디 있겠는가?”

소법이 씁쓸한 표정을 지어 보였다.

“왜 죽림에 남으셨는지 여쭤봐도 되겠습니까?”

파소가 정색을 하며 질문을 던졌다. 그러자 소법이 잠시 생각에 잠겼다가 천천히 입을 열었다.

“처음부터 죽림에 남을 생각은 아니었네. 뭐, 자네에겐 미안한 말이지만 사실 검산으로 가려 했었지. 자네가 정종으로 떠날 때 비록 자네에게 힘이 되어주겠다는 약속을 하긴 했지만 자네도 알다시피 나와 임하 그 사람은 제법 속물이거든. 검산의 조건이 좋았어.”

“검산에서 어떤 조건을 내걸었습니까?”

“후후, 정말 마음이 동하는 조건이었지. 만약 그들이 이 싸움에서 승리하게 된다면 정종 을씨 가문의 비전을 우리에게 넘기겠다고 했다네. 자신들은 이미 검산 육조사의 무공이 있으니 을씨의 무공이 필요없다면서… 또한 본래 우리 죽림이성은 정종 출신의 여섯 조사 중 명목으로라도 두 분의 위패를 모시는 것이 관례인지라 정종의 무공을 인수할 정당한 상속자라고도 하더군. 후후, 어떤가? 무척 구미가 당기는 제안 아닌가? 더불어 천하(天下)까지도 말이야.”

정종 을씨 가문의 무공이라면 무천향의 그 누구라도 욕심내지 않을 사람이 없었다. 본래 정종 을씨 가문의 무공은 그 태생부터가 강호의 여타 무공과는 궤를 달리하는 절대비공이 아니던가.

“그런데 왜 남으셨습니까?”

“글쎄, 그걸 나도 모르겠어. 막상 떠나려고 하니 이 죽림이란 곳이 한없이 소중하게 느껴지는 거야. 무천향이야 솔직히 어떻게 되든 상관없다는 생각이 들더군. 이 대나무들의 울음소리는 또 왜 그렇게 사람의 마음을 아프게 만들던지… 내가 음공을 익혀서일까?”

오히려 소법이 파소에게 되물었다.

“오랫동안 살아오신 곳이라 그러셨던 모양이군요.”

“모를 일이야. 어쨌든 그래서 이 죽림을 떠나기로 한 날 아침 난 생각을 바꿨네. 이곳에 남기로 말이야. 그리고 평소 날 따르던 사람들하고 또 몇몇 그 속을 알 수 없는 사람들이 나와 함께 죽림에 남았지. 대략 백여 명쯤 될까?"

"얼추 그쯤 되겠군요."

파소가 고개를 끄덕였다.

"자, 자네 물음에 답을 했으니 자네도 이젠 내 물음에 답을 해주게나. 왜 왔나? 내가 정종으로 가길 바라는가?"

"그래주신다면 좋지요."

"뭘 줄 텐가?"

소법이 진지한 표정으로 물었다. 그러자 파소가 잠시 입을 닫았다.

"아마도 제법 대단한 걸 내놔야 할 걸세. 자네도 알다시피 난 무천향의 십이종성이지만 제법 물욕이 강한 사람일세."

파소가 말이 없자 소법이 재차 입을 열었다. 그런데 소법의 말에 파소가 빙그레 미소를 지었다.

"뭔가? 그 웃음은?"

"얼마 전까진 어땠을지 모르지만 지금은 아니지 않습니까?"

파소의 말에 소법이 눈을 가늘게 뜨며 물었다.

"무슨 말이 하고 싶은 건가?"

"오면서 종성 어르신의 피리 소리를 들었지요. 자칫 그 자리에 주저앉아 눈물을 흘릴 뻔했습니다. 모든 것이 허망하게 느껴지더군요. 그런 소리를 내신 분에게 물욕이 남아 있다고는 생각하기 어렵군요."

“무공만 뛰어난 게 아니라 심기도 뛰어난 모양이군. 하지만 그래서 더 어려울 걸세, 날 죽림에서 끄집어내기란.”

“솔직히 말씀드리자면, 전 종성 어른과 이곳에 남은 고수들이 영원히 죽림에 머물기를 바랍니다. 이곳을 떠난다는 게 어르신과 남아 있는 사람들에게 어떤 의민지 잘 알고 있기 때문입니다.”

“그래? 그런데 왜 찾아왔나?”

“그건 이곳에 남아 있는 것이 너무 위험한 일이라 생각했기 때문입니다.”

“설마 누가 우릴 공격하기라도 할 거란 말인가?”

“아닐 거라 확신하실 수 있습니까?”

파소가 되묻자 소법이 대답을 하지 않고 가만히 눈을 감았다. 그리곤 한참 동안 생각에 잠겼다가 나직하게 입을 열었다.

“그래도 난 그들을 믿고 싶네. 검산과 정종에서 본래부터 살아온 사람들을 믿고 싶단 말은 아닐세. 죽림을 떠나 검산과 정종으로 들어간 죽림의 사람들을 믿고 싶단 말일세. 비록 그들이 각자의 이해득실에 따라 죽림을 떠났지만 그들에겐 이 죽림이 고향과도 같은 곳일세. 아무리 그들이 변했다 해도 고향의 친구들을 향해 검을 들이밀 거라 생각하고 싶진 않구만.”

소법의 목소리에선 어떤 간절함이 묻어 나왔다. 그러나 또한 그의 말에는 힘이 없었다. 비록 말은 그렇게 하고 있지만 그도 만약 정종과 검산 사이에 전쟁이 시작되면 이 죽림이 결코 무사하지 못할 것이란 걸 알고 있었다.

파소가 그런 소법을 안타까운 시선으로 바라보다 나직하게 입을 열었다.

"이 죽림은 그 안에 살고 있는 사람들도 중요하지만 무천향 전체적으로 보자면 지형적으로 중요한 곳이지요. 만약 싸움이 벌어진다면 이곳을 선점하는 쪽이 무척 유리하게 될 것입니다. 그 이득만으로도 이곳은 결코 안전한 곳이 아닙니다."

파소의 말에 소법이 마지 못하는 듯 고개를 끄덕이며 말했다.

"자네가 병법에도 통달한 줄은 몰랐군."

"병법은 모릅니다. 하지만 병법을 모르는 저조차도 이 죽림의 중요성을 아는데 하물며 정종과 검산의 노고수들이라면 오죽하겠습니까? 정종으로 가시지요."

파소가 조심스럽게 다시 정종행을 권했다. 그러자 소법이 살짝 눈을 감았다. 그리고 한동안 말이 없다가 다시 입을 열었다.

"단보와 대성사 남창, 그리고 십이종성 임하. 이들과 난 아주 오랫동안 죽림을 움직여 왔네. 물론 죽림의 고수들이 워낙 자유분방해 그들을 통제한다는 건 애초에 어울리지 않는 일이었지. 하지만 어쨌든 우리 네 사람의 말은 죽림에서 제법 무게를 지니고 있었지. 그래서 우리 네 사람은 중요한 문제가 있을 때마가 서로의 의견을 물어 죽림의 대소사를 결정해 왔네. 때문에 난 그 세 사람의 성정을 잘 알고 있지. 아마 단보 그 사람과 대성사 남창은 이 죽림을 향해 검을 들이밀지는 못할 걸세.

하지만 임하 그 친구는 다르지. 나와 가장 가깝게 수십 년을 지낸 사람이기에 더더욱 그를 잘 알고 있네. 온다면 그가 오겠지. 그런데 그가 과연 내게 검을 겨눌 수 있을까? 누가 뭐래도 우린 수십 년을 함께 산 사람들인데?”

그런데 소법의 말이 채 끝나기도 전에 파소가 훌쩍 몸을 일으키며 말했다.

“그건 지금 이 자리에서 물어보면 될 것 같습니다만…….”

그사이 소법 역시 파소를 따라 몸을 일으키고 있었다. 두 사람의 시선은 죽림 사이로 이어지는 작은 길에 가 있었는데, 어느새 그곳엔 다섯 명의 인물이 모습을 드러낸 채 두 사람을 바라보고 있었다.

“왔는가?”

소법이 오랜 친구를 맞이하듯 말을 꺼냈다.

“말하지 않았나. 곧 다시 오겠다고.”

소법의 말에 응대한 사람의 목소리 역시 소법을 오랜 친구처럼 대했다. 그도 그럴 것이, 사 인의 고수를 이끌고 소법을 찾아온 사람은 바로 죽림이성 중 한 명인 임하였다.

“물론 그렇긴 하지만 이렇게 빨리 다시 얼굴을 보게 될 줄은 몰랐군.”

소법이 조금 냉랭하게 변한 목소리로 말했다. 그러면서 임하의 뒤쪽에 서 있는 네 명의 노고수를 바라봤다.

“더군다나 검산의 고수들을 데리고 말일세.”

임하의 뒤쪽에 서 있는 네 명의 노고수는 죽림에서 보지 못한 인물들이었다. 파소가 죽림에서 생활한 것은 일 년 조금 넘는 시간이었지만 그래도 죽림에서 살아가는 사람들의 얼굴을 익히는 데는 충분한 시간이었다. 그런 파소에게도 임하의 뒤에 서 있는 인물들은 생소했다.

"후후, 정종 을씨도 죽림에 오는데 검산의 고수들이라고 죽림에 오지 못할 이유는 없지 않은가? 이들이 누군지는 자네도 알고 있지?"

"물론 내가 어찌 검산 탁발가의 사대도호를 모르겠는가?"

소법이 임하의 말에 대답하자 임하의 뒤쪽에 서 있던 네 명의 노고수가 소법에게 살짝 고개를 숙여 보였다.

'저들이 바로 탁발가가 자랑하는 사대도호군. 그런데 저들은 근 몇 년 사이 검산을 벗어난 경우가 없었다고 들었는데…….'

검산 탁발가의 사대도호는 무천향에서 제법 명성이 높은 인물들이었다. 파소 역시 그들의 이름을 들어 알고 있었다. 그러나 탁발가 사대도호가 좀체 검산을 벗어나지 않는 인물들이기에 그들의 얼굴을 보는 것은 오늘이 처음이었다.

"그래, 검산 심처에서 무도에 매진한다는 사대도호께서 어쩐 일로 이 늙은 몸을 찾아오셨소?"

비록 탁발가 사대도호의 명성이 높다지만 무천향의 십이종성에 비할 바가 아니다. 소법의 질문에 사대도호 대신 임하가 입을 열었다.

"그들은 그저 날 도와주기 위해 함께 온 것뿐일세."

“그런가? 그렇다면 자네는 어쩐 일인가?”

“그야 자넬 만나기 위해서 왔지.”

“그새 내가 그리워진 것인가?”

“하하하! 물론 나이가 들어 곁에 있던 친구가 없으니 무척 적적하더군. 어떤가, 고집을 꺾고 나와 함께 검산으로 가는 것이. 우리처럼 가정을 꾸리지 않은 늙은이들은 그저 친구가 제일 아니겠는가?”

임하가 은근한 어조로 말했다. 그러나 임하의 말을 듣고 있는 소법의 표정은 냉랭하기 이를 데 없었다.

“그 이야기는 이미 끝나지 않았는가? 난 이 죽림에 머물 것이네. 이곳이 나의 집인데 어디로 간단 말인가?”

소법의 대답에 임하가 얼굴을 찌푸리며 말했다.

“자넨 지난 십여 일 사이 아주 딴사람이 된 듯싶군. 그전에는 분명 자네에게도 세상에 대한 욕심이 어느 정도 있다고 생각했었는데 지금은 세속에 한 치의 욕심도 없는 사람처럼 보이니 말일세.”

“잘 봤네. 난 더 이상 세속의 권세에는 관심이 없네.”

순간 임하의 표정이 싸늘하게 변했다.

“본래 욕심이란 한순간에 없어질 수 없는 것이지. 자네, 혹 내가 모르는 사이 다른 사람들에게서 제법 대단한 제안을 받은 것 아닌가?”

임하의 말에 소법의 표정 또한 일변했다.

“대단한 제안?”

“맞나?”

임하가 되묻자 소법이 임하를 물끄러미 바라보다 피식 실소를 흘려냈다. 그러자 임하가 차가운 얼굴로 다시 물었다.

“그 웃음의 의미는 뭔가? 날 비웃고 있는 건가?”

“아닐세. 그냥 자네의 추궁을 듣고 있자니 과거 내가 어떤 모습이었나 그걸 알 수 있을 것 같아서 말일세. 참 추하군.”

“지금 추하다고 했나?”

“그렇다네. 지금 자네의 모습을 돌아보게. 과연 젊은 시절 우리가 꿈꾸던 그런 모습인가?”

소법이 한탄조로 말하자 임하의 얼굴이 몇 차례 씰룩였다. 그리곤 고집스런 표정으로 말했다.

“그땐 우리가 어렸었지. 젊은 혈기에 끝없이 무도를 수련하면 무극에 도달해 무선이 될 거란 환상을 가지고 있었으니까. 하지만 시간은 우리에게 현실을 알려주지 않았나. 허망한 꿈을 좇는 것은 어린애들이나 하는 짓이라고 말이야. 나이가 들면 좀 더 현실적이 되지. 그런데 자넨 그 반대로 변한 것 같군.”

“그것도 오륙십대에나 내볼 욕심 아닌가? 팔십이 넘은 우리가 세상에 욕심을 내는 건 좀 추하다고 생각지 않나? 난 그렇게 느꼈다네. 검산의 제안을 듣는 순간 갑자기 그런 생각이 들더군. 내가 지금 무천향의 전통을 깨고 검산에 들어 을씨 가문의 삼대무공을 얻는다 해서 과연 무엇이 달라질까 하고 말이야. 을씨 가문의 무공은 무척 특이해서 어려서부터 오랫동안 수련하지 않으면 대성하기 어렵다는 건 자네나 나나 모두 알고 있는 사실일세. 그런데 과연 우리가 그걸 욕심내야 할까? 세상에 군림한다는 것 또한 그렇다네. 무천향의 무인들을 강호로 내몰아 강호의 패권을 잡는다 해도 우리가 그 권세를 누릴 시간이 얼마나 되겠는가? 겨우 십 년? 이보게. 이쯤 되면 그냥 편히 죽는 것이 더 낫지 않겠는가? 이름에 먹칠을 하며 욕망을 좇는 것 보단 말일세."

소법의 말이 이어질 때마다 임하의 표정이 수시로 변했다. 임하는 마치 큰 모욕을 당한 사람의 얼굴로 소법을 노려보다 나직하게 입을 열었다.

"설교 잘 들었네. 하지만 염불이나 외는 중도 밥은 먹어야 살지. 무인에게 야망이란 곧 매끼 먹는 밥과 같은 것일세. 내일 죽어도 오늘 밥을 굶을 수는 없는 일이지. 무천향은 그 밥을 먹지 말라고 강요해 왔어. 난 그럴 수 없네. 난 내 욕망에 충실할 생각이야."

임하의 말에 소법이 두 손을 들어 올렸다.

"우린 어쩔 수 없이 다른 길로 가야겠군. 이렇게 생각이 다르니."

"그 말은 저 애송이를 따라 정종으로 가겠다는 것인가?"

임하가 서늘한 노기를 드러내며 손을 들어 파소를 가리켰다.

"글쎄, 그건 상황이 어떻게 전개되느냐에 달렸겠지. 누군가 죽림을 탐한다면 난 그 반대편으로 가겠네. 어때, 간단하지 않은가? 다시 말해 아직은 이 친구를 따라 정종으로 갈 상황은 아니라는 말일세. 정종과 검산 누구라도 이 죽림을 탐한다면 또 하나의 적을 만드는 일이 될 거란 말을 하고 싶네. 자네나 소천 두 사람 모두에게 말이야.”

소법이 냉정한 시선으로 파소와 임하를 보며 말했다. 그런 데 그때 임하가 한줄기 비웃음이 깃든 얼굴로 말했다.

“자넨 한 가지 잊은 게 있군.”

“뭐가 말인가?”

“죽림이 자네만의 것이 아니라는 사실 말일세. 나 또한 이 죽림의 종성이야. 나도 자네만큼 이 죽림에 대한 권리가 있다 네.”

“죽림에 대한 권리? 그런 권리가 어디 있단 말인가? 죽림은 그저 죽림에 속한 무인들이 살아가는 장소일 뿐이야. 권리라 니, 누가 감히 죽림의 무인들에 대해 자신의 권리를 주장할 수 있는가? 난 오직 내가 사는 곳을 지키고자 할 뿐, 죽림의 무인 들이 내 수하라는 생각을 해본 적이 없네. 그런데 이제 보니 자넨 생각이 다른 모양이군.”

소법의 추궁에 임하의 얼굴이 살짝 붉어졌다. 소법과 이야 기를 나눌수록 그 자신이 점점 권력을 탐하는 속물로 취급되 어지고 있기 때문이었다. 얼굴을 붉히던 임하가 신경질적으로 소리쳤다.

“좋아. 나 임하는 늙은 나이에 물욕에 빠져 버린 늙은이라고 해두지. 그거야 어쨌든 한 가지 제안을 하겠네. 난 오늘부터

이 죽림에 다시 거처를 정하려 하네."

"돌아오겠다는 말인가?"

"그렇다고 봐야겠지."

순간 소법의 눈이 가늘어졌다.

"혼자 말인가?"

그러자 임하가 득의한 미소를 지으며 말했다.

"그건 아닐세. 난 죽림과 검산이 한 식구가 돼야 한다고 생각하는 사람일세. 그러자면 자연히 죽림과 검산의 식구들은 한데 어우러져 살아야지 않겠나?"

"다시 말해 검산의 고수들을 데리고 오겠다는 말이군."

"좋게 생각하게. 정종의 공격을 막으려면 이곳에 남아 있는 일백여 명으로는 힘겹다는 걸 자네도 알고 있지 않은가? 이제 죽림과 검산이 한 식구니 검산의 형제들이 정종의 공격으로부터 죽림을 지켜준다고 생각하면 될 걸세."

임하의 말이 끝나자 소법이 아무 말 없이 한동안 임하를 노려봤다. 그리곤 잠시 후 하늘을 보며 앙천대소를 터뜨렸다.

"핫하하! 임하 그대는 무천향의 무인으로서의 삶만 버린 것이 아니었군. 그대는 자존심까지 던져 버렸어. 이렇게 슬플 일이 있나. 이런 비통한 심정을 어찌 달랠 것인가? 그만들 돌아가게. 난 그저 한 곡조 피리나 불어 심사를 달래야겠네!"

소법이 매몰찬 목소리로 임하에게 작별을 고하고는 지체하지 않고 피리를 들어 입으로 가져갔다.

순간 임하가 당혹한 표정으로 소법에게 뭔가 말을 하려는

사이 어느새 임하의 피리에선 한줄기 피리 소리가 바람을 타
고 흘러나오기 시작했다.

[준비하게.]

소법과 임하의 치열한 말싸움을 지켜보고 있던 파소의 귀로
갑작스레 들려온 전음에 파소가 흠칫 놀라 소법을 바라봤다.
그러나 소법의 눈은 깊게 감겨 있었고, 오로지 피리를 부는 데
집중하는 듯 보였다. 그러나 전음은 분명 소법이 보내온 것이
었다.

'뭘 준비하라는 건가?'

파소가 의아한 표정을 짓고 있는데 다시 소법의 전음이 들
려왔다.

[저들은 필시 도검을 들고 날 굴복시키려 할 걸세. 탁발가
사대도호가 왔다는 것은 저들이 오늘 순순히 물러가지 않겠다
는 말이나 다름없네. 자네가 죽림과 나의 안위를 걱정해 왔다
면 당연히 날 도와주겠지?]

파소는 이내 소법의 의도를 눈치챘다. 그리곤 한줄기 진기
를 일으켜 몸의 긴장을 풀기 시작했다.

그때 임하는 차가운 눈으로 피리를 불고 있는 소법을 노려
보고 있었다. 사대도호는 그런 임하의 뒤에서 마치 오늘의 일
이 자신들과는 아무런 상관이 없다는 듯한 자세를 취하고 있
었다. 그런데 어느 순간부터 임하와 사대도호의 모습이 조금
씩 변하기 시작했다.

죽림을 떠다니는 소법의 피리 소리. 처량하기 이를 데 없어

사람을 끝없는 슬픔 속으로 밀어 넣는 그 소법의 피리 소리에
전염된 것처럼 임하의 눈에서 독기가 사라지고 있었다. 또한
그의 뒤에 있던 사대도호 역시 한여름 더위에 늘어진 나뭇가
지처럼 몸에서 힘을 빼고 있었다.

[지금일세. 그들을 제압하게.]

파소의 귀에 다시금 소법의 전음이 들려왔다. 그러나 소법
의 전음에도 파소는 쉽게 신형을 움직이지 않았다.

[뭐 하나? 저들이 정신을 차리면 우리 두 사람이 감당하기
쉽지 않단 말일세.]

소법의 재촉이 다급하게 들려왔다. 그러나 파소는 임하와
탁발가 사대도호를 공격하지 않았다. 대신 그는 소법에게 전
음을 보냈다.

[제가 먼저 저들을 공격할 수는 없습니다. 그리되면 싸움의
승패와 상관없이 저들이 명분을 차지하게 될 것입니다.]

[이미 전쟁은 시작되었네. 선공을 취하는 쪽이 유리하단 걸
모르는가?]

[전 무천향의 소천입니다. 아직까지 저들은 무천향의 식솔
들이지요. 소천인 제가 먼저 검을 뽑을 수는 없는 일입니다.]

파소의 고집도 대단했다. 그러자 소법의 피리 소리가 잠깐
흔들렸다. 순간 한없이 무력감에 빠져들던 임하와 탁발가 사
대도호가 정신을 차렸다.

"이제 보니 수작을 부리고 있었군. 더 이상 망설일 것 없소
이다. 둘 모두 제압하시오. 특히 저 애송이는 반드시 제압하도

록 하시오. 그를 제압한다면 정종의 기세를 크게 꺾을 수 있을 것이오!"

임하의 입에서 살기가 깃든 목소리가 들려왔다. 순간 소법의 피리 소리가 만들어내는 무력감에서 회복된 사대도호가 지금까지의 무심한 태도와는 전혀 다른 모습으로 변하더니 파소와 소법이 있는 바위를 향해 신형을 날렸다.

"내가 뭐랬나? 기회는 자주 오는 게 아닐세."

바람처럼 달려드는 사대도호를 보며 소법이 파소에게 책망하듯 말했다. 그러자 파소가 빙그레 미소를 지으며 대답했다.

"명분을 지키는 것은 본래 어렵지요. 하지만 큰 싸움에선 대체로 명분을 쥔 자가 승리를 거두는 법입니다."

"그런 말은 오늘 이곳에서 살아난 후에 해도 늦지 않을 걸세."

창!

말이 끝나는 순간 소법이 들고 있던 철적(鐵笛)이 사대도호 중 한 명의 도를 막아내자 강렬한 격돌음을 터져 나왔다. 그리고 그 순간 파소의 신형도 움직였다.

스슥!

파소의 발이 좌우로 움직이며 어느새 그의 손에 들린 검이 보이지 않을 정도의 빠른 속도로 세 번의 검초를 펼쳤다.

"웃!"

파소의 검에서 투명한 빛이 너울거리며 세 가닥의 초식을 허공에 그려내자 파소와 소법을 향해 달려들던 탁발가 사대도호 중 삼 인이 입에서 헛바람을 토해내며 뒤로 물러났다.

투툭!

파소와 소법에 의해 뒤로 밀려난 탁발가 사대도호가 가벼운 소음을 만들어내며 바위 아래의 땅으로 내려섰다. 한순간 일어났던 양측의 격돌은 그렇게 또 한순간에 끝을 보며 정적을 맞이했다.

"소천… 정말 대단하시군. 무벽에 남긴 검흔도 소천의 전부는 아니었나 보지?"

소법이 놀란 눈으로 파소를 바라봤다. 놀란 건 소법만이 아니었다. 파소와 격돌했던 탁발가 사대도호 중 삼 인과 소법과 손을 섞는 것이 불편했던지 뒤로 물러나 있던 임하 역시 경악스런 눈으로 파소를 바라보고 있었다.

소섭의 물음에 파소는 그저 빙그레 웃는 것으로 대답을 대신했다. 그러자 소법이 잠시 파소의 얼굴을 바라보다 퍼뜩 정신이 든 얼굴을 하고는 바위 아래서 두 사람을 올려다보고 있는 임하를 보며 말했다.

"어떤가? 오늘은 그만 물러가는 게 좋을 것 같은데."

그러자 임하가 한줄기 비웃음을 흘려냈다.

"훗, 역시 자네의 심기가 많이 약해졌군. 아무리 대단하다 해도 그는 애송이에 불과해. 그의 무공에 놀라 꼬리를 말라니, 이 임하를 너무 무시하는 것 아닌가?"

"기어코 승부를 보겠단 말인가?"

"이 일이 나에게 맡겨진 첫 번째 일인데 첫 일부터 실패하고 꼬리를 말 순 없지 않은가? 더군다나 오늘 이곳에서 물러나면 다시 죽림으로 돌아오기도 쉽지 않을 터이고……."

임하가 천천히 검을 뽑으며 말했다. 검에 관한한 임하는 죽림 최고의 고수로 알려져 있었다. 작은 키에도 불구하고 장검을 사용하는 임하의 검법은 무천향의 고수들이 가장 보고 싶어하는 무공 중 하나였다.

"정말 끝장을 보기로 작정을 한 모양이군. 좋아, 그렇다면 나도 물러날 생각은 없네."

소법 역시 피리를 잡은 손에 힘을 줬다. 그런데 그런 소법을 보며 임하가 고개를 저었다.

"아니, 난 형제와 같은 자네와 싸우고 싶은 생각은 없네. 그보다는 과연 그가 검선이라 불릴 만한 인물인지 아니면 그저 재주가 뛰어난 애송이에 불과한지 그걸 확인하고 싶군."

임하의 시선은 파소를 향해 있었다.

"자넨 정말 염치가 없군. 십이종성씩이나 된 사람이 젊은이와 검을 섞으려 하다니."

"이보게, 소법. 이건 그저 그런 싸움이 아닐세. 이건 전쟁이야. 전쟁에서 염치 따위를 따지고 있을 만큼 고지식한 내가 아님은 잘 알고 있지 않은가?"

"상대해 보겠는가?"

소법이 파소를 돌아보며 물었다. 그러자 파소가 가벼운 미소와 함께 고개를 끄덕였다.

"죽림에 든 이후 줄곧 검에 관한한 그를 따를 자가 없다는 말을 자주 들었지요. 저 또한 검을 익힌 몸이니 그의 검을 경험하는 것도 좋은 공부가 될 겁니다.”

“위험할 수도 있네.”

“저도 이 싸움이 그저 단순한 비무가 아니란 걸 알고 있습니다. 하지만 제가 위험하면 그 또한 위험한 것이지요.”

파소가 담담히 말을 내뱉고는 훌쩍 신형을 날렸다. 그러자 파소의 신형이 긴 그림자를 남기며 순식간에 탁발가 사대도호와 임하 사이로 떨어져 내렸다. 바위에서 몸을 날려 사뿐히 지면에 내려서는 파소의 현묘한 신법에 임하의 표정이 좀 더 딱딱하게 굳어졌다.

“정말 겁이 없구나. 날 상대하겠다고 나설 줄은 몰랐다.”

임하가 파소를 보며 서늘한 목소리로 말했다.

“그렇다고 검을 내려놓고 목숨을 구걸할 수도 없는 지경 아니겠습니까?”

“그도 괜찮은 방법이지.”

“글쎄요. 그것보다는 내 검으로 내 목숨을 지키는 것이 더 좋은 방법 같군요.”

“지킬 수 있을 것 같으냐?”

“글쎄요.”

“건방진 놈! 항상 네놈의 그 지나친 여유가 마음에 들지 않았다. 어디 내 검 아래서도 그런 여유를 부릴 수 있는지 보겠다.”

“절 소천의 자리에까지 올린 분께서 절 이토록 미워하는 줄은 몰랐군요.”

“강아지가 귀여운 건 주인의 발을 핥을 때이지.”

임하가 차갑게 말하며 뽑아 든 검으로 파소를 가리켰다. 순간 파소의 시야에서 임하의 신형이 사라졌다. 본래 작은 체구의 임하였지만 그래도 검 뒤에 가려질 만큼 작은 체구를 가진 인간은 없다.

‘신검합일?’

강호에 전해지는 절대지검의 경지 중 신검합일의 경지가 있다. 검과 몸이 하나가 되는 경지. 그리하여 검의 주인이 온전히 검 속에 들어가는 경지. 물론 실제로 사람의 몸이 검에 들어갈 수는 없다. 신검합일의 경지란 바로 자신의 모든 기운을 검에 밀어 넣어 검의 기운으로 그 자신의 기운조차 가릴 수 있는 경지를 말하는 것일 터였다.

‘정말 좋은 승부가 되겠군.’

긴장으로 검을 든 손에 축축한 땀이 배어 나오는 것을 느끼면서도 파소는 작은 흥분을 느끼고 있었다. 생애 최고의 적수를 만났다는 생각이 파소의 뇌를 휘감았다. 승패를 넘어 자신이 익힌 것을 모두 풀어낼 수 있는 상대, 이런 상대를 만난다는 건 무인에게 있어 위험이 아니라 행운이었다.

파소가 번개처럼 검을 휘둘렀다.

꽝!

순간 임하의 검 앞에서 강력한 파공음과 함께 한줄기 빛이 번쩍였다.

“음!”

검에 가려진 임하의 신형에서 한마디 신음성이 흘러나왔다. 동시에 임하의 검이 살짝 비틀어지면서 임하의 신형이 얼핏 파소의 눈에 들어왔다. 진기를 끌어올려 만들었던 임하의 신검합일이 파소의 공세에 일시간 흐트러진 것이다. 비록 짧은 순간이지만 임하의 신검합일을 깨뜨린 파소가 망설이지 않고 그 빈틈을 향해 달려들었다.

쉬쉬식!

파소의 검에서 가느다란 파공음이 연신 세 번에 걸쳐 일어났다. 그러자 신형의 일부를 드러낸 임하를 향해 투명한 세 갈래의 검기가 뱀처럼 꿈틀대며 닥쳐들었다.

“흥!”

순간 임하의 비웃음 소리가 흘러나오더니 허공에 홀로 떠 있는 듯하던 임하의 검이 빙그르르 한 바퀴 회전하며 파소가 뻗어낸 세 줄기 검기를 단번에 잘라 버렸다.

콰콰쾅!

강력한 파공음이 장내에 울려 퍼졌다. 바람에 한들거리는 대나무들이 화들짝 놀라 부스스 그 잎들을 떨어냈다. 그사이 파소와 임하의 신형이 번개처럼 교차하며 다시 한차례 굉음을 일으켰다.

쩡!

얼음장 깨지는 소리가 일어나며 교차하는 두 사람 사이에서 번개 같은 빛줄기가 터져 나왔다.

한순간 장내가 눈부신 빛으로 가득 찼다. 소법이나 탁발가 사대도호나 모두 손을 들어 눈을 가리며 몇 걸음 뒤로 물러났다. 그 와중에 파소와 임하는 어느새 서로를 보며 호흡을 가다듬고 있었다.

"놀랍구나. 직접 겪고도 믿지 못하겠어. 어떻게 그 나이에 그런 검을 익힐 수 있는 거지?"

임하가 놀란 눈으로 파소를 보며 물었다. 그의 얼굴에는 한 올의 가식도 들어 있지 않아 파소의 무공에 대한 그의 감탄이 진정임을 알 수 있었다.

"명불허전이군요. 무천향 십이종성의 무공은 정말 하늘도 놀라고 땅도 놀랄 만하군요."

파소 역시 진지한 표정으로 임하를 보며 상대의 무공을 칭찬했다. 그러자 임하의 얼굴에 한줄기 아쉬움이 드러났다.

"먼저 한 수를 겨뤄봤다면 좋았을 것을……!"

말인즉슨, 파소의 진실한 실력을 직접 확인했다면 검산을 택한 자신의 결정이 달라졌을 수도 있다는 의미였다.

"지금도 늦지 않았지요."

파소의 말에 임하가 고개를 저었다.

"흘러간 강물은 되돌릴 수 없다네. 그래서 결국 우린 오늘 이곳에서 승부를 봐야겠지."

"꼭 그래야 합니까?"

"나로선 달리 방법이 없네. 그래도 무천향 십이종성인데 한 번 선택한 길을 바꿀 수는 없는 일 아닌가? 적아를 떠나 오늘 좋은 승부를 벌여보세."

임하가 다시금 검을 들어 올리며 말했다. 파소는 더 이상 입을 열지 않고 검을 들어 올려 임하를 맞을 자세를 취했다.

"이번엔 내가 먼저 가지!"

임하의 말이 끝나는 순간 이미 그의 신형은 파소와의 거리를 반으로 줄이고 있었다.

쉬이익!

임하의 검이 강력한 파공음을 일으키며 허공에 반달 모양의 유려한 검기를 만들어냈다. 반달 모양의 검기가 파도를 가르듯 파소와 임하 사이의 공기를 가르며 파소를 향해 닥쳐왔다. 임하의 검기는 그 주변에 강한 공기의 와류를 일으켜 상대로 하여금 검기를 피해 다른 곳으로 몸을 피하지 못하는 힘이 깃들어 있었다.

"후욱!"

파소는 자신을 통째로 가를 것처럼 다가오는 임하의 검기를 보면서 한차례 심호흡을 했다. 그의 몸을 얽어매는 임하의 기운이 거머리처럼 파소를 괴롭혔다.

'정면으로!'

파소의 마음속에 한가닥 호승심이 일어났다. 임하의 기운이 자신의 움직임을 억제하고 있었지만 굳이 상대의 검기를 피하고자 한다면 피하지 못할 것도 없었다. 그러나 파소는 임하의 검기를 피해 등을 돌리고 싶지는 않았다. 그러기에는 임하의 검초가 너무 아름답지 않은가?

강한 상대에게는 그에 합당한 대접이 필요한 법. 파소가 낡은 검을 콱 움켜잡았다. 동시에 그의 검이 번개처럼 아래에서 위로 그어졌다. 순간 파소의 검에서 흐릿한 기운이 어른거리더니 한순간 파소를 향해 다가오는 임하의 반달 모양의 검기 앞에 눈부신 빛 덩어리가 모습을 드러냈다.

꾸앙!

크기로는 설명이 되지 않는 격돌음, 모든 사람의 오금을 저리게 하는 기이하면서도 전율적이 격돌음이 터져 나왔다. 사람들은 공기가 찢어지는 모습을 눈앞에서 보고 있었다. 그리고 그 찢어진 공기 사이로 파소와 임하의 신형이 번개처럼 교차했다.

# 第三章

## 대숲의 결전

　무의 하늘을 받치고 있던 열두 개의 기둥 중 하나가 쓰러졌다. 십이종성은 그 이름만으로도 무천향을 대변한다. 현실적으로 그들이 가지고 있는 권위도 권위지만 그 무공에 있어서도 십이종성은 무천향을 대표하는 인물들이었다. 비록 무선의 경지에 이르지는 못했다 하더라도 그들의 존재는 무선이 배출되지 않은 시대엔 무선을 대신했다. 그런데 그 십이종성 중 한 사람이 쓰러졌다. 그것도 새파란 젊은이의 검에!

　임하는 한쪽 무릎을 꿇은 채 검을 지팡이 삼아 겨우 몸을 지탱하고 있었다. 가뜩이나 작은 그의 몸집이 무릎을 꿇자 더더욱 작아졌다. 더군다나 작은 체구에도 불구하고 사람들로 하여금 그를 결코 작다고 느끼지 못하게 했던 그 거대한 진기의

후광도 사라져, 이제 그는 정말 볼품없이 작은 몸을 지닌 노인
에 지나지 않았다. 그러나 그의 눈빛은 여전히 강렬한 안광을
토해내고 있었다.

"믿을 수가 없군."

임하가 파소를 바라보며 중얼거렸다. 그의 얼굴엔 정말 지
금 자신의 처지를 받아들이지 못하겠다는 듯한 표정이 역력했
다.

"하지만 현실이지요."

파소의 대답은 냉정했다. 승패는 결정됐다. 이제 남은 것은
임하의 생사였다.

"손을 쓰게."

임하가 단호한 목소리로 말했다. 그때 탁발가 사대도호가
재빨리 날아들어 임하를 에워쌌다. 파소로 하여금 임하를 해
치지 못하게 하려는 행동이었다.

"비키시게들!"

임하의 입에서 단호한 목소리가 흘러나왔다. 그러자 사대도
호 중 한 명이 굳은 목소리로 입을 열었다.

"우리가 명받은 것은 종성 어른을 지키는 것입니다."

"날 수치스럽게 만들 생각들이신가?"

"승패는 병가지상사, 후일을 도모하는 것이 옳습니다."

"후일? 후후 무천향 십이종성이 새파란 소천에게 패했어.
그런 수모를 겪고도 살아 있으라 말하는 건가?"

"종성께서 목숨을 버리신다면… 검산은 죽림을 잃게 됩니

다. 그건 저희들로서도 용납하기 힘든 일입니다.”

사대도호의 말은 거의 강요에 가까웠다. 그러자 임하의 얼굴에 짙은 불쾌감이 서렸다.

“비록 내가 이 지경이 되었다고는 하나 내 목숨 정도는 내가 결정할 자격이 있는 사람일세.”

임하의 목소리에서 노기가 느껴지자 그에게 말을 하던 사대도호 중 한명이 재빨리 고개를 숙였다.

“노여우셨다면 용서하십시오. 하지만 저희들로선 종성 어른의 죽음을 두고 볼 순 없습니다.”

사죄를 하면서도 말투는 단호했다. 그러자 임하가 허탈한 표정을 지어 보였다.

“아, 어쩌다 이 임하의 신세가 이렇게 처량하게 변했을꼬. 죽음조차 마음대로 선택하지 못하다니…….”

그런데 그때 임하와 사대도호의 모습을 지켜보고 있던 소법이 훌쩍 바위에서 뛰어내려 임하의 앞쪽으로 다가갔다. 그러자 사대도호 중 두 명이 재빨리 신형을 옮겨 소법의 앞을 가로막았다. 순간 소법의 눈에서 한줄기 한광이 번쩍였다.

“비켜라!”

소법의 짧은 한마디에 깃든 노기에 사대도호가 움찔했으나 이내 신색을 회복하고는 굳은 목소리로 입을 열었다.

“죄송합니다. 명을 따를 수 없겠군요.”

순간 소법의 얼굴에 한줄기 싸늘한 살기가 감돌았다.

“탁발가 사대도호… 대단한 자들인 건 알고 있었지만 감히 십이종성의 명을 거부할 정도로 대단한 자들인지는 몰랐군. 하지만 너희들이 간과하고 있는 게 있어. 그건 바로 이곳이 검산이 아니라 죽림이라는 사실이다. 너희들이 그따위 호기를 부릴 수 있는 곳은 검산이지 죽림이 아니다.”

소법의 말에 사대도호의 표정들이 변했다. 그들의 얼굴에도 은연중에 노기가 드러나고 있었다.

“외람되지만 천하 어느 곳에서도 우린 우리가 지키고자 하는 사람을 지킬 수 있는 능력이 있다고 생각합니다만.”

“그래? 후후, 정말 우물 안 개구리로군. 지금 그대들이 지키고자 하는 사람이 어떻게 패했는지 보았으면서도 그런 말이 나오는가?”

소법의 말에 소법과 말을 주고받던 사대도호가 슬쩍 파소를 바라보고는 이내 냉정한 말투로 대답했다.

“그래 봐야 그는 혼자입니다.”

“나도 있지 않은가?”

“설마 소 종성께서 한 형제와 같은 임 종성님의 목숨을 요구할 거라곤 생각지 않습니다만…….”

“물론 난 그의 목숨을 요구하진 않겠네. 하지만 그가 스스로의 운명을 선택할 수 있는 기회는 만들어주고 싶네. 다시 말해 그의 운명에 그대들이 관여하는 걸 두고 볼 수 없단 말이지.”

소법의 대답에도 사대도호는 요지부동이었다.

“종성께서 관여하신다 해도 저희들이 임 종성님을 지키지 못할 거라곤 생각지 않습니다.”

"대단한 자신감이군."

"그 정도 자신감은 가질 능력이 있다고 생각합니다."

"후후, 정말 그럴까? 감히 이 죽림에서 죽림이성의 말을 무시할 만한 능력을 가지고 있을까?"

"필요하시다면 증명해 드리겠습니다."

"그래야 할 걸세."

소법이 천천히 피리를 들어 올렸다. 그러자 사대도호도 자신들의 도를 들어 올려 소법을 맞이할 준비를 하기 시작했다. 파소 역시 소법 곁으로 다가서며 낡은 검은 들어 올렸다.

그렇게 다시 대나무 숲에서 이 대 사의 격전이 벌어지려는 찰나, 갑자기 공터 주변의 공기가 급변했다. 그리곤 한줄기 음성이 공터를 둘러싼 대숲에서 들려왔다.

"종성께선 잠시 기다려 주십시오."

순간 금방이라도 도검을 겨룰 것 같던 파소 등 육 인이 재빨리 고개를 돌려 소리가 들려온 곳을 바라봤다. 그러자 대나무 숲에서 이십여 명의 인물들이 천천히 공터로 걸어나왔다.

"자네들… 보고 있었나?"

장내에 등장한 사람들의 모습은 각양각색이었다. 백발의 노인에서부터 푸릇한 청년까지. 그리고 도를 든 사내에서부터 적수공권의 인물도 있었고, 간혹 여인의 모습도 눈에 들어왔다.

"그들이 죽림에 들어올 때부터 뒤를 따랐습니다."

　장내에 등장한 사람들 중 육십대 초반으로 보이는 노고수가 앞으로 나서며 소법의 말에 대답했다.

"고승, 자네도 왔군."

　이미 파소는 이들이 어떤 사람들인지 눈치채고 있었다. 이들이야말로 최후까지 죽림에 남아 있던 죽림의 고수들 중 일부였다. 정종과 검산으로 떠나지 않고 죽림에 남은 고수가 모두 일백여 명. 그들은 골수까지 죽림의 무인으로 정해진 사람들로서 어찌 보면 죽림에서 가장 강한 인물들일 수도 있었다. 그들이 죽림에 남은 건 정종과 검산의 대결이 못마땅한 것도 있었지만 스스로 자신들의 몸을 지킬 자신이 있기 때문이기도 할 터였다.

　그중에서도 지금 소법과 대화를 나누고 있는 고승이란 인물은 죽림을 넘어 무천향 전체에서도 무척 유명한 인물이었다. 그는 무천향의 일천 고수들 중 추격술에 관한한 제일인자로 인정받는 고수였던 것이다.

"죽림의 운명을 결정하는데 저희들이 뒤로 물러나 있을 수는 없지요."

"그렇긴 해. 그대들이야말로 죽림의 전부라고 할 수 있으니까."

"그런데 막상 지켜보자니 정말 가관이로군요."

"무슨 말인가?"

"아무리 무천향이 산산이 깨어졌기로 서니 감히 십이종성을 이리 대하는 자들이 있을 거라곤 생각지 못했습니다."

고승이 차가운 시선으로 사대도호를 바라보며 말했다. 순간 소법 앞에서도 기세가 등등하던 사대도호의 표정이 흔들렸다. 아무리 그들의 무공이 대단하다 하더라도 단 네 명이서 이십여 명이나 되는 죽림의 고수들을 감당할 수는 없는 일이었다.

"후후, 이미 십이종성의 시대는 저물었네."

소법이 씁쓸한 표정으로 대답했다.

"누군가에게는 그럴지 모르지만 아직까지 저희들에겐 그렇지 않습니다. 감히 십이종성을 겁박한 죄를 그냥 넘길 수는 없지요."

고승의 말이 끝나자 이십여 명의 죽림 고수들이 기다렸다는 듯 도검을 빼 들었다. 그러자 장내가 일순 차가운 살기로 가득 찼다. 사대도호의 표정에도 당황하는 기색이 역력했다.

"그들을… 그들을 보내주게."

그때 땅 위에 가부좌를 틀고 앉아 있던 임하가 힘겨운 목소리로 입을 열었다. 그의 안색을 보건대, 겉으로는 드러나지 않았지만 안으로 입은 내상이 결코 가벼워 보이지 않았다.

"종성 어른께는 죄송한 말씀이지만, 이제 죽림의 종성은 오직 소법 어른만이 계실 뿐입니다."

고승이 임하를 향해 매몰차게 말했다. 그러자 임하가 고개를 저으며 입을 열었다.

"내 말은 종성으로서 하는 말이 아니네. 죽림의 한 사람으로서 죽림의 안위를 생각해 하는 말일세."

"죽림을 안위라고 하셨습니까? 외부의 인물을 데리고 죽림을 접수하러 오신 분께서……."

고승이 비웃음이 깃든 목소리로 물었다.

"물론 내가 그런 말을 할 자격이 없다는 것은 아네. 하지만 지금 그들에게 살수를 쓴다면 검산은 정종에 앞서 죽림을 향해 먼저 검을 들 걸세."

그러자 고승이 한줄기 미소를 띠며 말했다.

"아마 우리가 저들을 돌려보낸다 해도 검산이 칼이 죽림을 향하는 것은 변하지 않는 사실일 겁니다. 시기가 문제겠지요. 어차피 검산의 목적은 무천향을 자신들의 손에 넣는 것이지 않습니까? 그러니 지금 우리가 굳이 저들을 돌려보낼 이유가 없지요."

고승이 단호한 태도로 말하자 임하의 얼굴에 절망적인 기색이 어렸다. 그런데 바로 그 순간, 사대도호 중 한 명이 노성을 발하며 고승을 향해 번개처럼 도를 휘둘렀다.

"우리가 너따위에게 목숨을 구걸할 사람으로 보였더냐. 우린 탁발가 사대도호다. 죽림의 떨거지들 따위에게 목숨을 구걸할 사람이 아니란 말이다."

사대도호의 도발은 워낙 급작스럽게 이뤄졌기 때문에 고승은 한순간 자신의 눈앞에 만들어진 푸르스름한 도기를 피할 방도를 찾지 못했다.

고승의 특기는 정통 무공보다는 추격과 경공. 그런 그에게 사대도호 중 일인의 예상치 않은 공격은 쉽게 감당할 수 없는 것이었다.

“앗!”

고승의 주변에 서 있던 죽림 고수들이 놀란 목소리를 토해 내고 개중 몇몇은 도검을 빼 들었으나 위기에 빠진 고승을 구하기에는 사대도호의 공격이 너무도 빨랐다. 어느새 차가운 도기는 고승의 목을 파고들고 있었다.

그런데 그 순간, 거대한 힘으로 고승을 밀어붙이던 탁발가 사대도호의 도기가 갑자기 고승의 목, 일 촌 앞에서 뚝 그 움직임을 멈췄다. 그리곤 마치 환영처럼 한순간에 서슬 퍼렇던 도기가 허공에서 사라졌다.

“엇!”

“이… 이게?”

갑작스런 광경에 장내의 고수들이 저마다 당혹한 음성을 흘려낼 때 갑자기 고승을 향해 도를 뻗어냈던 탁발가 사대도호의 입에서 신음 소리가 흘러나왔다.

“크윽, 너… 너?”

신음성을 흘려내는 사대도호의 시선은 고승이 아니라 어느새 그와 고승사이에 서 있는 파소를 바라보고 있었다. 파소의 손에는 예의 그 낡은 검이 들려 있었는데, 그 검끝에 한줄기 혈흔이 이슬처럼 맺혀 있었다.

“끄으윽!”

고승을 공격했던 탁발가 사대도호의 입에서 고통스런 신음성이 흘러나왔다. 동시에 그는 파소에게서 어떤 말도 듣지 못한 채 가슴을 부여잡고 그대로 땅 위를 나뒹굴었다.

"네놈이 감히!"

순간 나머지 삼 인의 탁발가 사대도호가 노성을 발하며 파소를 에워쌌다. 그들의 눈에서는 분노와 살기가 어우러진 시퍼런 안광이 토해지고 있었다. 그러나 파소는 전혀 긴장하지 않은 표정으로 탁발가 사대도호 삼 인을 바라보며 가볍게 검을 들어 올렸다. 마치 올 테면 오라는 식으로.

"소천께선 뒤로 물러나 계시지요. 저들은 우리가 상대하겠습니다."

파소와 탁발가 사대도호의 나머지 삼 인이 일촉즉발의 대치를 하고 있을 때, 갑자기 파소의 뒤쪽에서 고승의 목소리가 들려왔다.

"하지만 이들은 절 원할 텐데요."

파소는 삼 인의 탁발가 사대도호를 전혀 의식하지 않는 듯 태연하게 고개를 돌려 고승을 보며 말했다. 그러자 고승이 굳은 표정으로 대답했다.

"물론 저들이 원하는 것이 소천이라 할지라도 모든 일을 저들이 원하는 대로 해줄 필요는 없지 않겠습니까? 저들은 죽림을 모욕했고, 이곳은 죽림이니 상황을 결정하는 것은 결국 죽림의 사람들이어야 하지 않겠습니까?"

고승의 다부진 말에 파소가 고개를 끄덕였다.

"듣고 보니 고 대협의 말씀이 맞군요. 이곳은 죽림이니 죽림 사람들의 의사대로 일을 진행돼야겠지요. 그럼 전 물러나 있겠습니다."

파소가 말을 끝내는 동시에 바람처럼 움직여 십여 장 밖으로 이동했다. 파소의 신법은 워낙 오묘해서 그를 상대하기 위해 도를 들고 있던 탁발가 사대도호조차도 파소가 자리를 움직인 이후에야 파소의 움직임을 깨달았을 정도였다.

"도주를 하겠다는 것이냐?"

탁발가 사대도호 중 한 명이 물러난 파소를 보며 소리쳤다. 그러자 파소가 대답을 하기 전에 고승이 먼저 입을 열었다.

"눈이 있고 귀가 있으면 듣고 있었을 텐데. 소천께선 도주를 하신 것이 아니라 자릴 비켜주신 것이야. 그리고… 소천께 신경 쓰기 전에 자신들의 목숨을 먼저 걱정해야 할 때인 것 같군."

고승이 말을 하면서 슬쩍 두 팔을 털었다. 그러자 그의 양손에 각기 세 개씩의 비도가 쥐어졌다. 더불어 고승의 양옆으로 다섯 명의 죽림 고수가 각기 병기를 꺼내 들고 탁발가 사대도호 삼 인을 보고 마주 섰다.

순간 탁발가 사대도호의 표정이 일변했다. 비록 탁발가 사대도호가 스스로의 무공에 자신이 있다 하더라도 지금으로선 죽림의 고수 모두를 상대할 상황이 아니었다. 본래 한 손이 열 손을 당할 수 없는 것이 강호의 이치가 아니던가.

"정말 검산과 맞서겠다는 것인가?"

탁발가 사대도호 중 가운데 서 있던 자가 나직하면서도 협박의 기운이 느껴지는 목소리로 물었다.

"후후, 먼저 도를 빼 든 것은 그대들이지."

"검산과 맞서고도 과연 죽림이 온전할 것이라 생각하느냐?"

"물론 지금의 죽림으로는 검산을 상대할 수 없겠지. 하지만 그대도 알다시피 우리들이 어떤 선택을 하느냐에 따라 무천향의 운명이 좌우된다는 것은 너무 잘 알고 있다."

"정종에 붙겠다는 말이냐?"

"살자면 어쩔 수 없겠지."

"검산이 정종보다 더 많은 것을 줄 수 있는데도?"

"뭘 줄 것인가?"

"천하!"

"풋, 역시 썩을 대로 썩었군. 무천향의 무인에게 천하란 한낱 풀포기에 지나지 않는다는 걸 잊었다니."

"과연 그럴까? 난 그대들의 마음속에 욕망이 없다고 믿지 못하겠는데?"

탁발가 사대도호가 자신있는 목소리로 말했다. 그러자 고승이 가만히 생각에 잠겼다가 고개를 끄덕였다.

"그대 말이 맞아. 우리의 마음속에도 언젠가부터 세상에 대한 욕심이 똬리를 틀기 시작했을 수도 있겠지. 하지만 그렇다 하더라도 이젠 검산을 선택할 수 없는 일이야."

"이유가 뭔가?"

"아직 그 이유를 모르겠나? 그대들이 죽림을 얻고자 했다면 좀 더 정중해야 했어. 감히 죽림에 와서 도검을 빼 드는 것이 아니라 손을 내밀어야 했단 말이다."

고승의 눈에서 차가운 한기가 흘러나왔다.

"결국 타협의 길이 없단 말이군."

"맞았어. 이런 경우 결국 이곳이 무천향이라 하더라도 무림의 법을 따를 수밖에 없는 법이지."

"그렇군. 결국 도검이 모든 문제를 해결하겠군."

탁발가 사대도호 삼 인이 천천히 도에 진기를 주입하기 시작했다. 그러자 삼 인의 도에서 푸르스름한 도기가 만들어지더니 서서히 앞으로 커져 가기 시작했다.

"죽림을 모욕한 죄, 목숨을 걸어야 할 거다."

고승이 비도를 쥔 손을 천천히 가슴 높이로 끌어 올렸다. 더불어 그의 좌우에 늘어섰던 죽림 고수들이 각기 도검에 진기를 밀어 넣어 도기와 검기를 만들어내기 시작했다.


비록 한 명이 목숨을 잃기는 했지만 탁발가 사대도호의 무공은 대단했다. 푸른 도기를 일으켜 죽림의 고수들을 몰아치는 탁발가 사대도호 삼 인의 무공은 그들이 왜 단 넷이서 임하를 수행해 죽림에 왔는지를 증명해 주고 있었다.

그들과 맞선 고승을 포함한 여섯 명의 죽림 고수는 수적인 우위를 점하고도 탁발가 사대도호를 쉽사리 제압하지 못했다. 오히려 가끔은 죽림의 고수들이 위기에 처하기도 했다.

도기와 검기가 충천하고 고승의 매서운 비도가 허공을 날아다녔다. 강호에서 벌어졌다면 모든 사람들을 경악시켰을 이 싸움은 쉽사리 그 승부를 내지 못하고 있었다.

"시간을 끌어 좋을 것은 없을 듯합니다만……."

어느새 소법 곁으로 다가온 파소가 나직하게 입을 열었다.

"그 생각은 나도 같네. 하지만 이 싸움은 그들에게 맡겨두세나. 그들은 죽림의 무인 이전에 무천향의 무인들이야. 그들의 싸움에 관여하는 것은 그들의 자존심을 건드리는 것일세."

"그러나 임종성과 탁발가 사대도호의 귀환이 늦어지면 검산에서 또 다른 고수들을 보낼 수 있습니다."

"그럴 수도 있겠지. 하지만 솔직히 말하자면, 별로 걱정은 하지 않네. 검산에서 사람을 보낸다면 말이야… 아마 정종에서도 사람을 보내지 않을까?"

소법이 빙그레 미소를 지으며 말했다. 순간 파소는 이 노고수가 얼마까지만 해도 치밀하게 이득을 계산해 움직였던 사람이란 걸 새삼스레 떠올렸다. 이미 그의 심중에는 이 죽림에서 벌어질 모든 상황에 대한 계산이 서 있는 것이 분명했다.

"지금 속으로 내 흉을 보고 있겠지? 음흉한 늙은이라고."

"독심술까지 익히셨는지는 몰랐군요."

"이런, 정말 그렇게 생각하고 있었단 말인가?"

"그저 심기가 깊으시단 걸 새삼 깨달았을 뿐이지요."

"끌끌, 이렇게 욕을 먹는군. 어쨌든 이 싸움은 일단 그냥 두고 보세나. 검산에서 다시 사람이 나온다면 그때 관여해도 늦지 않을 걸세. 검산 쪽을 살피는 사람들에게서 연락이 없는 것을 보면 아직 검산이 움직이지는 않은 것 같네."

소법의 말에 파소가 다시 한 번 치밀한 소법의 심계에 감탄했다. 소법은 이 대숲에서 피리를 불고 있으면서도 죽림의 고수들을 움직여 정종과 검산의 움직임을 빠짐없이 지켜보고 있었던 것이다.

“그럼 싸움 구경이나 하죠.”

“그러시게. 본래 싸움 구경만큼 재밌는 것도 없지 않은가?”

소법의 말에 파소가 미소를 지으며 아홉 사람이 치열하게 엉켜들고 있는 싸움터로 시선을 돌렸다.


콰콰쾅!

도법과 검법이 충돌하면서도 장내에는 병기의 충돌음이 터져 나오지는 않았다. 이 싸움에 참여하고 있는 아홉 고수는 모두 도기와 검기를 일으켜 병기를 보호할 공력을 지닌 인물들이어서 병기가 직접 충돌하는 경우는 전혀 없었기 때문이다. 그래서 양측의 격돌음도 쇳소리가 아닌 둔탁한 진기의 충돌음으로 이루어져 있었다.

그런데 도검을 들고 격돌하는 아홉 사람의 고수 중 한 명의 움직임은 다른 여덟 사람의 움직임과 사뭇 달라 파소의 시선을 끌었다. 바로 죽림, 아니, 무천향 최고의 추적술을 지니고 있다는 고승의 움직임이었다.

고승의 손에는 언제나 세 개의 비도가 들려 있었는데, 그 비도들은 허공을 격하고 적을 향해 날아갔다가도 날아가는 속도보다 빠르게 다시 고승의 손에 들어왔다. 그 때문인지 고승의 손에는 거의 모든 순간 여섯 개의 비도가 들려 있었다.

‘놀라운 솜씨다. 본래 비도란 한 번 던져 내면 싸움이 끝나기 전에는 회수하는 것이 어려운데 고 대협은 비도의 발출과 회수가 무척 자유롭구나. 만약 비도의 발출과 회수가 모두 고 대협의 본신 공력으로 이루어지는 거라면 그건 곧 전설적인 이기어검과 같은 유형의 경지라고 할 수 있을 텐데.'

그러나 고승이 비록 뛰어난 고수이기는 하지만 그가 이기어검의 경지에 도달한 고수로 보이지는 않았다. 만약 그가 이기어검의 경지에 도달해 있다면 그는 아마도 혼자의 힘으로 탁발가 사대도호 삼 인을 제압할 수 있었을 터였다.

그러던 한순간 파소의 눈빛이 반짝였다. 머리카락보다 작은 은빛 줄이 그의 시야에 들어왔기 때문이다.

'저게 바로 고 대협 비도술의 비밀이었군.'

파소는 은빛 줄기의 정체를 확인하고는 고승이 여섯 개의 비도를 자유자재로 발출하고 회수하는 방법을 알아챘다. 고승이 던져 내는 여섯 개의 비도에는 각기 하나씩의 가느다란 은사(銀絲)가 연결되어 있었다. 굵기가 믿기 힘들 정도로 가늘어 일반 사람들의 눈에는 거의 들어오지 않을 은사였지만 빛을 반사하는 순간만큼은 그 존재를 숨길 수가 없었다.

'하지만 비록 은사에 연결되어 조종된다고 해도 대단한 무공이 아닐 수 없다. 여섯 개의 줄이 서로 엉키지 않게 움직여야 하고 또 저 은사를 통해 시전자의 진기가 비도까지 전달되어야 하니 보통 사람이라면 흉내도 내기 힘든 비도술이다.'

비록 은사로 조종되는 비도술이었지만 고승의 비도술은 파소를 감탄시키기에 충분했다. 여섯 개의 비도는 은사에 매달려 마치 살아 있는 생물처럼 탁발가 사대도호를 공격하고 있었다.

그런데 비도에 매달린 은사는 그 쓰임새에 있어 파소가 예상치 못한 용도가 숨어 있었다.

쉬이익!

고승의 양손이 어지럽게 허공을 휘젓자 그의 양손에서 하나씩의 비도가 공기를 가르며 한 명의 탁발가 사대도호를 향해 날아갔다. 비도의 공격을 받은 탁발가 사대도호는 이미 또 다른 죽림 출신 검객과 치열한 공방을 벌이던 와중이었지만 가벼운 비웃음과 함께 훌쩍 신형을 띄워 올려 고승이 던져 낸 비도를 피해냈다.

슈우욱!

탁발가 사대도호의 몸 옆으로 은사를 매단 고승의 비도 두 개가 아슬아슬하게 스치고 지나갔다. 허공으로 치솟은 비도는 언제나처럼 우아한 곡선을 그리며 방향을 틀었다. 고승이 던져 낸 비도를 회수하기 위해 비도의 방향을 튼 것이었다. 아니, 적어도 비도의 움직임을 보고 있던 사람들은 모두 그렇게 생각하고 있었다.

그런데 허공에서 매끄러운 곡선을 그리며 회전한 비도가 다른 때와는 전혀 다른 움직임을 보였다. 방향을 바꾼 비도 두 개가 곧바로 고승의 손으로 돌아오지 않고 허공에서 서로 교차하며 다시금 비도를 피해낸 탁발가 사대도호를 향해 날아갔던 것이다.

‘저렇게 되면 은사가 엉킬 텐데!’

비도들을 조종하는 은사들이 엉키지 않기 위해선 고승의 손을 떠난 비도들이 허공에서 교차하는 일이 일어나서는 안 된다. 그런데 지금 고승의 비도 두 개가 서로 교차하고 있지 않은가?

‘실순가? 아니면……’

파소가 잠시 걱정스런 표정을 짓는 순간, 비도의 교차가 결코 실수가 아님이 밝혀졌다.

“웃!”

되돌아온 비도의 공격을 받은 탁발가 사대도호의 입에서 다급성이 터져 나왔다. 다른 때라면 공격에 실패한 비도가 주인의 손으로 들어가야 했을 상황에서 갑자기 두 개의 비도가 재차 자신을 향해 날아들었기 때문인 듯싶었다.

그런데 그가 다급성을 토해낸 이유는 비도가 재차 자신을 향해 날아왔기 때문만은 아니었다. 문제는 비도가 아니라 그 비도에 매달려 있는 은사였다.

허공에서 교묘하게 교차한 비도는 그들의 꼬리에 매달고 있는 은사를 교차시키며 하나의 둥그런 올가미를 만들어냈고 그 올가미가 탁발가 사대도호를 몸을 옥죄어오고 있었던 것이다.

‘애초부터 저걸 노린 거였구나.’

파소가 고승의 의도에 감탄하는 사이 어느새 두 개의 비도는 당혹해하는 탁발가 사대도호를 다시금 스쳐 지나고 있었다. 그러자 눈 깜짝할 사이에 탁발가 사대도호가 마치 덫에 걸린 짐승처럼 고승의 비도에 매달린 은사에 휘감겼다.

"잇!"

비록 실보다 가느다란 은사였지만 일단 몸을 휘감자 탁발가 사대도호의 움직임이 순식간에 둔화됐다. 그리고 그 빈틈을 놓치지 않고 고승과 함께 상대를 공격하고 있던 죽림의 검객이 재빨리 날카로운 검기를 뻗어냈다.

팟!

죽림의 검객이 뻗어낸 검기가 아슬아슬하게 상대의 목을 스치고 지나갔다. 비록 치명적인 부상은 피했지만 상대의 검기를 가까스로 흘려낸 탁발가 사대도호의 목에 한 줄기 선혈이 만들어졌다. 그러나 위기는 그것이 끝이 아니었다.

"승부를 내자!"

고승의 입에서 호기로운 목소리가 흘러나오더니 그의 양손에 남아 있던 네 개의 비도가 동시에 허공으로 떠올랐다.

일단 고승의 손을 떠난 비도들은 마치 살아 있는 생물처럼 그 머리를 까닥이다가 한순간에 빛의 속도로 은사에 휘감겨 있는 탁발가 사대도호를 향해 폭주했다.

"잇!"

비도 네 개의 공격을 한 번에 받은 탁발가 사대도호의 입에서 당혹스러우면서도 신경질적인 목소리가 터져 나왔다. 그가 용트림을 하며 자신의 몸을 휘감은 은사에서 빠져나오려 몸부림을 쳤지만 그럴수록 그를 휘감은 은사는 점점 더 강하게 그를 옥죄어왔다.

팟!

그러는 사이 어느새 그에게 도달한 고승의 비도들이 미세한 파열음과 함께 그의 신형을 스치고 지나갔다.

"큭!"

한순간에 전신에 비도를 허용한 탁발가 사대도호의 입에서 참을 수 없는 고통의 신음성이 터져 나왔다. 그리곤 더 이상 몸부림을 치지 못한 채 맥없이 땅 위에 주저앉았다. 고승이 던져낸 네 개의 비도 중 두 개가 그의 두 다리 근육을 끊어냈던 것이다.

세 쌍으로 나뉘어져 벌어지던 싸움 중 하나가 끝이 났다. 땅 위에 무릎을 꿇은 탁발가 사대도호 중 일인의 생명은 회복될 수 없을 듯 보였다. 두 다리의 힘줄이 끊어진 것에 더해 그의 심장 부위에서도 붉은 피가 솟구치고 있었다.

휘리릭!

고승이 두 손을 휘저었다. 그러자 여섯 개의 비도가 어지럽게 허공을 휘젓더니 한순간에 둥지를 찾아드는 새처럼 고승의 손에 들어왔다.

"어떤가? 죽림의 무공도 그런대로 괜찮지?"

상대를 무릎 꿇린 고승이 천천히 상대에게로 다가가 나직하게 입을 열었다.

"이따위 사술에 당하다니……."

땅 위에 무릎을 꿇고 있던 사대도호가 자신이 당했다는 사실이 믿기지 않는 듯 허탈한 표정으로 말했다.

"사술이라니. 그럼 섭섭하지. 내 육십 평생을 익힌 비도술 인데. 어쨌든 편히 가게 도와주겠네."

고승의 말에 상대가 노한 눈길로 고승을 바라보며 말했다.

"필요없다. 아직 내 스스로 운명을 결정할 힘은 남아 있다. 나 하나 죽였다고 득의해하지 말라. 오늘의 이 선택이 죽림을 피바다로 밀어 넣을 것이다."

저주하듯 말을 던져 낸 사내가 한순간 손에 든 도를 휘둘러 자신의 목을 베었다.

"큭!"

그의 입에서 한마디 신음성이 터져 나오더니 금세 그의 신형이 허무하게 무너져 내렸다.

"독한 사람 같으니. 죽으면서까지도 아집에서 벗어나지 못하는구나. 하지만 세상일이란 게 모두 자신이 원하는 대로 되는 건 아니지. 오늘 그대가 이곳에서 죽을 거라 생각지 못한 것처럼 말이야. 죽림이 피바다가 될지 청정한 수도자의 고향이 될지는 두고 봐야 알겠지."

고승이 자신 앞에 쓰러져 있는 주검을 우울한 눈으로 내려다보며 중얼거리다가 문득 고개를 돌려 나머지 두 쌍의 싸움을 돌아봤다. 승패가 갈린 고승의 싸움과는 달리 나머지 두 쌍의 싸움은 여전히 팽팽하게 진행되고 있었다.

"서둘러야 할 텐데……."

고승의 입에서 나직한 음성이 흘러나왔다. 그런데 바로 그 순간, 격렬한 싸움이 벌어지고 있는 죽림의 동쪽 저편에서 한

줄기 소리가 들려왔다.

삐이이익!

그러자 마치 기다렸다는 듯 숲의 남쪽 경계 너머에서도 역시 같은 형태의 소리가 들려왔다.

삐이이익!

순간 고승이 재빨리 소법을 바라봤다. 소법 역시 대나무 숲 너머 동쪽과 남쪽에서 들려오는 신호음에 긴장한 표정을 드러냈다.

"뭡니까?"

파소가 소법을 보며 묻자 소법이 긴장한 목소리로 대답했다.

"드디어 검산이 움직였네. 그리고 정종 또한 움직인 모양이군."

"검산과 정종 양쪽이 모두 말입니까?"

"그렇다네. 이 싸움… 빨리 끝내야겠어."

소법이 자신의 애병인 쇠로 만든 피리를 들어 올리며 중얼거렸다.

"한쪽은 제가 맡죠."

"그러시게."

소법이 고개를 끄덕였다. 순간 파소의 신형이 뿌연 잔영을 남기며 소법 앞에서 사라졌다.

"역시 대단해. 젊은 사람에게 창피를 당하지 않으려면 땀 좀 흘려야겠군."

소법이 이미 싸움터에 뛰어든 파소를 보며 중얼거리고는 훌쩍 신형을 날렸다.

파소가 다가들자 탁발가 사대도호 한 명을 가운데 몰아놓고 팽팽한 접전을 벌이고 있던 죽림의 두 고수가 거리를 벌려 파소의 자리를 마련했다. 그들도 이미 멀리서 들려오는 신호음을 들었기에 더 이상 자신들의 자존심을 따질 상황이 아님을 알고 있었다.

파소는 죽림의 두 고수가 열어준 공간으로 뛰어들며 가볍게 검을 휘둘렀다. 회초리 휘두르는 듯한 파소의 검법. 그러나 언제나처럼 그 결과는 강력했다.

깡!

갑작스런 등장과 갑작스런 공격, 그리고 그 검초에 깃든 힘은 상상을 초월했다. 파소의 공격을 받은 탁발가 사대도호 중 한 명이 무심결에 도를 들어 파소의 검기를 막아내고는 자신도 모르는 사이에 십여 걸음 뒤로 물러났다.

"너… 너는!"

이미 임하와 자신의 동료 중 한 명을 제압한 파소의 실력을 보았으면서도 정면으로 파소의 검기를 막아낸 상대의 입에서 당혹스런 음성이 흘러나왔다.

"알겠지만 시간을 끌 수 있는 상황이 아닌 것 같구려."

파소가 당황하는 적을 향해 연이어 두 번의 검초를 그어대며 마치 친구에게라도 말하는 듯 나직하게 말했다.

순간 당혹한 표정을 짓고 있던 탁발가 사대도호의 눈앞에 두 개의 검기가 열십자 모양으로 만들어졌다.

"흡!"

탁발가 사대도호의 입에서 다급한 신음성이 흘러나왔다. 동시에 재빨리 도기를 일으킨 그가 자신을 향해 덮쳐드는 파소의 검기를 향해 강력한 일 초의 도법을 펼쳤다. 쿠쿵!

검기와 도기가 충돌하면서 강력한 파공음이 장내를 뒤흔들었다. 그 충돌 속에서 탁발가 사대도호가 신형을 흔들거리며 주춤주춤 뒤로 물러났다. 파소의 검기를 막아내며 입은 충격이 결코 작지 않은 모습. 그런데 파소의 공세는 예상외로 단호했다. 충격을 받아 흔들리는 적을 향해 연이어 파소의 검이 불쑥 찾아들었던 것이다.

"엇!"

갑작스레 자신의 가슴 앞에 나타난 파소의 검에 탁발가 사대도호가 놀라 숨을 들이켰다. 그러면서도 신형을 비스듬히 비틀어 파소의 검을 피하려 했다. 그런데 그 순간 파소의 검이 더 이상 앞으로 전진하지 않고 대신 그의 왼손이 재빨리 뻗어나가 탁발가 사대도호의 목덜미를 빠르게 찍어냈다.

"큭!"

한마디 신음성과 함께 탁발가 사대도호가 얼어붙은 듯 움직임을 멈췄다. 그렇다고 땅 위로 쓰러진 것은 아니었다. 파소에게 마혈을 짚혀 온몸의 기능을 상실하고 말았던 것이다.

"굳이 살려둘 필요가……?"

어느새 다가온 고승이 파소에게 물었다.

"혹 쓸모가 있을지도 모르지요. 그리고 설혹 쓸모가 없다 하더라도 그에 대한 처분은 죽림의 고수분들이 결정하실 일입니다."

파소의 말에 고승과 탁발가 사대도호와 격전을 벌이던 죽림의 고수 두 사람 얼굴이 밝아졌다.

"소천께서 그렇게 배려를 해주신다면 고맙지요."

고승이 재빨리 고개를 숙여 파소에게 감사를 표했다. 그러자 파소가 빙긋 미소를 지으며 답을 했다.

"당연한 일이지요. 죽림의 주인은 여러분들이니까요."

"소천 역시 얼마 전까지는 죽림의 식구였지요."

"어떻게 생각하실지 모르지만 솔직히 전 지금도 제가 죽림의 사람이라고 느끼고 있습니다."

파소의 대답에 고승과 다른 죽림의 고수들 얼굴에 미소가 떠올랐다. 그런데 그때, 한쪽에서 여전히 싸움을 벌이고 있던 소법의 목소리가 들려왔다.

"역시 내가 늙긴 늙었군."

순간 파소와 죽림의 고수들이 고개를 돌렸다. 그러자 그들의 눈에 피리로 탁발가 사대도호의 나머지 한 명의 목을 겨누고 있는 소법의 모습이 들어왔다.

"끝났군요."

파소가 소법에게 다가가며 말하자 소법이 떨떠름한 표정으로 대답했다.

“끝이 나긴 했네. 하지만 기분이 썩 개운치는 않군.”

“무슨 문제라도 있습니까?”

“뭐, 문제랄 건 없고… 이 나이가 먹도록 수련한 무공이 자네에게 뒤처진다는 사실을 확인하는 것이 그리 기분 좋은 일은 아니니까.”

“무슨 말씀을… 제가 조금 더 서둘렀을 뿐이지요.”

“아니야. 앞 물은 언제나 뒷물에 밀리게 되어 있는 것이 세상의 이치일세. 역시 이젠 자네와 같은 젊은이들의 시대가 된 것 같구만. 이 무천향도 말이야.”

“아직은 종성 어른께서 해주실 일이 많이 남아 있습니다. 이 무천향에는 말이지요.”

“그런가? 하지만 역시 이번 일이 마지막 일이 되겠지. 어쨌든 아직 할 일이 남아 있다니, 힘이 나는군. 이보시게들, 일단 이들을 데리고 이곳에서 나가세. 밖의 사정이 어떤지 궁금하군.”

소법의 명에 고승 등 죽림의 고수들이 일제히 고개를 숙여 보이고는 서둘러 임하와 살아남은 두 명의 탁발가 사대도호를 부여잡고 대나무 숲을 벗어나기 시작했다.


죽림은 여전히 조용했다. 하지만 죽림 밖의 사정은 그리 녹록하지 않았다. 파소와 소법이 몇 명의 죽림 고수들을 데리고 죽림에서 성시로 이어지는 길목으로 나서자 죽림 밖에서 도합 칠팔십여 명의 고수들이 대치하고 있는 모습이 눈에 들어왔다.

한눈에 보아도 검산과 정종의 고수들이 죽림으로 이어진 길을 사이에 두고 서로의 행동을 견제하고 있는 것이 분명해 보였다.

"모두 무슨 일로 남의 집 앞에서 이렇게 살벌한 모습을 보이고 있는 것이오?"

소법이 길을 따라 내려오며 대치 중인 양측의 고수들을 보며 물었다. 소법이 나타나자 검산과 정종의 고수들 사이의 팽팽한 긴장이 어느 정도 누그러졌다.

"소천!"

순간 정종의 고수들 중 몇몇이 파소 앞으로 달려왔다. 을정해와 을현! 누가 봐도 정종 최고의 고수에 속하는 두 사람까지 나섰다는 것은 정종에서 파소의 안위를 그만큼 위험하게 생각하고 있었다는 의미였다.

파소에게 말을 건 사람은 을정해였다.

"종성 어른께서도 나오셨습니까?"

파소의 놀란 눈으로 을정해를 보며 물었다.

"소천의 귀환이 너무 늦어져서 이 늙은이라도 나와보지 않을 수 없었소이다. 더군다나 저들이 먼저 움직였으니……."

을정해가 검산의 고수들을 돌아보며 말했다. 그러자 파소가 미소를 지으며 대답했다.

"그래서 이곳에서 서로 죽림에 진입하는 것을 막고 있었던 것이군요."

“뭐, 서로 눈치만 보고 있었소이다.”

“종성 어른과 을 대협의 길을 막을 수 있는 사람이라면 검산에서도 대단한 고수들이 나온 모양이군요.”

“대성사 소유거와 이괄이라면 만만한 상대는 아니지요.”

을정해의 말에 파소가 놀란 눈으로 검산의 고수들을 돌아봤다.

“그 두 사람이 나왔습니까?”

“뿐이오이까? 저쪽 멀리 보면 무무경 또한 모습을 드러내고 있소이다.”

을정해의 말에 파소가 얼른 고개를 돌려보니 과연 검산 바로 아래 자락에 일단의 인물들이 파소 등이 있는 곳을 주시하고 있었다.

“잘못하면 한바탕 전쟁이라도 일어날 것 같군요.”

“작은 불씨만 떨어진다면…….”

을정해가 어두운 낯빛으로 말했다. 그런데 그때 검산의 고수들 사이에서 소유거가 앞으로 나서며 파소와 함께 죽림에서 나온 소법을 보며 물었다.

“오랜만입니다, 종성 어른!”

“그렇구려. 그런데 무슨 일로 대성사께서 검산의 고수들을 이끌고 죽림까지 납신 것이오?”

소법의 응대가 제법 차가웠다. 그러자 소유거가 잠시 파소와 소법이 나온 죽림 쪽을 살피다가 넌지시 말을 꺼냈다.

“임 종성님과 탁발가 사대도호가 종성께 안부 인사를 드리러 갔는데 시간이 오래 지나도 돌아오지 않아 이렇게 마중을 나왔소이다."

"하하하! 거참, 마중 한 번 요란하게 나왔구려. 그 다섯 사람이 무척 대단한 인물들이긴 하나 대성사께서 친히 검산 고수들을 대동하고 마중을 나와야 하는 사람인들인 줄은 몰랐구려."

소법의 말투에서 빈정거림을 느낀 소유거가 살짝 인상을 찌푸렸다. 대성사 소유거는 무천향에서 자존심이 강하기로 유명한 인물이었다. 그러니 소법의 빈정거림이 달가울 리 없었다. 살짝 얼굴을 찌푸렸던 소유거가 결심을 굳힌 듯 정색을 한 얼굴로 소법에게 물었다.

"내 성미가 고약해서 말을 돌리지 못하겠소이다. 물읍시다. 그 다섯 사람은 지금 어디 있소이까?"

소유거가 추궁하듯 물었다. 그러자 소법이 그런 소유거를 빤히 쳐다보다가 추상같은 목소리로 입을 열었다.

"그들은 감히 죽림에 들어 죽림의 고수들을 핍박하려 했소이다. 해서 나와 죽림의 형제들은 부득불 그들을 제압할 수밖에 없었소."

순간 소유거의 눈에서 한줄기 한광이 쏟아져 나왔다.

"설마 그들을 죽인 것이오?"

"죽은 자도 있고, 산 자도 있소!"

소법의 차가운 대답에 소유거가 이를 가는 듯한 목소리로 물었다.

"정녕 그대가 검산과 원한을 맺으려 하는 모양이구려."

"이보시오, 대성사. 말을 가려 하시오. 무천향의 분란에 휩싸이지 않겠다는 죽림의 잔존자들을 찾아와 도검으로 위협한 자들이 바로 그들이오. 만약 죽림이 검산과 원한을 맺는다면 그건 나와 죽림에 남은 형제들 탓이 아니라 바로 그대들 스스로의 탓일 것이오. 그런데 한 가지 물읍시다. 지금 이 자리에서 죽림을 향해 칼을 들이밀 것이오?"

소법의 질문에 소유거가 선뜻 대답을 하지 못하고 잠시 망설이다가 입술을 깨물며 말했다.

"살아남은 자들을 건네주시오. 그러면 오늘은 아무 일 없을 것이오."

"하지만 내일은 일이 있을지도 모르겠다는 말이구려."

"지금 말장난하고 싶은 생각이 없소이다."

"말장난? 소유거 그대는 정녕 도도하기 이를 데 없군. 아무리 대성사라는 지위가 고귀하다 해도 감히 십이종성인 이 소법에게 그따위 말을 지껄이다니. 그런 태도가 나로 하여금 검산에 등을 돌리게 했다는 것을 정녕 모른단 말인가? 오늘은 그만 돌아가라. 내일 그대들이 다시 오는 것은 상관치 않겠다. 하지만 다시 올 때는 반드시 검산의 종성들 중 한 명이 나서야 나와 이야기를 나눌 수 있을 것이다. 알겠는가?"

소법의 차가운 냉소에 소유거의 표정이 여러 번 변했다. 그러나 지금 이 상황에서 소유거가 선택할 수 있는 길은 많지 않았다. 소유거는 살기가 번뜩이는 눈으로 소법을 노려보다 불쑥 말을 내뱉었다.

"좋소. 무천향 십이종성의 말을 어찌 거부하겠소. 하지만 과연 다음에 만났을 때도 날 이렇게 대할 수 있는지 두고 봅시 다."

차갑게 말을 쏘아댄 소유거가 미련없이 신형을 돌려 검산의 고수들이 있는 곳으로 돌아가며 외쳤다.

"돌아간다!"

# 第四章

## 성해의 혈루(血涙)

　죽림을 중심으로 무천향의 상황이 급변하고 있었다. 정종으로 이동했던 죽림의 고수들이 다시 죽림으로 거처를 옮겼고, 정종의 고수 일부도 죽림에 거처를 정했다. 성해 남쪽 길을 통해 죽림과 정종 사이에는 단단한 연결망이 형성되었고 그렇게 되자 동남과 서남에서 정종과 죽림이 북쪽의 검산을 밀어붙이는 형국이 전개되었다.

　하지만 비록 죽림의 고수 삼분지 이가 정종 편에 섰다 해서 정종이 완벽하게 무천향의 전세를 장악하고 있는 것은 아니었다. 오래전부터 이어온 정종의 쇠락은 죽림이 가세하고 나서야 검산과 대등한 세를 형성할 만큼 심각했기 때문이다.

　어쨌든 그렇게 지형적으로라도 정종과 죽림이 하나의 세력으로 화해 검산을 압박하는 상황이 되자 무천향의 전운은 점점 더 짙어져 갔다. 조용한 무천향에서 그나마 사람들의 왕래가 있던 성시도 비워진 지 오래, 무천향에는 팽팽한 긴장감만이 감돌고 있었다.

그러나 이 상황이 오래 지속될 수는 없었다. 어떤 식으로든 양측은 결론을 내야 했다. 시간은 양측 모두의 편이 아니었다. 시간은 오히려 양측 모두의 적이라고 하는 편이 옳았다.

가장 문제가 되는 것은 당장 입고 먹을 것이 제대로 돌지 않는다는 것이었다. 성시가 비워지자 성시에서 살아가는 데 필요한 것을 얻어왔던 무천향의 고수들은 당장 먹고 입는 문제가 심각해지기 시작했다.

며칠, 아니, 한두 달은 각자의 집 안에 보관한 식량으로 끼니를 해결할 수 있다지만 무천향의 고수들은 집 안에 먹을 것을 쌓아두고 살아가는 사람들이 아니었다. 가장 많은 식량이 비축되어 있는 정종의 향주전조차도 석 달치의 식량이 전부였던 것이다.

상황이 이렇다 보니 양측의 대치가 길어지면 질수록 양측 모두 힘들어질 수밖에 없는 상황이었다.

그러나 비록 시간이 양측 모두에게 적이 되고 있을지라도 검산과 정종 어느 쪽도 먼저 상대를 향해 쉽사리 검을 꺼내 들지는 못하고 있었다. 무천향의 인원은 모두 일천여 명. 이 숫자는 단 한 번의 전쟁으로도 전멸에 이를 수 있는 숫자였다. 어느 한쪽의 일방적인 우세가 아닌 상황에서의 격돌은 자칫 공멸의 결과를 가져올 수도 있는 것이었다.

그러니 정종과 검산 양측 모두 곳간이 비어가는 것을 보면서도 쉽사리 이 이 상황을 깨뜨리길 두려워하고 있는 것이었다.


파소는 숙소를 나와 향주전 뒤편 송림에 자리한 정종 수뇌부 막사를 향해 걸었다. 팽팽한 긴장감과 어울리지 않는 아름다운 무천향의 모습이 파소의 눈에 들어왔다.

파소가 아름답기 이를 데 없는 무천향의 풍경을 바라보며 한숨을 쉬고는 서둘러 발걸음을 옮겼다.

"왔는가?"

송림에 도착하자 을현이 파소를 맞이했다. 파소와 을현은 파소의 아버지 을몽학이라는 연결 고리가 있어 금세 친숙한 사이로 변해 있었다. 물론 비록 을몽학의 존재가 아니더라도 파소는 무인 을현에게 이미 깊은 인상을 받았으므로 둘의 관계는 금세 가까워졌을 터이지만, 어쨌든 을몽학의 존재가 두 사람을 좀 더 빠르게 가까워지게 만든 것은 분명했다.

"나와 계셨군요."

"소천께서 온다고 해서……."

"절 마중 나오신 겁니까?"

"그렇다네."

"하하, 이거 영광인데요?"

파소가 웃음을 터뜨리며 말했다. 그러자 을현 역시 사람 좋은 미소를 지으며 입을 열었다.

"내가 소천을 어찌 생각하는지 소천이 더 잘 알고 있지 않은 가?"

"단지 제 아버님 때문에 절 이리 잘 대해주시는 거란 말입니까?"

파소가 짐짓 서운한 표정으로 물었다.

"그런 말이 아니란 건 소천도 잘 알고 계시지 않나. 이런 걸 보면 몽학님과는 또 다르단 말씀이야."

"어떻게 다르다는 겁니까?"

"몽학님은 그런 농담은 잘 하지 않는 편이셨거든."

"재미없는 분이셨나 보군요."

"항상 진지하셨네."

을현이 몽학에 대한 기억을 떠올리는지 아득한 표정을 지으며 성해를 내려다봤다. 그러나 과거의 인물이 다시 돌아올 수는 없는 일. 을현이 과거의 상념에서 깨어나려는 듯 고개를 가볍게 흔들다가 문득 움직임을 멈췄다.

"저건……?"

을현의 입에서 긴장한 듯한 목소리가 흘러나왔다. 파소가 재빨리 을현의 시선이 가 있는 곳을 바라봤다. 그러자 검산으로 이어지는 숲길에 근 일백여 명에 이르는 사람들이 모습을 드러냈다.

"검산이 드디어 움직이는 걸까요?"

파소의 목소리 역시 긴장으로 살짝 떨렸다.

"오늘 아침까지만 해도 지난번 소천이 제압한 탁발가 사대도호 둘을 돌려달라고 계속 성화를 부리더니, 일이 자신들의 뜻대로 되지 않자 검으로 일을 해결하기로 결정했나 보군."

"그런데 저들의 숫자가 생각보다 적군요."

"숫자보다는 검산을 나선 자들의 정체가 중요하지 않겠소, 소천."

을현의 말에 파소가 고개를 끄덕였다.

"그렇군요. 검산 최고의 고수들이라면 단 열 명만으로도 이 싸움의 승패를 결정지을 수 있을 테니까요."

파소가 을현의 말에 동의하는 사이 어느새 막사 안까지 소식이 전해졌는지 을도산을 포함한 정종의 수뇌부들이 막사를 벗어나 송림 아래로 나왔다.

"와 있었구나."

막사를 벗어난 을도산이 파소를 발견하고는 먼저 말을 건넸다.

"방금 전에 도착했습니다."

"저들은 보았느냐?"

을도산이 검산을 벗어나는 백여 명의 고수들을 보며 물었다.

"좀 전부터 보고 있었습니다."

"음, 저들이 드디어 칼을 빼 든 것일까?"

을도산이 눈을 가늘게 뜨고 검산을 벗어나 어느새 성시에 가까워지고 있는 검산 고수들을 보며 중얼거렸다. 그러자 을도산과 함께 막사를 벗어난 종성 을천목이 침착한 목소리로 대답했다.

"저들의 의도야 어찌 되었든 우리 쪽에서도 준비를 해야지 않겠습니까?"

"옳은 말일세. 그리하게나."

을도산이 고개를 끄덕이자 을천목이 가볍게 고개를 숙여 보이고는 그의 뒤쪽에 서 있는 정종 고수에게 손으로 신호를 보냈다. 그리곤 자신이 먼저 훌쩍 몸을 날려 송림을 아래로 달려 내려가기 시작했다.

둥둥둥!

을천목이 송림을 떠나는 동시에 막사 오른쪽에 세워진 거대한 북이 은은하게 울리기 시작했다. 그러자 잠시 정종과 향주전이 소란스러워지는 듯하더니 순식간에 일백여 명에 이르는 정종 고수들이 향주전 앞쪽에 집결했다.

"역시 천목 저 사람의 실력은 믿을 만해. 정종 고수들을 이토록 빠르게 움직일 수 있는 건 모두 천목 저 사람 덕분일 거야."

을도산이 정종 고수들의 움직임이 흡족한지 고개를 끄덕였다.

"우리 쪽만이 아니지요. 그는 이미 죽림의 고수들까지도 손 안에 든 사람들처럼 움직이고 있습니다."

을정해가 멀리 성해 너머 죽림을 바라보며 말했다. 과연 을정해의 말처럼 성시에서 죽림으로 이어진 길 위에도 어느새 죽림의 고수 오십여 명이 모습을 드러내고 있었다.

"천목 저 사람이 있어 이런 포진이 가능했던 거지요. 본래 죽림과 정종 양쪽 모두를 점하는 이런 포진은 무척 위험한 포진인데, 천목 저 사람이 양쪽의 연결을 워낙 치밀하게 해놔 마치 한 곳에서 명을 받는 것처럼 움직이고 있으니 말입니다."

과거 향의 소천 자리를 위해 자신의 아들을 무벽에 도전시켰던 종성 을청산도 을천목의 능력을 칭찬했다. 을청산은 파소가 소천으로 결정된 이후 잠시 향의 수뇌부를 떠나 자신의 거처에 칩거했었으나 오래지 않아 향주 을도산의 막사에 합류한 상태였다. 비록 자신의 아들이 향의 후계자가 되지는 못했지만 정종에 대한 그의 애정은 그런 사사로운 감정을 뛰어넘는 것인 모양이었다. 하지만 그의 아들 을경은 무벽 도전 이후 지금까지 얼굴을 드러내지 않고 있었다.

"덕분에 우린 지형적으로 유리한 위치에 있지."

을도산이 만족한 듯한 표정으로 성시로 몰려드는 정종과 검산, 그리고 죽림 고수들을 보며 말했다.


검산을 벗어난 고수들은 서서히 속도를 높여 성시로 다가왔다. 파소는 그들의 모습을 보며 마치 초원의 마적 떼들이 움직이는 듯한 느낌을 받았다.

수백 척 떨어져 있는 거리였지만 검산 고수들의 무거우면서도 패도적인 기운이 온몸으로 느껴졌다. 그들 앞에 서 있는 성시가 늑대의 공격을 받은 양 떼처럼 가련하게 느껴졌다.

'설마 성시를 약탈이라도 하겠다는 것일까?

파소가 문득 이런 생각을 떠올렸다. 그리고 일단 생각이 떠오르자 자신의 생각이 무척 가능성이 높은 일이란 것을 깨달았다.

작금의 무천향에서 물자는 어느 곳이나 부족했다. 정종도 검산도, 그리고 죽림 역시 앞으로 몇 달을 버틸 만한 물자를 비축한 곳은 없었다. 검산과 정종의 대치가 길어지면서 외부에서 들어오는 물자도 끊겼고. 무천향 자체에서 생산해 내는 식량과 생필품들도 크게 부족해졌다. 이미 그 일에 종사하는 무천향 식구들이 일손을 놓은 지 오래이기 때문이었다.

향의 식구들이 오랫동안 개척해 온 농지에도 어느새 곡식들 사이로 그 곡식보다 키가 큰 풀들이 올라올 지경이었으니 물자가 귀해지는 것은 당연한 일이었다. 그렇다면 검산에서 성시를 노리지 말라는 법도 없었다.

성시는 무천향의 모든 물자들이 모여드는 장소다. 물론 지금은 성시에 나와 장사를 하던 사람들도 모두 각자의 출신에 따라 정종과 검산, 그리고 죽림으로 돌아가 버렸지만 그들의 생활 기반이던 성시의 상점에는 여전히 그들이 무천향의 식구들에게 팔기 위해 모아놓은 물건들이 적지 않게 남겨져 있었다. 어쩌면 검산에선 바로 그 물자들을 노리고 있는지도 몰랐다.

“성시를 노리는 건지도 모르겠군요?”

파소가 머릿속에 있던 생각을 입 밖으로 끄집어냈다.

“무슨 말이냐?”

을도산이 의아한 표정으로 물었다.

“저들은 죽림이나 정종이 아닌 성시의 상점들을 노리는 것일 수도 있다는 말입니다. 지금은 모든 물자가 부족한 상태지요. 성시의 상점에 남아 있는 물자를 확보한다면 장기전으로 갔을 때 훨씬 유리한 입장에 놓이게 될 겁니다.”

“하지만 그건 약탈이 아니오, 소천!”

을정해가 파소를 보며 말했다. 아무리 사분오열된 무천향이라도 약탈이란 있을 수 없는 일이라 생각하는 을정해였다.

“사람이 죽어가는 싸움입니다. 전쟁에선 오직 살아남는 자가 승자지요. 그들이 약탈자라는 오명을 겁낼 자들은 아닐 겁니다.”

파소의 말에 을도산이 고개를 끄덕였다.

“일리가 있다, 을목!”

을도산이 막사 좌우로 늘어서 있는 정종 고수 중 과거 을몽검을 곁에서 수행하던 을목을 불렀다.

“옛, 향주!”

“을천목 종성에게 전하라. 저들이 성시의 물자를 노릴지도 모르니 그에 대비하라고!”

“알겠습니다, 향주!”

을목이 을도산에게 고개를 숙여 보이고는 한순간 장내에서 사라졌다.

을목이 송림을 벗어난 지 일각여가 지나자 향주전 앞에 도열해 있던 정종의 고수 중 절반이 성해 남쪽으로 움직이기 시작했다. 동시에 정종 고수들 사이에서 길게 뿔피리 소리가 울려 나왔다. 그러자 죽림을 벗어나 있던 고수들 중 일부도 성시를 향해 신형을 날리기 시작했다. 그렇게 정종과 검산, 그리고 죽림을 떠난 고수들이 삽시간에 성시로 몰려들었다.


"젠장! 결국 피를 보는가! 망할 놈들!"

을정해의 입에서 거친 욕설이 흘러나왔다. 세 곳에서 출발한 고수들이 성시(星市)에서 만나는 순간 검산의 고수들은 망설이지 않고 정종과 죽림의 고수들을 향해 도검을 휘둘렀기 때문이다.

"지나치게 과감하군요."

파소가 조금 의아한 얼굴로 말했다.

"지나치게 과감하다는 건 무슨 말이오, 소천?"

을현이 파소의 말을 알아듣지 못하겠다는 표정으로 물었다.

"저들이 노린 것이 성시의 물건들이었다면 저렇게 전면전으로 나오지는 않았을 거란 말이지요."

"허면 처음부터 제대로 한판 싸우길 원하고 나왔다는 건가?"

"그런 것 같아요. 기다렸다는 듯 손을 쓰는 것을 보면."

"이해할 수 없군. 왜 저런 싸움을 벌이는 거지? 공격이 목적이었다면 애당초 좀 더 치밀하게 계획을 짜고 나왔어야 하는 것 아닌가? 벌건 대낮에 우리가 공격하니 마중 나오라는 식으로 걸어나와선…….”

“자존심 때문이 아니겠는가? 기습이나 모략에 의지하지 않고 순수한 무공으로 승부를 보겠다는.”

을청산이 나름대로의 이유를 말했다. 그러자 파소가 고개를 저었다.

“지난 세월 그들이 해온 일들을 보자면 결코 순수하게 무공으로 승부를 볼 사람들은 아니지요.”

“음, 듣고 보니 그도 그렇군. 지금껏 모략을 꾸며 일을 진행한 자들이 갑자기 정면 승부를 거는 것은 확실히 이상해.”

을정해는 파소의 의견에 동의했다. 하지만 장내의 누구도 검산 고수들의 의도를 정확하게 예상하는 사람이 없었다. 파소 역시 답답하기는 마찬가지였다.

성시에서는 이미 적지 않은 사람들이 피를 뿌리고 있었다. 싸움은 성시에서 시작했지만 싸움터는 점점 성해 쪽으로 이동하고 있었다.

성시는 여러 채의 건물이 들어서 있어 수백의 고수가 전면전을 벌이기에는 마땅치 않은 곳이었다. 해서 일단 싸움을 시작한 무천향의 고수들은 제법 너른 초지가 펼쳐져 있는 성해변으로 자연스럽게 이동했던 것이다.

도기와 검기가 충천하고 붉은 선혈이 연무를 일으키며 뿌려졌다. 멀리 송림에서 보기에도 어느새 푸른 성해의 물결 속에 붉은 피가 스며들기 시작하고 있었다.

"으음……."

한동안 말없이 성해 변에서 벌어지는 싸움을 바라보고 있던 을도산이 마치 검에 맞은 듯 신음성을 흘려냈다. 그의 시선은 핏빛이 비치는 성해의 수면에 고정되어 있었다. 그러나 그 누구도 을도산을 위로하지 못했다. 을도산에게 무천향은 어떤 곳인가? 자신의 혈육을 희생하면서까지 지키고자 했던 곳이 무천향이었다. 그런데 지금 그 무천향이, 그 무천향을 상징하는 성해가 피로 물들고 있었다. 성해에 번지는 핏빛 물결은 어쩌면 을도산의 혈루일지도 몰랐다.

파소 역시 그런 을도산을 보며 아무런 말도 하지 못했다. 그에 대한 원망들은 지금 이 순간, 이 거인의 비통함 앞에서 아무런 힘도 발휘하지 못했다. 지금 이 순간만큼은 을도산이 느끼는 비통함이 파소 자신의 몸을 벤 것처럼 아프게 느껴졌다.

싸움은 시간이 갈수록 거칠어졌다. 싸움에 참여하지 않았을지라도 무천향에서 살아가는 사람들은 모두 성해 변에서 벌어지는 치열한 싸움을 주시하고 있었다. 그 사이 시간은 흘러 어느덧 사위가 어둑해지기 시작했다.

파소는 고통스러워하는 을도산이 보기 싫어 성해 변의 전장터에서 시선을 돌렸다. 멀리 천봉이 눈에 들어왔다. 그런데 바로 그 순간, 파소의 눈이 번쩍였다.

'저건!'

분명 사람의 그림자들. 석양과 함께 깃들기 시작한 어둠을 타고 일단의 인물들이 빠르게 천봉 아래 펼쳐진 숲 속을 이동하고 있었다. 파소가 그들을 발견한 것은 그야말로 찰나의 순간이었다. 어쩌면 운이 좋았다고 할 수도 있었다. 그들의 움직임은 바람처럼 은밀하고 빨라서 천봉 인근의 무성한 숲 아래로 이동하는 그들의 모습을 먼 거리에서 발견하는 것은 극히 어려운 일이었다. 더군다나 날은 이미 어둑해진 상태였다.

그런데 우연히도 파소가 을도산에게서 시선을 돌려 천봉 쪽으로 시선을 돌리던 순간이 마침 그들이 나무가 없는 공터를 빠르게 횡단하던 때였던 것이다.

'성동격서(聲東擊西)!'

파소의 머릿속에 문득 오래된 병법의 성어가 생각났다. 파소는 정식으로 병법을 공부하지 않았지만 성동격서의 술책은 도검을 든 사람이라면 누구나 알고 있는 병법의 기초. 파소의 머릿속에 성동격서란 병법의 기초적인 술책이 떠오르는 순간, 파소의 눈이 사냥감을 노리는 맹수의 시선으로 변했다.

파소가 재빨리 천봉 주위의 숲 전체를 살폈다. 그러나 한순간 그의 눈에 잡혔던 일단의 무리는 어느새 다시 숲 아래로 숨어들어 자취를 찾기 어려웠다.

'어디로 이동하는 것인가?'

파소의 시선은 천봉 아래 숲의 남쪽과 동쪽 경계를 계속해서 살폈다. 그런데 그런 파소의 모습이 이상했는지 을현이 의아한 목소리로 질문을 던졌다.

"소천, 뭐 하시는 것이오?"

그러자 파소가 여전히 천봉 아래 숲에서 시선을 둔 채 나직하게 말했다.

"저들이 노리는 게 따로 있을지도 모르겠습니다."

"그게 무슨 말이시오?"

"아마도 성동격서의 계책을 쓰고 있는 듯합니다."

순간 을현의 눈빛이 번쩍였다. 을현 또한 파소가 말하는 의미를 금세 알아차렸다.

"뭘 보셨소이까?"

을현이 정색을 한 표정으로 파소 곁에 바싹 다가섰다,

"천봉 아래 숲에서 일단의 인물들이 이동하고 있습니다. 잠시 모습을 보였지만 지금은 보이지 않는군요."

"천봉이라면……."

을현이 눈을 가늘게 뜨며 파소와 마찬가지로 천봉 아래의 숲을 살피기 시작했다. 하지만 파소가 놓친 자들의 흔적을 을현이라고 해서 쉽게 발견할 수는 없었다. 을현이 잠시 천봉을 살피가 나직하게 중얼거렸다.

"쉽지 않구려. 워낙 숲이 우거진데다 이미 어둠이 내리기 시작했으니… 보자, 천봉 아래 숲을 통하면 결국 정종의 북동쪽이거나 아니면 의방으로 이어지는 길이 나올 텐데……."

을현의 말에 파소가 여전히 숲에서 눈을 떼지 않으며 말했다.

"그럼 의방을 노리는 걸까요?"

"글쎄올시다. 그들이 지금 이 상황에서 의방을 노릴 이유는 없을 터인데… 비록 의방이 독자적인 영역을 가지고 있다고는 해도 애초에 검산에 속한 곳이라서 말이오."

"하지만 지금은 아니지요."

"응? 아! 그러고 보니 그도 그렇구려. 의방오현 중 사 인이 향주님을 따르고 있으니… 그렇다면 역시……."

"의방엔 노릴 만한 물건이 많지요."

"맞는 말이오. 물론 향 최고의 영약과 독약들은 의관 천보암에 들어 있으나 의방에도 그에 못지않은 영약과 독들이 있을 것이오. 수백 년을 이어온 의방이니……."

"아마도 지금까지는 그것들을 검산의 수뇌들 마음대로 사용해 왔을 겁니다. 하지만 의방오현 중 사 인이 향주님을 따르기로 한 이후에는 의방의 영약들을 자신들 마음대로 쓸 수 없었겠지요. 그러니 결국……."

"음, 내가 봐도 확실히 의방 같구려. 저들이 아무리 간이 부었기로 서니 단 몇 명을 보내 정종을 공략할 수는 없을 것이오."

을현이 확신하듯 말했다. 그러자 어느새 다가왔는지 을도산이 불쑥 두 사람 뒤에서 입을 열었다.

"그렇다면 아니 가볼 수 없겠군."

을도산의 말에 파소와 을현이 급히 신형을 돌려 을도산을 바라봤다.

"어떤가, 두 사람이 가보겠는가?"

을도산의 말에 파소가 얼른 입을 열었다.

"저들이 성동격서의 술책까지 쓰며 의방을 노린다면 대단한 고수들을 보냈을 겁니다. 저희 두 사람으로 감당할 수 있을지……."

"후후, 난 두 사람의 실력이 결코 검산 늙은이들을 상대하기에 부족하다고 생각지 않는다. 그리고 두 사람만 보내는 것은 아니야."

을도산의 말에 파소와 을현이 의아한 눈으로 을도산을 바라봤다. 그러자 을도산이 송림 쪽을 보며 입을 열었다.

"나서라!"

순간 송림 안쪽에서 여덟 명의 중년 사내가 그림자처럼 소리없이 모습을 드러냈다.

"이들과 함께 가거라."

을도산이 송림에서 모습을 드러낸 여덟 사람을 가리키며 파소에게 말했다.

"이 사람들은……?"

"정혼십팔객이라 부르는 사람들이다."

파소로서는 처음 듣는 명칭이었다. 정혼십팔객(正魂十八客)이란 이름은 무천향 어디에서도 들어본 적이 없었다.

"지난 수십 년간 내가 곁에 두고 있던 사람들이다. 정종, 아니, 우리 을씨 가문에 목숨을 바친 사람들이니 믿어도 된다."

을도산의 말에 파소가 고개를 돌려 사내들을 바라봤다. 하나같이 기이한 기도를 지닌 사람들. 정종 을씨 가문의 사람들이라면서 다른 정종의 고수들과는 달리 어두운 기운이 물씬 풍기는 인물들이었다.

"정혼십팔객 중 한 명은 지금 네 곁에 있다."

파소가 정혼십팔객들에 대해 의구심을 떨치지 못하는 듯하자 을도산이 다시 입을 열었다.

"제 곁에 말입니까?"

"잘 생각해 보거라."

순간 파소의 머릿속에 고담의 얼굴이 떠올랐다. 파소가 향의 소천이 된 후 파소를 그림자처럼 따르고 있던 고담은 지금은 파소의 처소에서 석청의 곁을 지키고 있었다. 시절이 하수상해 파소도 석청의 안위를 특별히 걱정하고 있었기 때문에 믿을 수 있는 인물인 고담에게 석청을 부탁했던 것이다.

파소의 부탁을 받은 고담은 처음엔 파소의 곁에서 멀어지는 것을 완강히 거부했으나 파소의 계속된 부탁에 어쩔 수 없이 석청의 곁에 머무는 것을 받아들였다. 그 고담에게서 간혹 느껴지는 음울한 기운들, 그 기운들이 지금 정혼십팔객이라 불리는 이 여덟 명의 고수에게서도 느껴졌다.

"혹, 고 대협께서도?"

"그렇다. 고담, 그 사람도 바로 정혼십팔객 중 한 명이다. 그동안 정혼십팔객은 나의 보이지 않은 손발이었다. 그러니 그들은 믿어도 된다."

을도산의 말에 파소가 천천히 고개를 끄덕였다. 고담과 같은 길을 걷는 사람들이라면 정종의 그 누구보다도 신뢰할 수 있는 사람들이었다.

"서둘러야 할 때요, 소천!"

파소와 을도산의 대화를 듣고 있던 을현이 문득 파소에게 말을 건넸다. 순간 파소는 을현의 말대로 지금 지체할 시간이 없다는 것을 깨달았다.

"다녀오겠습니다."

파소가 가볍게 을도산에게 고개를 숙여 보이자 을도산이 고개를 끄덕였다.

"어서 가거라. 너와 을현, 그리고 여덟 명의 정혼십팔객이라면 의방을 지킬 수 있을 것이다. 하지만 만약 너희들의 힘이 모자란다면 무리하지 말고 물러나도록 하거라."

"조심하지요."

파소가 굳은 표정으로 대답을 하고는 훌쩍 몸을 날려 송림을 벗어나기 시작했다. 그러자 을현과 정혼십팔객 중 여덟 명이 바람처럼 파소를 따랐다.

"소천을 보낸 것은 너무 위험한 결정 아니었습니까?"

파소 등이 멀어지자 을정해가 걱정스런 표정으로 물었다. 그러자 을도산이 고개를 저었다.

"물론 위험한 걸 모르는 건 아니오. 하지만 지금은 저 아이가 나서야 할 때요."

"꼭 소천이 아니더라도 그들을 상대할 사람이 없는 것은 아니지 않습니까?"

을정해만 해도 정종의 고수들을 이끌고 의방을 지켜낼 실력이 있는 사람이었다.

"물론 그렇소. 하지만 파소 저 아이는 무천향의 소천이자 정종 을씨 가문을 이끌어야 하는 아이요. 평화로운 시대라면야 그저 을씨의 적통이란 명분 하나로 향과 을씨 가문을 이끌 수 있겠지만 지금은 평화로운 시대가 아니지 않소이까?"

"그 말씀은 일부러 소천을 보냈다는 말이시군요."

"그렇소. 난세에 한 무리의 우두머리가 되려면 앞서서 전쟁터를 누벼야 하는 법이 아니겠소. 그래야 무천향과 을씨 가문의 고수들이 그를 진정한 소천으로 인정할 것이외다."

"그렇군요. 그런 깊은 뜻이 있는 결정이셨군요."

을정해가 천천히 고개를 끄덕였다.

"따지고 보면 파소 저 아이는 운이 없는 아이라고 할 수도 있을 것이오. 다른 때라면 편히 향의 주인이 되었을 것인데……."

을도산이 조금은 안쓰럽다는 표정으로 중얼거렸다.


을도산의 말대로라면 운이 없는 무천향의 소천 파소는 밤길을 질주해 어느새 의방의 경계에 들어서고 있었다. 검산과 정종 양쪽에서 보자면 의방은 그 중간 정도의 지점에 위치해 있었다. 그러나 본래 출발이 빠른 자들이 도착도 빠른 법이라 파소 등이 의방의 경계에 들어섰을 때는 이미 멀리서 몇몇 사람의 고성이 들려오고 있었다.

"벌써 도착했나 보군."

파소 곁을 바싹 따르던 을현이 나직한 목소리로 말했다.

"큰 피해가 없어야 할 텐데요."

"그러게 말이오. 비록 의방의 고수들도 무공을 수련해 나약한 의원들은 아니지만 검산에서 보낸 자들도 범상치 않은 자들일 걸세. 무공으로만 따지자면 의방이 검산의 나머지 가문을 당해낼 수 없지."

파소와 을현의 걱정은 현실로 드러났다. 의방은 전체 인원이 채 일백이 안 되는 집단이었다. 의방의 구성원 중 칠 할 이상이 검산 육조사 중 한 명인 일침칠독 의성의 후예들이었고, 나머지 삼 할은 의술에 관심이 있어 스스로 의방으로 들어온 인물들이었다.

그나마 그중 절반에 가까운 인물들은 평소 향주전과 붙어 있는 의관에 나가 있었으므로 평소 의방에 머무는 사람은 모두 합해 삼사십에 지나지 않았다.

파소가 이십여 호의 초옥이 옹기종기 모여 있는 의방에 진입해 들어갔을 때 일단의 인물들이 삼십여 명의 의방 고수들을 마을 중심의 공터에 몰아넣은 후 도검을 빼 들어 겁박하고 있었다.

'벌써 피를 봤나 보군.'

마을 중심에 몰려 있는 사람들 사이에서 비릿한 혈향을 맡은 파소가 인상을 찌푸렸다. 아마도 검산의 고수들은 단번에 의방 고수들의 기세를 꺾기 위해 도착하자마자 살수를 펼친 모양이었다.

"멈춰랏!"

혈향을 맡은 것은 파소만이 아니었다. 을현도 장내에 감도
는 피 내음을 맡았는지 노성을 터뜨리며 검을 빼 들고 장내로
뛰어들었다. 그런데 그 순간 파소는 그들이 진입해 들어가는
길 양 옆쪽에서 차가운 살기를 느꼈다

'기습?

파소가 본능적으로 위기를 느끼는 순간, 그의 몸은 이미 허
공으로 치솟고 있었다. 그러자 그의 뒤를 따르던 정혼십팔객
이 마치 부챗살 퍼지듯 파소를 중심으로 사방으로 신형을 날
렸다.

챙!

날카로운 격돌음이 어둠이 찾아든 의방을 뒤흔들었다. 허공
에선 몇 차례 눈부신 빛이 번쩍였다.

파소는 자신을 향해 닥쳐드는 몇 개의 암기를 검을 들어 단
번에 쳐내고는 번개처럼 오른쪽 초옥의 지붕 위로 몸을 날렸
다. 동시에 그의 검이 가볍게 휘둘러졌다.

파앙!

파소의 검이 휘둘러진 순간, 그와 오 장 거리의 초옥 지붕
위에서 강력한 파공음과 함께 푸른 검기가 나타났다.

"악!"

순간 한마디 비명 소리가 터져 나오더니 붉은 선혈을 뿜어
내며 회색 무복을 입은 사내가 모옥의 지붕 위에서 떨어져 내
렸다.

차차창!

뒤이어 모옥의 이곳저곳에서 어지러운 격돌음이 터져 나오기 시작했다. 파소를 따라온 정종의 고수들이 미리 자리를 잡고 기다리고 있던 검산 고수들과 격돌하기 시작한 것이었다.

그사이 이미 을현은 의방 식솔들을 몰아붙이고 있는 검산 고수들 앞에 떨어져 내리고 있었다. 뒤이어 천지를 진동시키는 강력한 파열음이 장내를 뒤흔들었다.

콰콰쾅!

'역시 대단한 공력이야.'

지축을 뒤흔드는 파열음은 을현의 장력에 의해 일어난 굉음이었다. 무벽에서 무천향 고수들을 놀래킨 을현의 공력은 정해공을 수십 년 수련해 이룩한 것으로, 그 정순함과 강력함에 있어서 무인들의 천국이라는 무천향에서도 견줄 만한 사람이 많지 않았다. 그럼에도 아직 그의 정해공은 완성된 것이 아니라고 하니 을씨 삼대무공의 위력은 범인이 상상하는 것 이상이라고 할 수 있었다.

어쨌든 을현의 경악할 만한 장력이 장내의 상황을 한순간에 변화시켰다. 의방 고수들을 한곳에 몰아놓고 겁박하던 검산의 고수들이 을현의 출현에 일제히 뒤로 물러났다. 그러자 자연스럽게 검산 고수들에 의해 포위되었던 의방의 고수들도 자유를 되찾았다.

"소천! 어서 오십시오."

어느새 을현의 곁에 다가온 파소를 향해 의방오현 중 한 명인 행도가 얼른 다가와 반가운 목소리로 인사를 했다.

"고생 많으셨습니다. 사람들은 상하지 않았습니까?"

파소의 물음에 행도가 얼굴에 노기를 드러내며 말했다.

"웬걸요. 제법 많은 사람들이 상했습니다. 임 아우 또한 이미 죽음을 당한 상탭니다."

행도가 임 아우라고 칭한 사람은 의방오현 중 가장 나이가 어린 임묘문을 일컫는 말이었다.

"오현에게까지 실수를 썼단 말입니까?"

"모두 이것 때문이지요."

행도가 옷자락을 살짝 열어 품속에 든 한 권의 서책을 보이며 말했다.

"영약을 노리고 저지른 짓이 아니란 말입니까?"

을현이 의외라는 듯 물었다.

"영약이야 이 서책에 비하면 아무것도 아니지요. 이 서책은 지난 세월 의방이 이룩한 의술의 비기들이 적혀 있는 것입니다. 많은 사람들을 살릴 수 있는 비기들이기도 하지만 또한 많은 사람을 상하게 할 수도 있는 의서라 오직 의방오현만이 볼 수 있는 의서지요. 그래서 이름도 명암록이라 부르지요."

"저들이 의서를 노릴 줄은 몰랐군요."

파소가 조금 의아한 표정으로 물었다. 그러자 행도도 고개를 끄덕였다.

"저 또한 저들이 의서를 노릴 줄은 몰랐습니다. 물론 이 명암록의 가치가 이루 말할 수 없는 것이긴 하지만 그래도 그건 어디까지나 의술을 익힌 사람들에게 해당되는 것일 터인데……."

행도가 고개를 돌려 십여 장 뒤로 물러나 있는 검산의 고수들을 바라봤다. 그런데 그때 검산 고수들 앞에 서 있던 노고수 한 명이 파소에게 말을 건넸다.

"소천께서 직접 오실 줄은 생각도 못했소이다."

침중한 목소리의 주인공을 확인하는 순간 파소의 표정도 어두워졌다. 비록 적이지만 만나고 싶지 않았던 사람이 그곳에 서 있었다.

초성관주 여상. 비록 검산 출신의 종성이지만 파소에겐 무천향에 들어온 처음 석 달간 무천향의 모든 것을 가르쳐 준 스승과도 같은 존재였다. 그런데 그 여상이 의방을 기습한 검산의 고수들을 이끌고 있었다. 그의 옆 한쪽에는 서릿발 같은 한기를 내뿜고 있는 탁발무의 모습도 보였다.

'만만치 않은 전력이다.'

파소가 내심 여상과의 만남에 당혹해하면서도 재빨리 검산의 전력을 읽어냈다. 검산 고수들의 숫자는 대략 이십여 명. 의방 초입의 초가에 몸을 숨기고 있다 파소 일행을 기습했던 자들은 어느새 여상의 주위로 물러나 있었다.

파소의 뒤에 늘어선 정혼십팔객의 숫자가 여덟이니 사람의 숫자로 보자면 파소가 이끄는 정종의 고수들이 불리한 상황이었다.

“저 또한 이곳에서 관주님을 뵐 줄은 몰랐군요.”

파소가 내심 검산의 전력을 살피며 여상의 말을 받았다. 그러자 여상이 씁쓸한 표정으로 말했다.

“이런 식으로 소천을 보고 싶지는 않았소이다. 음, 지금도 난 소천에 대해 좋은 감정을 가지고 있소.”

“저 또한 여 관주님이 남 같지 않게 느껴지는군요.”

“허허, 그렇소? 그렇다면 이야기가 쉽게 될 수도 있겠구려. 어떻소? 우린 의방에서 한 가지 물건만 받으면 물러가도록 하겠소이다. 소천께서 의방오현을 설득해 주실 수 있겠소이까?”

여상의 말에 파소가 실망스런 표정으로 대답했다.

“여 관주께 물욕이 있으신 줄 몰랐습니다. 그것도 이미 주인이 있는 물건을 말입니다.”

파소의 추궁에 여상이 씁쓸한 표정으로 대답했다.

“개인적으로야 그 물건에 어찌 욕심을 내겠소이까? 단지 그것이 검산이 원하는 물건이니 어쩔 수 없는 것이라오.”

“검산이 원한다라… 여 관주께서는 그 검산을 움직이는 분 중 한 분이 아니십니까? 여 관주께서 누구의 명을 받는다는 사실이 의외군요.”

“누구의 명을 받는 것은 아니오. 단지 검산이라는 조직이 원하는 일을 할 뿐인 것이오.”

여상이 파소의 말에 기분이 상한 듯 조금 차가워진 목소리로 말했다. 그러자 파소가 빙긋 미소를 지으며 말했다.

“그런가요? 그런데 한 가지 궁금한 점이 있습니다.”

“말해보시구려.”

“왜 검산에서 의방의 의서를 원하는 겁니까? 그게 오늘 성해에서 혈전을 일으켜 성동격서의 술책을 쓸 만큼 중요한 물건입니까?”

“의방 암명록의 가치야 천하의 어떤 기보보다도 귀중한 것 아니겠소이까?”

“그걸 묻고 있는 것이 아니란 걸 아시지 않습니까?”

파소가 정색을 하며 되묻자 여상이 잠시 생각에 잠겼다가 고개를 저었다.

“그것까지는 말씀드릴 수 없구려. 어쨌든 그를 설득해 명암록을 내게 넘겨주었으면 하오.”

여상이 더 이상 파소와 말을 섞고 싶지 않다는 표정으로 말했다. 그러자 파소가 불쑥 물었다.

“오늘 현재의 무천향은 여 관주께 어떤 의미입니까?”

파소의 질문이 흘러나오는 순간, 여상의 표정이 얼은 듯 굳어졌다. 그는 쉽사리 파소의 질문에 답을 하지 못했다. 그러자 그의 곁에 있던 탁발무가 여상을 대신해 입을 열었다.

“쓸데없는 질문이 많구나. 어서 명암록이나 내놓도록 하라. 그 명암록이 의방 식솔 전체의 목숨보다 중하진 않을 터!”

살기가 묻어나는 탁발무의 협박에도 파소는 동요치 않고 여상의 얼굴을 바라보고 있었다. 마치 탁발무 따위는 자신의 상대가 아니라는 듯. 순간 탁발무의 눈썹이 한쪽으로 치켜 올라갔다. 무시당한 자의 분노가 그의 안광을 타고 흘러나왔다.

"감히 이 탁발무를 무시하느냐?"

우웅!

한순간 탁발무가 들고 있던 도에 청색 도기가 일렁였다. 그러자 파소가 여상을 보며 입을 열었다.

"대답은 잠시 후에 들어야겠군요. 하늘 높은 줄 모르는 늑대 한 마리를 길들인 후에 다시 묻지요."

여상에게 말을 건넨 파소의 시선이 여상을 떠나 도기를 일으키고 있는 탁발무에게로 향했다.

일전(一戰)

파소의 눈에서 파란 살기가 일렁였다. 본시 파소는 성정이 무심한 편이라 분노나 기쁨을 잘 표현하지 않는 사람이었다. 그런데 지금 탁발무를 앞에 둔 파소의 눈에선 살기가 일어나고 있었다.

혈도(血刀). 파소의 살기를 일으킨 것은 바로 탁발무가 들고 있는 도(刀) 때문이었다. 본시 검은색의 도신을 가진 것이 분명한 탁발무의 도는 붉게 물들어 있었다. 그 붉은빛을 흘려내는 것은 분명 사람의 피였다.

싸움터에서 도검에 피를 묻히는 일이야 당연한 일이지만 탁발무의 도에 묻어 있는 피는 강호의 다른 고수들 도에 묻어 있는 피와는 다른 의미를 지니고 있었다.

　본시 파소나 탁발무 정도의 고수라면, 아니, 그들의 경지가 아니더라도 오늘 이 자리에 서 있는 고수들의 경지라면 도검에 피를 묻히는 것은 거의 있을 수 없는 일이었다. 도기와 검기는 도와 검면에 일정한 막을 형성해 사람을 베어도 죽은 자의 피가 도신과 검신에 묻는 것을 방비하게 마련이었다.

　오랜 세월 강호를 종횡한 노강호의 손에 들린 도검에서 살기가 묻어나지 않는 것은 그들이 도기와 검기를 일으켜 자신의 검과 도에 죽은 자의 사기가 스며드는 것을 미연에 방지하기 때문이었다.

　그런데 탁발무의 도에는 지금 시뻘건 피가 묻어 있었다. 그의 공력이 부족해 자신의 도에 죽은 자의 피를 묻힌 것은 절대 아니었다. 탁발무의 무공은 이미 무벽에서 그 강함이 증명되었고, 그가 하고자 한다면 수백의 인물을 베고도 도에 한 방울의 피도 묻히지 않을 수 있는 인물이었다. 그런데 그런 그의 도에 피가 묻어 있었다.

　'일부러 공력을 일으키지 않고 사람을 베었어!'

　도기를 일으키지 않고 사람을 베었다는 것은 두 가지 의미를 가지고 있다. 상대에게 그만큼 처절한 공포를 줄 수 있다는 것, 그리고 스스로의 살기를 만족시키고 또 다른 살기를 키워낸다는 것. 본시 그런 자를 강호에선 마인이라 부른다.

　'패(覇)를 넘어 마(魔)를 추종하겠다는 거냐?'

　파소가 분노한 것은 바로 이것이었다. 스스로 살기를 높이는 행동은 무천향의 무인으로선 절대 해서는 안 될 행동이었다. 비록 지금 정종과 검산이 서로 적이 되어 싸우고 있지만 그들은 여전히 무천향의 무인이었다. 그렇다면 상대에게 살수를 쓸 때도 가급적 깨끗한 죽음을 선사하는 것이 도리였다. 그런데 탁발무는 그 도리를 어기고 있었다.

"무도를 버렸군."

파소가 탁발무의 피 묻은 도를 보며 중얼거렸다.

"무도(武道)? 아직도 그걸 기대하나?"

"무천향도 버렸군."

"새로운 시대야. 새로운 도(道)가 필요한 시기지. 난 패도(覇道)를 따를 거야."

탁발무가 불같은 안광을 토해내며 말했다. 그러자 파소의 입에서 한가닥 비웃음이 흘러나왔다.

"패도? 웃기는 자군. 지금 네 모습엔 패도도 과분하다. 넌 지금 마도의 길을 걷는 마인일 뿐이야."

그러자 탁발무가 비릿한 웃음을 흘리며 대꾸했다.

"이 어리석은 친구 같으니… 마(魔)면 어떻고, 정(正)이면 어떤가? 천하를 손에 쥐려는 사람에게."

탁발무가 말을 하면서 무겁게 도를 머리 위로 들어 올렸다. 그러자 그의 주변에 내려앉았던 어둠이 마치 그의 도를 따라 허공으로 들어 올려지는 듯한 분위기가 만들어졌다.

"내가 무천향을 좋아하는 것은 아니지만 그래도 무천향의 소천으로서 무천향의 무도를 부정하는 자를 그냥 둘 순 없겠지."

파소는 강력한 기운을 뿜어내는 탁발무와 달리 검을 가볍게 내려뜨려 검끝으로 땅을 가리켰다. 순간 작은 바람에도 흔들릴 것 같은 가벼움이 파소의 자세에서 느껴졌다.

도저히 공력을 지닌 고수라고 볼 수 없는 가벼움, 땅 위에 내려앉은 낙엽 같은 파소의 가벼움은 마치 싸울 의사가 없는 사람처럼 보였다. 어쩌면 상대의 기세에 지레 겁을 먹고 싸움을 포기한 사람 같기도 했다. 그런데 그 가벼움이 탁발무를 옭아맸다.

일도에 파소를 양단할 것 같은 기세를 뿜어내던 탁발무는 좀체 자신의 도를 파소를 향해 떨쳐 내지 못했다.

허허실실, 모든 것이 비어 있으니 오히려 다가서기 어렵다. 탁발무처럼 강한 무공을 소유한 무인일수록 허망한 파소의 자세에서 느끼는 당혹감은 클 수밖에 없었다.

"뭐 하나?"

그런 탁발무를 파소가 충동했다. 그러자 탁발무가 마치 기다렸다는 듯 파소가 던진 미끼를 물었다.

"죽여주마!"

꾸릉!

탁발무의 한마디 외침이 끝나는 순간 그의 도가 천지를 가를 듯한 굉음을 일으키며 머리 위에서 아래로 떨어져 내렸다.

슈우욱!

파소와 탁발무 사이의 어둠을 가르며 시퍼런 도기가 파소를 향해 날아들었다. 파소를 공격하면서 탁발무는 단 한 걸음도 움직이지 않았다. 대신 파소와 탁발무 사이의 공간이 그가 일으킨 도기로 메워졌다.

파소 역시 탁발무의 공격을 그 자리에 서서 받았다. 파소의 검이 탁발무의 도기가 자신의 일 장 안쪽으로 들어서는 순간, 번개처럼 휘둘러졌다.

어떤 파공음도, 어떤 검기도 일어나지 않은 파소의 초식. 그러나 파소의 그 일 초식에 파소를 향해 닥쳐들던 탁발무의 도기가 중간에서 뚝 끊어지면서 순식간에 허공으로 흩어지는 것이었다.

"이번엔 내 차례군."

파소가 단 일 초로 탁발무의 강력한 도기를 흩어버린 후 나직한 음성을 흘려내며 재차 검을 휘둘렀다. 여전히 어떤 기운이나 파공음도 일어나지 않는 파소의 초식. 그러나 다음 순간 파소를 노려보고 있던 탁발무의 면전에 투명한 한줄기 검기가 불현듯 생겨났다.

"흡!"

순간 탁발무의 입에서 자신도 모르게 다급성이 터져 나왔다. 동시에 그의 도가 사선으로 그어졌다.

창!

날카로운 격돌음이 터져 나오는 순간, 탁발무가 땅속에 깊이 박아 넣고 있던 두 발을 황급하게 뒤로 물렸다.

파파팍!

탁발무는 정확하게 다섯 번 땅에 두 발을 찍어 넣고서야 겨우 뒤로 물러나는 신형을 바로 세웠다. 그러나 그것이 전부가 아니었다. 겨우 신형을 세운 탁발무의 귀에 어느새 그의 일 장 앞으로 다가온 파소의 목소리가 들려왔다.

"그 정도로 무천향을 넘어 천하의 패권을 꿈꿨는가?"

조롱기 어린 파소의 목소리가 들려오는 순간, 탁발무는 분노보다 먼저 위험을 감지했다.

그의 도가 맹렬하게 파소의 목소리가 들려온 쪽을 향해 그어졌다.

우웅!

급하게 휘두른 도였지만 탁발무의 무공은 대단해서 순식간에 만들어낸 도기로 파소와 자신 사이의 공간을 횡으로 갈랐다. 순간 파소가 훌쩍 몸을 허공으로 띄워 올렸다. 그러자 그의 발밑으로 탁발무의 도기가 스치듯 지나갔다.

그런데 다음 순간, 두 사람의 격돌을 지켜보고 있던 모든 사람들이 경악할 만한 일이 일어났다. 허공으로 가볍게 솟구쳐 오른 파소의 신형이 탁발무의 도기 위로 가볍게 내려서는 듯하더니 탁발무의 도기를 타고 탁발무의 오른쪽으로 회전하는 것이었다.

"엇!"

누군가의 입에서 놀란 목소리가 흘러나왔다. 그러나 누구보다 놀란 사람은 탁발무 자신이었다. 자신의 도기를 타고 이동하는 상대. 그런 상대라면 어떤 도초를 뻗어내도 벨 수 없다. 마치 손목에 붙어 있는 물체를 그 손으로 떼어낼 수 없는 것처럼.

탁발무가 당혹해하는 사이 파소는 탁발무의 도기를 타고 탁발무의 오른쪽 옆구리 부근까지 이동했다. 그리곤 번개처럼 자신의 검을 탁발무의 옆구리에 꽂아 넣었다.

"욱!"

순간 탁발무의 옆구리를 가린 옷이 갈라지며 탁발무의 입에서 나직한 신음성이 터져 나왔다. 어느새 갈라진 탁발무의 옷을 뚫고 붉은 피가 터져 나오기 시작했다.

"소천, 손에 사정을 두시구려."

탁발무의 옆구리를 벤 파소가 검을 머리 위로 회전시켜 그의 목을 노리는 순간, 갑자기 파소의 왼쪽에서 한가닥 검기가 파고들며 다급한 목소리가 들려왔다. 초성관주이자 십이종성인 여상이었다.

팟!

파소가 재빨리 신형을 뒤로 물렸다. 동시에 왼손을 휘둘러 자신을 베어오는 여상을 향해 일장을 쳐냈다.

팡!

여상의 검기가 파소가 내친 장력에 막혀 허공으로 틀어지면서 강렬한 파공음을 일으켰다. 그러나 파소의 장력에 막히기는 했지만 여상의 공격은 성공이라고 할 수 있었다. 왜냐하면 애초에 그의 목적은 파소를 베는 것이 아니라 탁발무의 목숨을 지키는 것이었기 때문이다.

여상이 끼어들면서 탁발무를 벨 기회를 놓친 파소가 물러나던 신형을 바로세우며 차가운 목소리로 말했다.

"다시 한 번 방해하신다면 여 관주님의 목숨도 장담하지 못합니다."

무천향의 소천으로서가 아니라 한 명의 무인으로서 여상을 향해 경고를 던지는 파소의 모습에서 절대자의 기운이 물씬 풍겨났다. 순간 탁발무의 앞을 가로막은 여상의 눈빛이 한차례 흔들렸다. 그리곤 잠시 후 작은 한숨을 내쉬며 입을 열었다.

"무벽에 남긴 검흔이 전부가 아니었군."

파소의 무공에 대한 말이었다. 오늘 파소가 탁발무를 상대하며 선보인 무공은 파소가 무벽에 검흔을 남김으로써 드러냈던 무공, 그 이상의 경지에 있음을 깨달은 여상이었다.

"강호에선 언제나 삼 푼의 실력을 감추라는 말이 있지 않습니까?"

"과연 삼 푼만 감춘 것이오?"

"확인하고 싶다면 확인시켜 드리지요."

파소가 천천히 검을 가슴 앞으로 들어 올렸다. 그러자 여상이 재빨리 손을 내저었다.

"더 이상 소천과 검을 섞고 싶지 않소이다."

"그의 목을 내놔야 할 겁니다."

"거래를 했으면 하오"

순간 파소가 끌어오른 흥분을 한숨 죽였다. 적어도 초성관주 여상의 말이라면 들어볼 필요가 있었다.

"들어보지요."

"고맙소. 만약 소천께서 더 이상 검을 들지 않겠다면 우린 이대로 돌아가겠소!"

"어르신!"

순간 여상의 뒤에서 탁발무가 악에 받친 목소리로 외쳤다. 꺾여 버린 자존심에 오기만 남아 있는 목소리. 그러나 여상은 그런 탁발무를 돌아보지도 않고 말했다.

"그만하게. 우린 이 싸움을 이길 수 없어. 만약 계속 이 싸움을 하자고 한다면 적어도 자네 목숨은 지킬 수 없을 걸세. 난 탁 종성께 하나뿐인 아들의 목숨을 두고 왔다고 말할 순 없네."

단호한 여상의 말에 탁발무가 얼굴을 붉히며 아무런 말도 꺼내지 못했다.

"어떻소이까? 내 제안, 받아주시겠소?"

탁발무의 입을 다물게 한 여상이 파소에게 재차 물었다. 그러자 파소가 잠시 생각에 잠겼다가 고개를 돌려 의방오현 중 한 사람인 행도에게 물었다.

"결정은 의현께서 하십시오."

검산의 고수들이 의방에 들이닥쳐 저지른 살겁은 적지 않았다. 피해를 입은 것은 의방이었기에 그들과의 싸움을 멈추는 것을 결정하는 것도 의방이어야 한다는 것이 파소의 생각이었다.

파소의 말을 들은 행도가 원한이 가득 찬 눈으로 여상을 포함한 검산의 고수들을 바라보다 작은 한숨을 내쉬며 말했다.

"소천, 싸움을 계속한다면 이쪽의 피해도 있겠지요?"

그러자 파소가 고개를 끄덕였다.

"아마도. 하지만 그걸 겁내 싸움을 피하자고는 말씀드리지 않겠습니다."

파소의 말을 들은 행도가 다시 침묵에 빠졌다. 그리곤 한참 후 입을 열었다.

"전 의원이지요. 의원은 사람의 생명을 최우선으로 생각합니다. 더 이상 의방과 정종의 형제들이 피를 보는 것을 원치 않습니다."

행도의 말에 고개를 끄덕였다.

"역시 의방입니다. 그리 결정하셨다면 그 말씀대로 하겠습니다. 하지만 그렇게 되면 이미 죽은 의방 형제들에 대한 원한을 갚긴 어려울 겁니다."

파소의 말에 행도가 차가운 눈빛을 흘려내며 말했다.

"복수란 십 년이 걸려도 늦지 않는 법이지요. 그리고 저들에 대한 복수는 의방의 방식으로 하게 될 겁니다. 그것도 그리 멀지 않은 시간 안에 말입니다."

의방의 방식이 어떤 것인지 파소가 알 수는 없었다. 그러나 파소는 행도의 말에서 행도에게 이미 검산에 복수할 대책이 세워져 있음을 깨달았다. 그렇다면 이 싸움은 의방에 맡겨두는 것이 좋았다.

"거래는 성사됐습니다."

파소가 여상을 보며 말했다. 그러자 여상이 무거운 얼굴로 고개를 끄덕였다.

"고맙소. 그럼 우린 이만 돌아가겠소."

"그전에 답을 듣고 싶군요."

"답이라니?"

여상이 의아한 얼굴로 물었다.

"현재의 여 관주께 무천향이 어떤 의미인지 묻지 않았습니까?"

파소의 질문에 여상의 얼굴이 딱딱하게 굳었다. 그는 강력한 장력을 한 대 얻어맞은 것처럼 잠시 말이 없더니, 곧 나직한 목소리로 대답했다.

"모르겠소. 솔직히 일이 이 지경이 된 이후엔 무천향이 나에게 어떤 의미인지 나도 잘 모르겠소이다. 하지만 그게 무슨 상관이 있겠소? 이제 와서 무천향의 의미를 따져 본들 이미 벌어진 일이 뒤바뀌지는 않을 것이오."

"과거일 뿐이란 거군요."

"아마도……."

"알겠습니다. 다음에 뵙지요."

"그런데 왜 그런 질문을 내게 하는 것이오?"

걸음을 옮기려다 말고 여상이 파소에게 물었다. 그러자 파소가 서늘한 목소리로 대답했다.

"아직도 정종에는 검산의 고수들이 무천향의 형제라 생각하는 사람들이 많지요. 저 또한 그러하거니와, 향주님 또한 마음 한쪽에 그런 생각을 하고 계실 겁니다. 그런데 검산 육종성 중 한 분이시며 무천향 초성관의 관주이신 어르신께서 무천향을 과거의 이름이라 말씀하셨으니 이제 검산의 사람들과 일전을 결하는 데 망설임이 없을 겁니다.”

순간 여상의 얼굴이 파랗게 변했다. 그는 자신이 한 말의 의미가 이렇게 클 거라곤 전혀 예상치 못했던 모양이다.

“실수를 했군.”

“하지만 진실을 말하셨지요.”

“진실이라… 적의 투기를 높여주는 진실이란 전쟁에선 아무짝에도 쓸모없는 것이지. 후후, 하지만 이미 벌어진 일, 어쩔 수 없지. 향주께 안부나 전해주시오. 가세!”

작별을 전한 여상이 옆구리의 상처를 움켜잡고 있는 탁발무의 걸음을 재촉해 의방에서 물러가기 시작했다. 파소와 그 일행들은 여상이 이끄는 이십여 명의 검산 고수들이 의방에서 완전히 물러갈 때까지 그 자리를 지키고 있었다.

검산의 고수들이 어둠 속으로 사라지자 행도가 파소의 곁으로 다가서며 말했다.

“저희에게 시간을 좀 주시겠습니까?”

비록 물러갔다고는 하지만 검산의 고수들이 언제 다시 들이닥칠지 몰랐다. 지금 의방의 고수들이 해야 할 일은 신속하게 파소와 정종 고수들을 따라 정종의 권역으로 거처를 옮기는 일일 터였다. 하지만 파소는 행도의 요청을 다른 말 없이 승낙했다.

“그리하시지요.”

“고맙소이다, 소천!”

행도가 파소에게 고개를 숙여 보인 후 신형을 돌려 의방 고수들에게 다가가 차분하게 명을 내렸다.

“죽은 자들의 시신을 수습해 조사 어른의 사당 앞에 모아두게. 그리고 각자의 거처로 돌아가 약재들을 모두 챙겨 나오게. 단 하나의 약재도 남겨두어서는 안 되네. 자, 서두르게. 시간이 많지 않네.”

행도의 말에 의방의 고수들이 일제히 신형을 움직이기 시작했다.


반 시진 정도의 시간이 지나자 곳곳으로 흩어졌던 의방의 고수들이 다시 한자리에 모였다. 그들이 모인 곳은 의방의 고수들이 조사로 모시는 무천향 십이조사 중 일침칠독 의성의 사당 앞이었다. 사당 앞에는 검산 고수들의 급습으로 죽은 십여 구의 의방 고수들 시신이 가지런히 놓여 있었다.

“시작하게.”

행도가 시신 앞에 서 있는 의방 고수들에게 말하자 의방 고수들이 사당 앞에 놓인 시신을 그 앞쪽에 마련된 장작더미 위에 포개 올리기 시작했다.

“화장을 할 줄은 몰랐군요.”

멀리 떨어져서 의방 고수들의 모습을 지켜보고 있던 파소가 나직하게 입을 열었다.

“본래 의방의 장례 절차는 조금 특이한 편이외다. 의원들에게 사람의 시신이란 병을 옮기는 매개체로서 인식되는 듯하더이다. 해서 의방은 대대로 죽은 사람의 시신을 화장하는 것이 관례외다.”

을현은 의방의 화장 풍습에 익숙한 모양이었다.

“같은 무천향의 식구이면서도 각 계파마다 그 풍습이 다르니, 신기하군요.”

“무천향은 본래 각 계파 간, 그리고 개인 간의 자유가 거의 무제한적으로 보장되는 곳이오. 덕분에 각 계파나 가문에 내려오는 전통이 고스란히 남아 있소이다. 물론 그 이유로 오늘날과 같은 분란이 일어나기도 했지만 말이외다.”

“그 자유란 것은 스스로를 통제할 때 빛을 보는 거지요.”

“맞는 말이오. 하지만 자신을 통제할 줄 아는 사람은 그리 많지 않소이다. 무천향의 무인들이 대단한 존재라고는 하지만 결국 인간임은 부인 할 수 없었다고 해야 할 게요.”

을현의 말에 파소가 고개를 끄덕였다. 인간이란 본래 불완전한 존재가 아니던가. 감정의 균형을 이루는 것은 극히 어려운 일이고, 그 균형이 흐트러지면 이렇게 피를 보게 되어 있었다.

파소와 을현이 의방의 장례 절차에 대해 이야기를 나누는 사이 어느새 장작더미에서 불꽃이 피어오르기 시작했다. 잘 말려진 장작에 붙은 불은 삽시간에 죽은 자들의 시신을 휘감으며 거칠게 타올랐다. 그 불꽃 주위에서 의방 고수들이 지전을 날려 죽은 자들의 편안한 여행을 기원했다.

의방 고수들의 장례식은 채 반 시진이 지나지 않아 끝이 났다. 죽은 자들의 유골은 잘게 부수어져 일침칠독 의성의 사당 아래 묻혔다. 그렇게 단출한 장례식이 끝나자 사십여 명의 의방 고수들이 큰 보따리들을 짊어지고 파소와 정종 고수들을 따라나섰다.

파소와 정종 고수들은 의방에서 남쪽으로 이어진 길을 따라 의방의 고수들을 이끌고 정종으로 향했다.

"처참하군."

의방에서 정종에 이르는 길은 제법 높은 지대로 이어져 있어 성해가 한 눈에 내려다보였다. 비록 어둠이 내린 성해였지만 달빛은 밝아서 멀리 한바탕의 전쟁이 벌어졌던 성해 변의 참상이 그대로 드러났다.

"그나마 싸움이 끝났다는 것이 다행이군요."

"의방을 습격한 일이 실패로 끝났으니 성해의 싸움을 이어갈 이유가 없었을 것이오."

"그렇겠지요."

"다행이라고는 하나 저런 광경은 난생 처음 보는 것이오. 아니, 내 생애뿐 아니라 무천향 역사상 처음 있는 일일 것이오."

을현이 우울한 목소리로 말했다. 을현의 말대로 한바탕 싸움이 벌어졌던 성해 변은 폭풍이 지나간 자리처럼 혼란스러웠다. 시신은 없었지만 곳곳에 남아 있는 거뭇한 얼룩들은 사람들이 흘린 피가 분명해 보였다. 달빛이 담긴, 평소라면 신비하기 이를 데 없는 풍경을 만들어냈을 성해마저도 핏빛이 스며들어 음산한 기운을 흘려내고 있었다.

"무천향의 선기도 많이 쇠퇴하겠군요."

파소의 말에 을현이 고개를 끄덕였다.

"소천께서도 알고 계시는 모양이구려. 맞는 말이오. 이 무천향의 선기는 본래 그 지형이 가지고 있던 선기에 무도를 추구하는 수련자들의 선기가 더해져 만들어진 것이지요. 그런데 그런 무천향에 피비린내가 진동하니 결국 선조들이 쌓았던 무천향의 선기는 오늘날 사라져 버리고 말 것이오. 한 번 사기(邪氣)가 깃든 곳이 다시 영지로 바뀌기는 어려운 법인데……."

을현이 음울한 목소리로 말했다.

*　　　*　　　*

성해 주변을 적신 핏기는 시간이 지나면서 붉은빛에서 검은빛으로 변해갔다. 그러나 핏기의 색이 변해간다 해서 정종과 검산, 그리고 죽림이 어우러졌단 혈전의 기억이 사라지는 것은 아니었다.

승패가 나지는 않았지만 그래도 도발해 온 검산의 고수들을 물리쳤다는 생각에 정종과 죽림 고수들의 사기는 제법 높았으나 그렇다고 드러내 놓고 기쁨을 표출하는 사람은 없었다. 싸운 자들이 어제까지 함께 무도를 추구하던 동료들이었으므로 상대를 물리쳤다는 기쁨보다는 서로 검을 겨눠야 했다는 씁쓸함이 사람들의 마음을 채우고 있었다.

성해와 의방에서의 격돌 이후 양측은 더 이상 충돌하지 않았다. 한 번의 싸움에서 입은 피해가 서로 만만치 않았을뿐더러 싸움 결과가 말해주듯 양패구상의 위험이 상존하고 있었기에 누구도 쉽게 서로를 향해 도발할 수 없는 상황이었다.

그런데 그렇게 침묵의 시간이 흐르면서 전혀 예상치 못한 곳에서 전세가 변화를 일으켰다.

"행도 어른이 말한 의방의 복수란 바로 이런 것이었군요."

파소가 송림 정종의 수뇌부의 막사를 향해 올라오고 있는 검산 고수들을 보며 입을 열었다.

"의방의 거처에 약초 뿌리 하나 남기고 오지 않았으니 그들도 무척 다급한 처지일 거다."

줄곧 죽림에 머물다가 검산의 고수들이 향주를 찾아온다는 소식을 듣고 한걸음에 달려온 단보가 파소의 말을 받았다.

"조금 뻔뻔하군요, 자신들이 의방을 공격해 놓고 이제 와서 부상자들을 치료할 약을 요구한다는 것이."

"그것까지는 미처 생각지 못했던 것이겠지. 그리고 본래 검산에도 어느 정도의 약재는 있었을 테니까. 하지만 대치가 길어지니 결국 그 약재들도 바닥을 보인 것이겠지. 특히나 지난번 성해에서의 결전은 제법 많은 부상자를 만들어냈으니 더더욱 약재들이 필요했을 거다."

검산을 내려와 정종을 찾은 검산의 고수들은 모두 셋. 검산 육종성 중 한 명인 연파곤과 검산 출신으로 무극동천에 들어 무공을 수련하던 두 명의 노고수 왕선모와 무상인이었다.

"저 두 사람이 올 줄은 몰랐군요."

파소도 왕선모와 무상인의 얼굴을 알고 있었다. 무천향에서 무극동천의 수련자는 십이종성 못지않게 존중을 받는 존재들이기에 대부분의 무천향 고수들은 무극동천에서 수련 중인 사람들의 이름을 알고 있었다.

"아마도 대성사 고연수가 그들을 연종성과 함께 보냈을 것이다."

"의도가 있는 일인가요?"

그러자 단보가 고개를 끄덕였다.

"사실 저 두 사람은 향주님과 인연이 제법 깊은 편이란다."

"향주님과요?"

"그래. 저들이 무극동천에 든 것은 향주님의 의도가 많이 작용한 것이었다. 본래 검산의 종성들은 저들과 함께 몇몇 검산 출신 고수들을 무극동천에 들 후보자로 천거했는데, 향주께서 저들을 무극동천에 입동시켰단다. 사실 검산의 종성들은 저 두 사람 말고 다른 사람들을 마음에 두고 있었지."

"무슨 이유가 있었나요?"

"음, 왕선모와 무상인 저 두 사람은 비록 검산에 속해 있다

고는 해도 골수에 무천향 무인의 정신이 깃들어 있는 사람들
이라고 할 수 있단다. 타고난 재능에선 다른 사람들에 비해 좀
처질지 몰라도 무도를 향한 열정은 그 누구보다 뜨거운 사람
들이었다. 향주께서는 그 점을 높이 사 그들을 무극동천에 들
인 것이다. 불가에 크게 어리석은 사람이 크게 깨닫는다는 말
이 있듯이, 무도에서도 그 극에 도달하기 위해선 지나치게 똑
똑한 것보단 조금 둔하지만 끈기가 있는 편이 유리한 법이지."

"향주께서 두 사람의 설득을 받아들이실까요?"

"글쎄, 지금으로선 예상하기 힘들구나. 하지만 쉽지는 않을
것이다. 그리고 그 결정은 향주님보단 오히려 저들에게 달려
있지 않겠느냐?"

단보가 파소의 뒤쪽을 보며 말했다. 파소가 고개를 돌려 보
니 향주전에서 송림으로 이어지는 길에 이제는 세 명만 남은
의방오현의 모습이 보였다.

"그렇군요. 결정은 결국 저들이 하겠군요."

파소가 단보의 말에 동의하는 사이 어느새 파소 앞으로 다
가온 의방오현 삼 인이 파소와 단보에게 인사를 건넸다.

"소천께서도 나와 계셨구려. 단 노사, 오랜만에 뵙습니다."

행도의 인사에 단보는 가볍게 고개를 끄덕여 인사를 받았
고, 파소는 반가운 얼굴로 행도를 맞이했다.

"어서 오십시오. 일이 어떻게 돌아갈지 궁금해서 나와봤습
니다."

파소의 말에 행도가 빙그레 미소를 지었다.

"후후, 결국 제 말대로 되었지요? 의방의 복수는 의방의 방식으로 할 거라고, 그리고 그 시간은 생각보다 짧을 거라고 소천께 말하지 않았소이까?"

"과연 그렇군요. 그런데 어찌하실 생각이십니까?"

파소가 묻자 행도가 표정을 굳히며 말했다.

"그건 저들이 내건 조건에 따라 다를 것이오. 물론 향주님의 생각이 가장 중요하지만 말이외다."

말을 그렇게 했지만 행도의 표정은 절대 검산의 요청을 받아줄 것 같지 않은 모습이었다.

"그만 들어들 가보시구려. 향주께서 기다리시겠소이다."

파소와 행도의 말이 길어지자 중간에 단보가 끼어들었다. 그러자 행도가 단보를 보며 물었다.

"단 노사께선 안 들어가십니까?"

"별로 마주하고 싶지 않은 사람들이외다."

"알겠습니다. 그럼 들어가 보겠습니다."

행도가 단보의 말에 고개를 끄덕이고는 두 명의 의현을 데리고 향주 을도산과 검산에서 나온 세 명의 노고수가 들어 있는 막사로 걸음을 옮겼다.


검산 고수들과 정종 수뇌부의 만남은 제법 오랫동안 이어졌다. 의방오현 삼 인이 을도산의 막사에 들어간 지 반 시진이 지나서야 연파곤 등 검산 고수들이 을도산의 막사를 나왔다. 그들의 표정은 그리 밝지 못했는데, 뭔가 무척 곤혹스러운 듯 보였다.

무천향주 을도산은 막사에서 나오지 않았고, 대신 십이종성 을천목이 검산 고수들을 배웅하기 위해 을도산의 막사에서 모습을 드러냈다. 을도산의 막사를 벗어난 검산 고수들은 송림 아래쪽으로 걸음을 옮기는 도중 파소와 단보를 발견하고는 뭔가 말을 걸려다 이내 고개를 젓고는 빠른 걸음으로 송림을 벗어났다. 을천목 역시 미처 파소와 단보에게 말을 건네지 못하고 세 명의 검산 고수를 뒤따라 송림 아래로 내려갔다.

"어떤 결정을 내렸을까요?"

"글쎄다. 그들의 표정을 보건대 그리 좋은 소릴 들은 것 같지는 않은데……."

단보도 파소의 질문에 자신있는 대답을 내놓지 못했다. 그 사이 파소의 의문에 답을 해줄 사람들이 을도산의 막사에서 모습을 드러냈다. 조금은 상기된 듯한 표정을 짓고 있는 의방 오현 삼 인이었다.

"어찌 되었습니까?"

파소가 막 을도산의 막사를 벗어난 행도에게 궁금함을 참지 못하고 급히 물었다. 그러자 행도가 굳은 표정으로 대답했다.

"향에 분란을 일으킨 자들이 감히 같은 무도인으로서의 도리를 말하더구려."

"무도인으로서의 도리요?"

"싸울 때 싸우더라도 부상자를 치료할 약재는 내놓는 것이 무도인의 도리라 하더이다."

"허허, 참으로 염치도 없는 자들이군."

행도의 말을 듣고 단보가 허탈한 웃음을 흘렸다. 그러자 행도가 다부진 표정으로 입을 열었다.

"하는 말이 하도 가당찮아 그나마 남아 있던 의원으로서의 동정심도 사라지더군요."

"해서 어찌하셨소이까?"

단보가 묻자 행도가 한줄기 미소를 지으며 득의한 표정으로 말했다.

"좀 고약한 숙제를 내줬지요."

"고약한 숙제라……."

"그들에게 말했지요. '임 아우를 죽인 자를 내놓으라고. 그러면 그들의 원하는 약재를 내놓겠다 했지요."

"임 의현을 말하는 것이오?"

"그렇습니다."

임 의현이라면 지난번 검산의 의방 습격 때 죽은 의방오현의 막내 임묘문을 말하는 것이다. 파소는 행도의 말에서 서늘한 기운을 느꼈다. 행도가 말했던 검산에 대한 의방의 복수는 이런 식으로 가해지고 있었다.

"임의현을 죽인 자라면……."

단보가 말꼬리를 흐렸다.

"마인처럼 검을 쓴 탁발무 그 애송이를 요구했습니다. 그러면 지난번 싸움에서 부상당한 검산 고수들을 치료할 약재를 내놓겠다고 했지요."

“허허, 정말 어려운 숙제구려. 과연 검산의 호랑이가 자신의 자식을 내 놓겠소이까?”

“후후, 그야 모르지요. 하지만 그가 그 애송이를 내놓든 아니든 그에겐 적지 않은 타격이 될 겁니다. 자식을 내놓는다면 검산의 고수들의 신망을 얻을 수는 있겠지만 평생 그 죄책감에 시달릴 것이고, 자식을 아껴 내놓지 않는다면 부상당한 검산 고수들을 포기해야 하니 그를 따르는 자들의 신망을 잃게 되겠지요.”

“외통이구려.”

“그가 어찌할지 기다려 보지요.”

행도의 표정에 차가운 한기가 감돌았다. 지난번 죽은 의방 고수들의 원한이 여전히 그의 가슴을 채우고 있는 것이 분명했다.


행도와 의방 고수들은 연파곤과 검산 고수들이 시야에서 사라지자 그제야 걸음을 옮겨 송림을 내려갔다.

“과연 그가 아들을 내놓을까요?”

의방의 고수들이 사라지자 파소가 단보를 보며 물었다. 파소의 표정은 그리 밝지 않았다. 이런 식의 거래가 그리 유쾌하게 느껴지지 않았기 때문이다.

“모르지. 하지만 역사란 것이 되풀이된다는 것을 느낄 수 있구나.”

“무슨 말이십니까?”

파소가 의아한 표정으로 묻자 단보가 살짝 고개를 들어 하늘을 보며 말했다.

"과거 향주께서는 그들의 압박에 밀려 몽학과 효명을 포기했다. 또한 너를 향 밖으로 내쳤지. 향주를 그 지경으로 밀어붙인 자들이 바로 그들이었다. 그중에서도 탁발로 그자가 가장 앞에 있었지. 그런데 결국 그 자 또한 그런 선택을 하게 되었구나. 그가 어찌 선택할지는 모르겠지만 과거 향주님의 심정을 조금은 헤아리게 될 것이다."

단보의 말에 파소도 한편으로는 가슴 한쪽이 시원해지는 것을 느꼈다. 이번 거래는 의방의 고수들뿐 아니라 자신과 자신의 조부인 을도산의 빚도 함께 포함되어 있는 거래였던 것이다.

'과연 그는 어떤 선택을 할까?'

파소도 검산의 호랑이 탁발로의 선택이 자못 궁금해졌다. 그러다 갑자기 파소의 머릿속에 한 생각이 떠올랐다.

'이런! 왜 우리는 그에게 아들을 포기하느냐 지키냐의 두 가지 길만 있다고 생각하고 있는 거지? 다른 길도 있을 수 있지 않은가? 가령!'

파소의 눈에서 한가닥 기광이 스치고 지나갔다. 이쪽에서 제시한 조건만 생각하느라고 저쪽에서 다른 선택을 할 수 있는 여지가 있다는 걸 간과하고 있다는 사실을 깨달았기 때문이었다.

"쥐도 궁지에 몰리면 고양이를 문다고 했지."

파소가 나직한 목소리를 흘려냈다. 그러자 단보가 의아한 시선으로 파소를 바라봤다.

"갑자기 무슨 말이냐?"

"탁발로, 그가 선택할 수 있는 길이 단 두 가지뿐이란 건 우리 쪽의 생각일 뿐이지요. 그는 제삼의 길을 택할 수도 있습니다."

"제삼의 길?"

"예를 들자면……."

파소가 말꼬리를 흐렸다. 그러자 단보가 호기심이 깃든 눈으로 파소를 바라봤다.

"전면적인 기습 같은 거 말입니다."

"전면적인 기습?"

단보가 놀란 눈으로 파소를 바라봤다. 그러자 파소가 침착한 표정으로 말했다.

"검산의 고수들에게 동기를 부여할 수 있지 않습니까? 동료를 살리기 위해, 부상당한 자를 치료하는 일에 거래를 시도한 정종의 비열한 자들을 응징하기 위해서라는……."

"음, 충분히 가능성이 있는 말이다. 더군다나 그들에겐 지략가 대성사 고연수가 있다. 그라면 충분히 검산 고수들을 마음을 조종할 수 있을 것이다. 이건… 대비를 해야겠어."

단보가 다급한 표정으로 말했다. 그리곤 파소를 재촉했다.

"향주님을 만나러 가자꾸나."

*　　　　*　　　　*

깊은 밤의 차가운 호수물이 파소의 옷깃 속을 파고들었다. 만류하던 석청의 말소리가 아직도 귓가에 남아 있었다. 그러나 파소는 일단의 정종과 죽림 고수들을 이끌고 성해를 건너고 있었다.

사방의 길 모두가 상대의 감시하에 있을 거란 판단은 누구나 할 수 있는 일이었다. 해서 성시까지 근 일백에 달하는 고수들이 비밀스럽게 이동하는 것은 극히 어려운 일이었다. 그래서 정종의 고수들은 성해를 헤엄쳐 건너기로 결정했다.

검산이 전면전을 선택할 수도 있다는 파소와 단보의 말을 전해 들은 을도산과 정종의 수뇌부는 하룻밤을 새워 검산이 전면전을 벌일 가능성에 대해 논의했다. 그리고 그들은 결국 파소와 단보의 예상이 맞을 거란 결론에 도달했다. 그건 검산을 이끌고 있는 탁발로의 성정과 대성사 고연수의 평소 움직임을 고려해 내린 결론이었다.

일단 검산이 전면전에 나설 거란 결론에 도달하자 그들의 도발을 어찌 대처하느냐가 당면 문제로 대두됐다. 이후 다시 하루 동안 정종의 수뇌들은 검산의 도발에 대한 대처를 논의하느라 송림의 막사를 벗어나지 않았다.

회의가 끝났을 때 정종 수뇌부가 내린 결론은 이번 기회에 무천향의 분쟁을 끝내자는 것이었다. 그리고 그 방법으로 정종의 가장 현명한 인물로 알려진 을천목이 내놓은 계책이 바로 정종의 고수들을 은밀히 성시에 보내는 것이었다.

성시는 성해와 더불어 무천향의 중심에 위치해 있다. 검산 고수들이 죽림을 공격하든 정종을 공격하든 그들은 성시를 지나쳐야 했다. 따라서 만약 검산 고수들이 눈치채지 못하게 성시에 매복할 수 있다면 정종은 공격에 나선 검산 고수들의 배후를 칠 수 있었다.

양측의 전력이 비등한 상황에서 적의 배후를 칠 수 있다는 것은 정종에게 있어서 필승의 수를 잡는 것이나 마찬가지였다. 그러니 정종의 수뇌들에게는 성시에 매복할 고수를 보내는 계책은 포기할 수 없는 일책이었다.

그러나 이 계책은 일단 성공하면 무천향의 운명을 결정지을 수 있는 계책이었지만 반대로 실패하면 성시에 나간 고수들이 전멸을 당할 수도 있는 계책이었다.

만약 검산에서 정종의 고수들이 성시에 매복해 있는 것을 눈치챘다면 그들은 죽림과 정종을 공격하는 척하다가 그 칼끝을 성시로 돌릴 수도 있었다. 그렇게 된다면 성시에 매복한 정종 고수들은 수백 명의 검산 고수들에게 한순간에 몰살을 당할 수도 있었다. 다시 말해 성시는 정종에게 있어 길지(吉地)가 될 수도, 사지(死地)가 될 수도 있었다.

그러나 승리의 패를 눈앞에 두고 그 패를 포기할 수 있는 자가 세상에 얼마나 될 것인가. 무천향주 을도산은 결국 성시로 고수들을 보내기로 했고 그 선두에 자신의 유일한 혈손 파소를 앞세웠다. 물론 을도산이 말을 꺼내기 전에 파소가 먼저 성시에 가기를 자청하기는 했지만.

석청은 파소가 성시로 가는 것을 극구 반대했다. 이 일이 얼마나 위험한지 석청 역시 잘 알고 있었기 때문이다. 하지만 그녀는 파소의 고집을 막을 수 없었다. 또한 그녀 역시 파소가 성시로 가는 것이 그의 숙명이란 걸 인정하고 있었다. 적어도 현재의 파소 무천향의 소천이었으므로.

"이 무천향이란 곳… 처음으로 오지 않았으면 좋았겠다는 생각이 들어요. 만약 당신이 잘못된다면 전… 견딜 수 없을 거예요."

성시로 떠나는 파소에게 석청은 이렇게 말했었다. 그런 석청에게 파소는 다른 때와 마찬가지로 걱정 말라고, 자신을 믿으라는 말을 남기고 성해의 차가운 물속으로 향했던 것이다.


차르륵!

무리의 가장 앞쪽에서 성해를 건넌 파소가 조심스럽게 신형을 뽑아 올렸다. 맑은 물소리가 그의 몸 주위에서 일어났다. 일단 신형을 물 밖으로 일으킨 파소는 지체없이 몸을 날려 성해 변의 무성한 숲으로 스며들었다.

잠시 후 일백여 명의 정종과 죽림 고수들이 하나둘 파소의 뒤를 따라 성해를 벗어났다.

파소는 비릿한 혈향을 맡으며 정종과 죽림의 고수들이 성해를 벗어나기를 기다렸다. 이곳은 며칠 전 검산과 정종 고수들 간에 일대 혈전이 벌어졌던 곳이어서 아직 그 피 내음이 완전히 사라지지 않은 상태였다.

'이번에 흘리는 피가 마지막이 되기를!'

파소가 어둠 속에서 죽은 마을처럼 움츠리고 있는 성시를 보며 생각했다. 그때 파소의 뒤로 단보가 다가왔다.

"모두 올라왔다. 가자꾸나."

"과연 옳은 결정이었을까요?"

파소가 은은한 두려움이 느껴지는 목소리로 물었다.

"두렵느냐?"

"일백 고수의 생명이 걸린 일이니까요."

"가끔은 말이다, 운명에 자신을 맡기는 것도 좋단다. 우린 그저 그 운명의 바람을 타고 놀자꾸나. 복잡하게 생각하면 답이 없는 게 세상사란다."

단보의 말에 파소는 긴장했던 가슴이 조금 가라앉는 것을 느꼈다.

"운명이라… 좋아요. 그 운명을 시험해 보죠."

파소가 훌쩍 몸을 날려 어둠을 타고 성시를 향해 달려가기 시작했다.

# 第六章

## 혈풍의 밤

　파소와 단보가 정종과 죽림의 고수들을 이끌고 은밀하게 성해를 건너 성시로 스며든 지 하루, 다른 때보다 뜨거운 낮이 지나고 다시 무천향에 밤이 찾아왔다.

　"죽겠군."

　남독마군이 나직한 목소리로 중얼거렸다. 그도 그럴 것이, 지난 하루 동안 성시에 머물고 있는 파소와 그 동료들은 그들이 들어 있는 건물 밖으로 한 걸음도 나갈 수 없었다. 아니, 몸 한 번 움직이는 것조차 무척 조심스러웠다.

　그러니 평소 거리낌없이 세상을 살아온 남독마군으로선 무척 답답한 지경이 아닐 수 없었다.

　"좀 참게. 사람이 그렇게 참을성이 없나."

성시의 한 건물에서 작은 창을 통해 북쪽 검산을 주시하고 있던 단보가 타박하듯 말했다.

"이런 일은 좀체 내 성미에 맞지 않아서 말입니다. 남궁세가 놈들과 일전을 벌이면서도 몸을 숨긴 적이 없었던 저란 말입니다."

남독마군이 강호에서 활동할 때 벌였던 남궁세가와 그와의 분쟁은 그를 일약 강호의 일대 마두로 올려놓은 유명한 싸움이었다.

"겨우 젊은 놈 몇 상대한 걸 가지고……."

"허? 이 형님 보시게? 겨우 젊은 놈 몇이라뇨? 나중에는 남궁세가의 노고수들이 수십 명이나 나섰다니까요?"

"어쨌든 이 무천향의 무인들과 그들을 비교할 수는 없는 일일세."

"그야 그렇지만… 어쨌든 제 성미에 맞는 일은 아닙니다."

"조금만 기다리게. 아마도 자네의 그 성격으로도 감당할 수 없을 만큼 치열한 싸움이 벌어질 테니."

"후후, 기대되는군요. 사실 무극을 보여주겠다는 말에 꼬여 이 무천향에 들어오긴 했지만 도를 닦는 것은 역시 제 체질에 맞는 일이 아니지요. 저야 그저 도를 휘두르며 싸움터를 누비는 것이 딱 맞는 인간이지요."

"좋겠군. 그 성미에 딱 맞는 일이 벌어져서."

"원 형님도, 무슨 말씀을… 후후."

성시에 나와 있는 무천향의 고수들은 대부분 긴장한 모습들이었지만 남독마군만큼은 무척 흡족한 표정을 짓고 있었다. 남독마군의 무공이 성시에 나와 있는 다른 무천향 고수들보다 고강해서는 아니었다. 무공으로 보자면 성시에 나와 있는 고수들 중 남독마군을 능가하는 자는 많았다.

그러나 싸움은 무공만으로 하는 것이 아니었다. 강호의 일대 마두로 불리며 수많은 적과의 생사결을 경험한 남독마군은 적어도 이런 식의 싸움에 있어서는 무천향의 그 어떤 고수보다도 뛰어난 인물이라고 할 수 있었다.

그런데 그때 갑자기 단보가 손을 들어 올려 남독마군의 입을 막았다. 파소는 이미 신형을 낮춘 후 어둑해진 검산을 유심히 바라보고 있었다.

"움직입니다."

역시 검산을 살피고 있던 비량이 나직하게 입을 열었다.

"놈들이 움직입니까?"

일행이 들어 있는 건물 안에서 가장 편한 자세로 앉아 있던 남독마군이 훌쩍 몸을 일으켜 단보 곁으로 다가서며 물었다.

"조용히 하게."

단보가 얼른 주의를 주자 남독마군이 별일 아니라는 듯 대답했다.

"수백 장 거린데 듣기야 하겠습니까?"

"이 사람 참, 이런 일에는 조심 또 조심해도 부족한 것이야."

"아아, 알겠습니다. 그나저나 움직이는 것 맞습니까?"

남독마군 기신이 목소리를 조금 낮추며 물었다.

"보게."

백문불여일견(百聞不如一見), 단보가 살짝 몸을 틀어 남독마군에게 창가의 자리를 내줬다. 그러자 남독마군이 얼른 창가로 다가서 검산을 살피기 시작했다.

"그런데… 역시 죽림인가요?"

"그런 듯하군. 하긴 그럴 수밖에 없었을 것일세. 정종과 죽림을 한 번에 상대하는 것은 검산으로서도 힘겨운 일이지. 더군다나 검산에서 정종에 이르는 길은 숲이 없는 지점을 몇 곳 지나야 하지만 죽림으로 향하는 것은 검산 서쪽의 암벽 지대만 지나면 대숲으로 가려져 있어 은밀하게 이동하기 수월하니까."

"죽림에서의 준비는……?"

"소 종성께서 죽림의 고수들을 이끌고 죽림 동쪽에서 저들을 맞을 걸세. 그리고 조금씩 죽림 안으로 깊이 끌어들일 것일세. 우린 그 배후를 치게 되고, 이후 검산에서의 하산로를 다른 정종 고수들이 막을 걸세."

"좋은 책략이군요. 문제는 저들이 얼만큼의 전력을 내려보냈느냐인데……."

"아마 만만치 않을 걸세. 전력을 기울였을 거야. 이 싸움에서 승부를 볼 생각일 테니까."

"흥분되는군요."

남독마군이 흡족한 미소를 지으며 고개를 끄덕였다.

　파소는 단보와 남독마군 기신의 대화를 한 귀로 들으면서 검산 고수들의 움직임을 면밀하게 살피고 있었다. 만약 그들이 있는 곳이 성시가 아니라 정종 송림이었으면 절대 발견하지 못했을 검산 고수들의 움직임이었다. 수백의 인원이 움직이는 것이 분명한데도 검산 고수들은 소리 하나 내지 않았다. 또한 제법 밝은 달빛조차도 그들을 숲과 구분해 내지 못하고 있었다.

　“대략 삼백여 명쯤 되는군요.”

　어느 순간 파소가 입을 열었다.

　“삼백이라… 거의 모든 고수를 동원한 것이군.”

　단보가 고개를 끄덕였다. 예상대로의 움직임이었다.

　“우린 언제 움직이는 건가?”

　남독마군이 파소를 보며 물었다. 물론 단보와 몇몇 정종의 노고수들이 나와 있기는 하지만 이 싸움에서 성시에 나와 있는 고수들을 지휘하는 사람은 파소였다. 무천향의 소천으로서 그리고 검선이라 불리는 무공을 지닌 고수로서 파소가 이 무리를 지휘하는 것은 당연한 일이었다.

　“저들이 죽림 동쪽으로 들어가 소 종성께서 이끄시는 죽림의 형제들과 조우하려면 빨라도 이각은 걸릴 것입니다. 우린 이각 뒤에 움직이지요.”

　“너무 늦는 것 아닌가? 그렇게 된다면 죽림의 형제들이 최소한 몇 각은 저들을 막아내야 한다는 것인데……..”

　“위험해도 그래야 합니다. 그래야 저들을 죽림 깊숙이 끌어들일 수 있을 테니까요. 그리고 소 종성님께서도 준비를 하고 계실 테니 우리가 갈 때까지는 충분히 버틸 수 있을 겁니다."

"부디 그래야겠지."

남독마군이 파소의 말에 천천히 고개를 끄덕였다.


동쪽에서 뜬 달이 성해의 남쪽까지 왔을 때 파소가 움직였다. 그를 선두로 일백여 명의 고수들이 일제히 성시에서 빠져나와 먹물이 스며들 듯 동쪽 죽림을 향해 치달았다.

쉬이익!

마치 수천 마리의 뱀 떼가 수풀을 이동하듯 파소와 그를 따르는 고수들은 바람을 가르며 수백 장에 이르는 거리를 단숨에 이동했다. 그리고 그들이 막 대나무 숲으로 진입해 들 때, 멀리 검산에서 날카로운 신호음이 터져 나왔다.

삐이익!

"눈치챘나 보군."

파소의 곁에서 달리고 있던 단보가 검산 쪽으로 시선을 주며 중얼거렸다. 어느새 검산에선 수십 개의 횃불이 불타오르고 있었다. 그런데 그때 남쪽 정종의 권역에서 일단의 인물들이 뛰쳐나오더니 일제히 북쪽 검산을 향해 치달아 오르기 시작했다.

"향주께서 정종의 형제들을 움직이시는군요."

단보와 파소의 뒤를 따르고 있던 비량이 말했다.

"저들의 움직임이 중요해. 저들이 얼마나 빨리 검산의 길목을 장악하느냐에 따라 이 싸움의 양상이 달라질 거야."

단보가 심각한 표정으로 말했다.

"일단 지금은 각자의 일에 집중해야 할 땝니다. 우리 일은 죽림에 든 자들을 제압하는 것이지요. 뒤는 다른 사람들에게 맡기고."

파소의 말에 단보가 고개를 끄덕였다.

"지금은 그게 최선이지."


파소는 대나무 잎 부서지는 소리를 들으며 수십 장 넓이의 숲을 관통했다. 그의 뒤를 따르는 무천향 고수들이 화살이 꽂히듯 대나무 숲을 누볐다. 그렇게 얼마간 일백 명의 고수가 전력을 다해 질주한 끝에 드디어 대숲이 끝나고 달빛에 휘감긴 죽림의 마을이 나타났다.

쾌쾌쾅!

대숲을 벗어나자마자 파소의 귀에 벽력 치는 듯한 격돌음이 들려왔다. 파소의 시선이 반사적으로 격돌음이 터져 나오는 곳으로 향했다. 죽림의 중심, 과거 대성사 남창의 거처가 있던 곳에서 번쩍거리는 도기와 검기가 파소의 시선에 들어왔다.

"크악!"

아련하게 들려오는 단말마의 비명 소리. 일단 전장의 소음이 일행의 귀에 들려오자 파소를 따르는 무천향 고수들의 눈빛이 차갑게 변했다. 무도를 닦는 수련자들에게 어울리지 않는 살기가 장내의 공기를 휘어잡았다.

‘해야 할 일이다.’

파소는 사방에서 흘러나오는 살기에 거부감을 느끼면서도 입술을 깨물었다. 그리곤 나직하게 입을 열었다.

“일거에 덮칩니다. 먼저 나가는 사람이 있어서는 안 됩니다. 단 한 번에 적의 기세를 완벽하게 제압해야 합니다.”

파소의 말에 어둠 속에서 일백 고수가 고개를 끄덕였다. 파소가 한숨을 고른 후 가볍게 몸을 띄워 올렸다. 순간 정종과 죽림에 속한 일백 고수들이 파소를 정점으로 철 따라 이동하는 철새들처럼 격전이 벌어지고 있는 죽림을 향해 횡으로 늘어선 채 몸을 날리기 시작했다.


“컥!”

“악!”

언제 무천향에 이런 거친 죽음의 소리가 들려온 적이 있었던가, 언제 무천향에 이렇게 붉은 피가 난무한 적이 있었던가. 죽림 안쪽에서 벌어지고 있는 싸움은 지난번 성해에서 벌어졌던 일전에 비할 바가 아니었다. 양측 모두 이 한판의 싸움에 자신의 목숨과 무천향의 운명이 걸려 있다는 것을 잘 알고 있기에 전력을 다해 상대의 목줄을 물고 늘어지고 있었다.

수백 명의 인원이 엉켜 있는 죽림의 한가운데, 준비를 하고 있었다지만 삼백여 명에 이르는 검산 고수들의 습격을 받은 죽림 고수들은 무척 위급한 지경에 몰려 있었다.

그나마 수백 년 살아온 터전이란 지형적인 이점에 의지해

근근이 싸움의 균형을 맞추고 있는 상태. 그러나 그런 지형적 이점은 무림 고수들 간의 싸움에서 그리 오래 자신을 지켜주지 못하는 법이었다.

우지끈거리는 소리와 함께 모옥과 모옥을 연결하고 있던 일 장 높이의 방책이 무너져 내렸다. 동시에 그 안에서 검산 고수들의 접근을 막고 있던 죽림의 고수들이 도검을 휘두르며 무너진 방책을 넘어 밀려드는 검산 고수들을 맞아나갔다.

"큭!"

한마디 신음성과 함께 붉은 혈무가 허공으로 뿌려졌다. 가장 앞서 달려 나오던 죽림 고수가 검산제일의 후기지수라 불리던 이괄의 도에 피를 뿌리며 대지에 쓰러져 갔다.

"서둘러라. 최대한 빨리 죽림을 접수해야 한다."

검산 고수들의 중심에서 십이종성 연파곤의 차가운 독려가 이어졌다. 그러자 검산 고수들이 좀 더 강한 기운을 흘려대며 일제히 죽림 고수들을 향해 밀려들었다.

"쉽지 않구려."

소법이 밀려드는 검산 고수들을 바라보며 나직하게 입을 열었다. 그의 곁에는 대성사 남창이 검을 들고 서 있었는데, 그의 표정 역시 그리 밝아 보이지 않았다. 적은 지금까지완 전혀 다른 기세로 죽림 고수들을 밀어붙이고 있었다.

"소천이 얼른 와야 할 터인데……."

남창이 전장의 동쪽을 보며 중얼거렸다. 애초에 죽림에서 적을 기다리고 있던 고수들의 숫자는 모두 이백여 명. 그 인원으로 삼백여 명의 검산 고수들을 맞아 지금까지 버틴 것만으로도 대단한 성과라고 할 수 있었다. 더군다나 검산의 고수들은 그 무공에 있어서 죽림 고수들보다 한 수 위라고 평가받는 자들이었다.

우지직!

또 다른 방책이 무너졌다. 애초 싸움의 목적 중 하나는 파소가 이끄는 정종과 죽림의 고수들이 올 때까지 검산 고수들을 죽림 한가운데 몰아두는 것. 그런데 두 개의 방책이 무너짐으로써 그 목적이 어긋날 위기에 처하기 시작했다.

방책이 무너진 곳을 통해 검산 고수들이 압도적인 힘으로 죽림의 고수들을 밀고 나오고 있었다.

"내가 가보겠소이다."

죽림 동쪽을 바라보고 있던 남창이 훌쩍 몸을 날려 방책이 무너진 쪽으로 신형을 날렸다. 동시에 그의 검이 한차례 허공을 휘젓자 그의 검에서 생겨난 한줄기 검기가 무너진 방책을 넘어서려는 검산 고수들을 향해 번개처럼 뻗어나갔다.

구우웅!

강력한 파공을 만들어내며 남창의 검기가 검산 고수들에게 떨어져 내렸다.

"웃!"

콰쾅!

검산 고수들이 강력한 남창의 공격에 놀라 다급성을 토하며 뒤로 물러났다. 동시에 남창의 검기가 무너진 방책 위에 떨어

져 내리며 강력한 충돌음을 일으켰다. 그때,

"혼자선 힘들 거요."

물러서는 검산 고수들과는 반대로 그 검산 고수들을 뒤로하고 한 명의 노고수가 달려나오며 재빨리 검을 뻗어냈다.

휘류룽!

노고수의 검날이 살아 있는 뱀처럼 비틀려졌다. 그의 검에서 뻗어 나온 검기가 기이한 곡선을 그리며 막 무너진 방책 위에 내려서는 남창을 찔러갔다.

"역시 검산 최고의 검객답구려."

남창이 자신을 향해 닥쳐드는 기이한 형태의 검기를 보고 낯빛을 굳히며 말했다. 남창을 공격하는 자는 십이종성 중 일인 연파곤. 검산 육조사 중 검선 육돈의 진전을 이은 연파곤은 당금 검산 최고의 검술을 지닌 것으로 평가받는 사람이었다.

웅!

기이한 곡선을 그리며 닥쳐드는 연파곤의 검기를 향해 남창의 검이 사선으로 그어 올려졌다. 그러자 그의 검에서 푸른 검기가 솟구치며 연파곤의 검기를 아래에서 위로 잘라갔다.

그런데 그렇게 두 절대고수의 검기가 충돌하려는 사이, 애초부터 기이한 움직임을 보이던 연파곤의 검기가 살아 있는 생물처럼 흐물거리더니 순식간에 남창의 검기를 한쪽으로 흘려내고는 남창의 머리 위로 떨어져 내리는 것이었다.

"음……!"

순간 남창의 입에서 나직한 신음성이 흘러나오며 그의 신형이 오 장여 뒤로 훌쩍 물러났다. 대신 남창을 일검에 물러나게 한 연파곤이 남창이 서 있던 자리에 사뿐하게 내려섰다.

"대성사 남창의 검이 죽림일절이라더니, 과연 허명이 아니었구려."

연파곤이 빙긋 미소를 지으며 말하자 남창이 어두운 얼굴로 응대했다.

"어디 검산제일검 연 종성께 비하겠소이까?"

"하하하, 겸양이 지나치시구려. 오랜만에 상대다운 상대와 검을 섞을 수 있게 되어 무척 기쁘구려."

"그저 하룻밤 비무였으면 나 또한 흡족했을 거외다."

"무인의 비무에 어찌 때와 장소를 따지겠소이까? 오늘 제대로 한번 겨뤄봅시다."

연파곤은 남창을 상대할 자신이 있는 모양이었다. 그리고 한 번의 격돌에서 나온 결과 또한 연파곤의 무공이 남창을 한 수 앞선다는 것을 증명하고 있었다.

그렇게 남창이 연파곤을 상대하는 사이 남창에 의해 뒤로 물러났던 검산 고수들이 다시 물밀듯이 밀려들어 무너진 방책을 넘어서려 했다.

"어딜!"

순간 남창의 입에서 노성이 터져 나오며 무너진 방책을 넘으려는 검산 고수들을 향해 세 번의 초식을 펼쳐 냈다.

"대성사의 검을 어찌 다른 사람에게 양보하겠소."

남창이 방책을 넘어서려는 검산 고수들을 향해 초식을 펼치자 기다렸다는 듯 연파곤이 나서서 검산 고수들을 향해 날아가는 남창의 검기를 걷어냈다.

그그긍!

연파곤과 남창의 검기가 충돌하면서 강렬한 파열음이 일어났다. 그리고 다시 남창이 두세 걸음 뒤로 밀려났다. 여실히 드러나는 두 사람의 실력 차. 남창은 방책을 넘어서는 검산 고수들을 막기는커녕 자신의 안위조차 자신할 수 없는 처지란 걸 깨달았다.

“후욱!”

남창이 크게 호흡을 가다듬어 연이어 연파곤에게 물러나며 생겨난 몸과 마음의 긴장을 떨쳐 버렸다. 그리고 방책을 넘어서는 검산 고수들에 대한 걱정 역시 떨쳐 버렸다. 지금은 다른 모든 생각들을 떨쳐 버리고 연파곤 한 사람에게 집중할 때였다.

“역시 대성사시구려. 무의 기본을 알고 계시니.”

연파곤이 순식간에 주변에서 벌어지는 일에 신경을 끊고 오직 자신만을 상대하기 위해 기운을 고르는 남창을 보며 감탄사를 흘려냈다.

“그런들 어찌 십이종성을 이길 수 있겠소.”

남창이 실소를 흘려내며 연파곤을 바라봤다. 그러자 연파곤이 천천히 고개를 끄덕였다.

“솔직히 말해 우리 두 사람의 승패는 사실 그리 중요치 않을 것이오. 이미 이 싸움의 승패는 결정이 난 것 같소이다. 죽림은 검산의 손에 들어왔소. 이쯤에서 죽림의 형제들에게 도검을 내리라 명하는 것이 애꿎은 생명들을 지키는 일이 아닐까 하오만……."

연파곤의 표정에선 이미 승자의 여유가 한껏 묻어나고 있었다, 죽림의 고수들을 모두 죽이는 것보다 죽림의 항복을 받아내는 것이 여러모로 검산에 유리하다는 계산을 할 만큼.

그런데 그런 연파곤을 보며 갑자기 남창이 빙그레 미소를 지었다. 그리곤 수세에 몰린 사람이라곤 생각할 수 없을 만큼 밝은 목소리로 물었다.

"정말 이 싸움의 승패가 결정됐다고 보는 것이오?"

연파곤은 갑작스레 변한 남창의 태도에 의구심을 가지면서도 자신있게 고개를 끄덕였다.

"눈이 있다면 지금의 상황을 보고 있을 것 아니오? 더 이상 형제들의 피를 흘리지 맙시다."

연파곤이 약간의 위협을 담아 말했다. 설득이 통하지 않는다면 협박도 좋은 방법이라 생각하는 듯. 그런데 남창은 연파곤이 바라는 대로 반응하지 않았다. 대신 남창이 천천히 고개를 저으며 말했다.

"내 생각은 조금 다르오. 아마도 싸움은 지금부터가 시작일 게요. 그리고 내 판단으로는 검산의 형제들이 조금 어려워질 것 같구려."

순간 연파곤의 표정이 딱딱하게 굳었다. 연파곤은 남창의 눈을 바라보고 있었는데, 남창의 시선은 연파곤의 얼굴을 떠나 그의 뒤쪽을 바라보고 있었다. 그 순간 절대지경을 바라보는 고수 연파곤의 본능이 등 뒤로부터 거대한 기운을 감지했다.

연파곤이 재빨리 신형을 움직여 뒤를 돌아봤다, 자신의 등 뒤에서 느껴지는 거대한 기운에 대한 대응으로 검을 끌어올려 자신의 가슴을 지킨 채. 그리고 다음 순간 연파곤의 얼굴에 곤혹스런 표정이 드리워졌다.

"이건……!"

무천향 최고의 고수 중 한 명이라는 연파곤의 입에서 당혹스런 음성이 흘러나왔다. 남창의 시선을 따라 바라본 죽림의 동쪽, 여러 채 늘어선 초옥의 지붕 위로 일백여 개에 이르는 검은 그림자들이 마치 밤 독수리처럼 전장을 향해 짓쳐들고 있었다.

쉬이익!

그리고 그중 가장 앞쪽에서 신형을 날리던 검은 그림자가 십여 장을 격한 상태에서 연파곤을 향해 일검을 휘둘렀다.

팟!

순간 연파곤의 눈앞에 거짓말처럼 초승달 모양의 검기가 생겨나더니 믿을 수 없는 속도로 연파곤을 양단해 왔다.

"흡!"

무천향 십이종성 중 한 명이자 검산 최고의 검객이라는 연파곤의 입에서 다급성이 발해졌다. 동시에 그의 검이 자신을 향해 닥쳐드는 초승달 모양의 검기를 향해 뻗어나갔다.

휘류룽!

연파곤의 검에서 예의 그 기이한 소성이 일어나면서 나선형의 곡선을 그리는 검기가 초승달 모양을 한 파소의 검기를 휘감았다.

팟!

그런데 마치 바람에 꺼지는 촛불처럼 연파곤의 검기에 휘감긴 파소의 검기가 순식간에 허공에서 증발해 버렸다.

"음……."

연파곤의 입에서 나직한 신음성이 흘러나왔다. 검기의 발출과 회수에는 절대고수에 이른 자라도 약간의 시간이 필요한 법이다. 그래서 검기의 진퇴의 유연함이 곧 그 사람의 무공 수위를 나타내는 것이란 건 검을 들어 검기를 일으키는 경지에 오른 자라면 누구나 알고 있는 사실이었다.

그런데 파소의 검기는 그런 무공의 상식을 벗어나고 있었다. 연파곤을 공격한 검기 역시 불현듯 허공에 나타났고, 연파곤의 반격을 받은 파소의 검기 또한 나타날 때와 마찬가지로 순식간에 허공에서 자취를 감춰 버린 것이다. 이런 검기의 발출과 회수는 천하 무성들의 고향이라는 무천향에서조차 찾아볼 수 없는 수법이었다.

연파곤은 이 기이한 무공을 펼치는 주인공이 누군지 한 번의 위협이 지나간 후에야 알아챘다. 그의 입에서 당황한 기색이 역력한 음성이 흘러나왔다.

"소천!"

그사이 파소의 뒤를 따라 전장을 덮친 정종과 죽림의 고수들이 사냥에 나선 독수리처럼 일제히 검산 고수들을 덮쳐 갔다.

"크악!"

"검을 내려라. 목숨은 보존해 주겠다."

파소의 귀에 단보의 서늘한 목소리가 들려왔다. 그러나 순순히 검을 내려놓는 검산 고수들은 없었다. 오늘 이 싸움이 무천향과 자신들의 운명을 결정지을 것이란 걸 모르는 사람은 장내에 아무도 없었다. 그리고 그들 중 누구도 자신의 운명을 쉽게 포기할 사람도 없었다.

'피가 흘러야 할 시간인가.'

파소가 잠시 연파곤에게서 시선을 돌려 주위를 돌아봤다. 도기와 검기가 충천하며 고운 달빛이 내려오던 밤하늘이 혈무로 가득 차 있었다. 파소는 자신도 모르게 흠칫 몸을 떨었다. 이 미친 듯한 혈전의 한가운데 자신이 서 있다는 것이 꿈처럼 느껴졌다.

'꿈이라면 빨리 깨어나고 싶은 꿈이다. 그러기 위해선……'

파소의 시선이 다시 연파곤을 향했다. 자고로 전쟁의 승패는 언제나 그 우두머리의 생사에 따라 결정되는 법. 연파곤을 제압하는 것이 이 혈몽을 한시라도 빨리 끝내는 최선의 방법일 터였다.

"명불허전이오, 소천!"

연파곤은 여전히 파소의 무공이 준 충격에서 벗어나지 못하고 있는 모습이었다. 좀 전의 대성사 남창처럼 이제는 연파곤이 이 전쟁의 승패에 관심을 끊고 자신의 정력을 오로지 파소에게 집중하고 있는 모습이었다. 그런 연파곤을 파소가 묵묵히 바라보다 짧게 말을 뱉었다.

"승패가 결정된 싸움이오. 검을 내려 동도들의 생명을 보전하시오."

그러자 연파곤이 한줄기 미소를 지으며 고개를 저었다.

"본시 이런 일을 일으킬 때는 목숨을 걸게 마련이오. 죽음만이 오늘의 싸움을 끝낼 수 있을 것이오, 소천!"

그러자 파소가 고개를 끄덕였다. 길게 연파곤을 설득하고 싶지도 않았고 그럴 여유도 없었다.

"그럼 그 방식으로 끝내봅시다."

차가운 말이 내뱉는 순간 파소가 좌측 사선으로 뛰어오르며 재빨리 세 번의 초식을 펼쳤다. 그러자 한순간에 연파곤의 좌우와 머리 위에 차가운 검기가 모습을 드러냈다.

"놀랍구나."

연파곤은 공격을 당하면서도 파소의 무공에 감탄하고 있었다. 권력을 추구하는 야심가가 아닌, 한 명의 무인으로서 파소의 무공은 연파곤에게 위협보다는 황홀감을 주는 듯 보였다.

'그런 사람이 왜 야망을 따랐는가?

파소가 자신의 무공에 감탄하는 연파곤을 보며 내심으로 추궁하는 사이 연파곤도 재빨리 검을 회전시켜 자신의 몸 주위에 투명한 검기를 뿌려내며 파소의 검기를 막아냈다.

카카캉!

파소와 연파곤의 검기가 무섭게 충돌하면서 장내에 강력한 격돌음이 터져 나왔다.

소란한 전장이었지만 두 사람이 만들어낸 충돌음이 너무 강렬했기 때문에 그 주변에 있던 고수들은 잠시 싸움을 멈추고 두 사람에게로 시선을 돌렸다.

"놀라워, 정말 놀라워. 어떻게 그 나이에!"

연파곤는 연신 감탄사를 흘려내고 있었다. 그는 자신이 파소의 공격에 밀려 십여 걸음 뒤로 물러선 것도 모르는 듯했다. 그의 눈에는 극에 이른 검공을 목도한 자의 기쁨 같은 것이 떠올라 있었다.

"조심하시오."

파소가 그런 연파곤을 향해 경고를 날렸다. 그러자 연파곤이 고개를 끄덕였다.

"걱정 마시구려. 충분히 조심하고 있소이다. 이토록 대단한 무공을 지닌 소천을 상대하는데 어찌 방심할 수 있겠소. 본시 고수의 무공을 견식할 때는 그만한 예를 차려야 하는 법이 아니겠소? 자, 다시 한 번 소천의 그 검공을 보여주시구려."

연파곤의 모습은 마치 파소의 무공에 중독된 사람처럼 보였다. 파소의 미간이 자신도 모르는 사이 좁아졌다. 어쩌면 연파곤은 지금 자신이 전장의 한가운데 있다는 것조차 잊어버리고 있는지도 몰랐다.

"이건 비무가 아니라 생사결이란 걸 잊지 마시오."

파소가 다시 한 번 경고를 보냈다.

"물론 잊지 않고 있소. 하지만 오늘 내가 무극을 본다면 하찮은 야망 따위야 무슨 필요가 있겠소. 본시 무천향의 무인들이 무도를 버리고 야망을 따르게 된 것은 모두 오랫동안 무천향에 무선이 출현하지 않았기 때문이오. 무극의 끝을 보지 못한 자는 그 기나긴 인내의 시간을 버텨내지 못하는 법이라오. 아, 그런 면에서 보자면 무천향은 참으로 운이 없는 것 같구려. 소천이 몇십 년만 일찍 태어났어도 아마 무천향에 피바람이 부는 일은 없었을 것이오."

"이미 그 피의 뿌리가 삼십 년 전에 뿌려진 것을 부인하는 것이오?"

파소의 추궁에 연파곤이 고개를 저었다.

"그렇지가 않소이다. 물론 삼십 년 전 대성사 소유거와 몇몇 야심가들에 의해 소천의 아버지가 죽임을 당하긴 했으나 그때만 해도 그건 아주 작은 불씨에 지나지 않았소이다. 그 불씨가 오늘날과 같이 커진 것은 이 무천향에 더 이상 무선이 출현하지 않았기 때문인 것이오. 그때는 탁발 종성조차도 아직은 야심보다 무도를 더 추구하는 인물이었던 것이오."

순간 파소의 눈이 꿈틀거렸다. 연파곤은 파소의 무공에 감탄해 자신도 모르게 하지 않아도 될 말들을 늘어놓고 있었다.

'결국 소유거, 그자로부터 시작된 것인가?

음모의 시작이 소유거일 거란 의심은 이미 여러 정황으로 가지고 있던 생각이었다. 단보도 탁발로가 을몽학을 제거하는 일처럼 음험한 음모를 꾸밀 인물은 아니라고 말했었다.

"자, 이제 다시 소천의 검을 보여주시오. 그리고 어서 내 목을 베시구려."

연파곤이 파소를 향해 부탁하듯 말했다.

"그대와 같은 사람이 어찌 무천향을 버리려 했단 말이오?"

"후후후, 그저 인간일 뿐이었다고 해둡시다. 그리고 지금도 난 야심에 가득 찬 인간임이 분명하오. 만약 지금 소천이 날 죽이지 못한다면 난 다시 야망의 길을 가게 될 것이오. 이미 그 길에 들어섰으니 그 길을 벗어나지 못할 거란 말이오. 그러니 어서……."

연파곤이 먼저 검을 내밀었다. 파소가 시작하지 않으면 자신이 시작해 다시 일검을 겨루겠다는 의미. 파소는 이 상황이 어찌 되었든 그를 제압해야 끝난다는 것을 깨달았다.

'원한다면 내 모든 것을 보여주겠소!'

파소가 내심 결심을 굳히고 성큼성큼 연파곤을 향해 걸음을 옮기기 시작했다. 그러면서 천천히 자신의 낡은 검을 가슴 앞으로 들어 올려 연파곤을 향해 쭉 내밀었다. 연파곤 역시 그런 파소를 향해 꿈틀거리는 검기를 쏟아냈다.

휘류릉!

연파곤이 만들어낸 세 줄기의 검기가 파소와 파소의 검을 동시에 휘감아왔다. 그러나 파소는 연파곤의 검기에 전혀 개의치 않고 연파곤이 만들어낸 검기 속으로 걸어 들어갔다.

우웅!

파소의 검에서 용음이 흘러나왔다. 그러자 파소를 향해 달려들던 연파곤의 검기가 마치 물살 갈리듯 갈라지면서 연파곤을 향해 걸어가는 파소에게 길을 여는 것이었다.

이 기이한 광경에 장내의 고수들이 싸움을 멈추고 모두 파소와 연파곤을 주시했다. 파소는 한 걸음씩 연파곤을 향해 다가가고 있었고, 연파곤은 붉게 상기된 얼굴로 어떻게든 검기의 방향을 틀어 파소를 공격하려 했다.

그러나 연파곤의 노력은 파소의 걸음을 멈추게 하지 못했다. 파소는 연파곤의 검기를 연신 자신의 몸 옆으로 흘려보내며 어느새 연파곤의 일 장 안으로 들어서 있었다.

그리고 잠시 후 거짓말처럼 파소의 검이 연파곤의 어깨를 찔렀다.

푹!

크지도 작지도 않은 파열음이 검을 든 연파곤의 어깨에서 일어났다. 그러자 파소와 연파곤을 휘감고 있던 강력한 기운들이 씻은 듯이 사라졌다.

"으음……."

어깨에 일검을 허용한 연파곤이 나직한 신음성을 흘려내며 자신의 오른쪽 어깨를 바라봤다. 파소의 낡은 검이 그의 어깨에 박혀 있었다. 피는 보이지 않았다. 그러나 파소의 검이 그의 어깨에서 벗어나는 순간 그의 어깨에서는 붉은 선혈이 분수처럼 쏟아질 터였다.

"이게 도대체 무슨 무공이오?"

연파곤이 다시 파소의 얼굴을 바라보며 물었다. 그러자 파소가 밝지 않은 표정으로 입을 열었다.

"선검이라고 들어보셨소이까?"

파소의 대답에 연파곤이 아득한 표정을 지으며 탄식을 흘려냈다.

"아! 선검… 을씨 가문의 삼대무공……."

"바로 그 선검이오."

"그러나 그건 이미 절맥된 것으로……."

"가끔은 의외의 일이 일어나는 것이 세상일이지 않겠소. 그나저나 이젠 이 싸움을 끝내야 할 때 아니겠소?"

파소의 말에 연파곤이 천천히 고개를 돌려 주변을 돌아봤다. 어느새 수백에 이르는 시신이 장내에 너부러져 있었고, 치열한 싸움을 벌이던 양측의 고수들은 파소와 연파곤을 바라보고 있었다. 연파곤은 마치 검산의 고수들 하나하나와 눈을 마주치듯 아주 천천히 장내를 돌아봤다. 그리고 마지막으로 고개를 들어 죽림 위 푸른 달빛이 교교하게 흘러내리는 하늘을 바라봤다.

"무천향이라… 좋군."

아무 일 없다는 듯, 자신의 어깨에 파소의 검이 박혀 있지 않다는 듯 연파곤이 중얼거렸다. 그리곤 그대로 무천향의 밤 하늘을 한동안 바라보다 문득 커다란 목소리로 소리쳤다.

"이 싸움은 끝났다. 검산으로 돌아가라. 목숨을 보전하고

후일을 기약한다. 그동안 수고했다.”

말이 끝나는 순간 연파곤의 왼손이 자신의 관자놀이를 가격했다. 그러자 순식간에 그의 눈에서 생기가 사라지더니 그대로 그 자리에서 무너지기 시작했다.

“후퇴한다!”

파소의 귀에 이괄의 목소리가 들려왔다. 그러자 살아남은 검산의 고수들이 일제히 허공으로 솟구쳐 싸움터를 벗어나기 시작했다. 검산 고수들이 도주하기 시작하자 정종과 죽림의 고수들이 재빨리 그들을 따라붙기 위해 신형을 날렸다. 그런데 그때 단보의 목소리가 정종과 죽림 고수들의 발목을 잡았다.

“쫓지 마라.”

단보의 명에 추격에 나섰던 고수들이 의아한 눈으로 단보를 바라보며 걸음을 멈췄다. 그사이 생존한 일백여 명의 검산 고수들은 어느새 동쪽 대나무 숲으로 사라지고 있었다.

“왜 쫓지 말라 하신 겁니까? 완전히 뿌리를 뽑을 수 있는 기회였는데…….”

남독마군이 아쉬운 표정으로 묻자 단보가 고개를 저으며 대답했다.

“어제까지 한 식구였던 사람들일세. 더군다나 이미 이곳에서 이백에 가까운 손실을 입었으니 이제 그들은 더 이상 무천향을 위협할 수 없네. 검산으로 돌아가 어떤 선택을 할지는 그들의 몫이겠지. 스스로 목숨을 끊든지, 아니면 향주께 무릎을 끓으러 오든지. 굳이 그들을 추격해 피를 볼 필요가 없단 말일세. 싸움은… 이것으로 끝이네."

*       *       *

무천향은 다시 고요를 찾았다. 그러나 그 고요 속에 깃든 기운은 과거와 같은 평온함과 선기로움이 아니었다. 짙은 혈향과 무겁게 가라앉은 분위기. 어디서도 무공을 수련하는 무사가 보이지 않았다. 과거였다면 곳곳에서 무공에 대한 토의로 뜨거웠을 무천향은 어둠의 고요를 강요당하고 있었다.

"선기가 사라졌어."

을지행이 단구의 몸을 이끌고 송림 사이에서 성해를 내려다보며 말했다. 파소와 단보는 조용히 그 뒤를 따르고 있었다. 그들보다 조금 더 멀리에선 오랜만에 거처를 벗어난 석청이 걸음을 옮기고 있었고, 그 곁에는 언제나처럼 고담이 주위를 경계하며 석청을 호위하고 있었다.

"말은 그렇게들 했지만 그 말이 실제일 줄은 몰랐습니다."

단보가 을지행의 말을 받았다. 그러자 을지행이 단보를 돌아보며 물었다.

"무슨 말인가?"

"이 무천향의 선기 말입니다. 애초에 무천향엔 선기가 그리 많지 않았는데 십이조사와 무선들의 출현으로 선기가 충만하게 되었다는 그 말을 사실은 믿지 않고 있었습니다."

“그랬는가? 하긴 사람이 한곳의 기운을 바꾼다는 것은 믿기 힘든 일이지.”

“그런데 이제 보니 그 말이 사실인 듯싶습니다. 선기가 넘쳐 흐르던 곳에 오히려 사기가 흐르기 시작했으니…….”

“걱정일세. 이대로 무천향의 분란이 정리된다 해도 과연 이곳을 다시 무성들이 고향으로 되돌릴 수 있을런지. 지금으로선 수련을 돕기 보단 오히려 해를 끼칠 가능성이 커.”

을지행이 눈을 가늘게 뜨고 무천향을 바라보며 말했다. 비록 그 자신의 무공은 뛰어나지 않더라도 무공을 보는 눈과 제자를 가르치는 능력에 있어서는 무천향 최고의 인재라는 을지행이었다. 그는 무공 수련에 도움이 되는 장소를 찾는 탁월한 눈도 가지고 있는 모양이었다. 그런 그가 이제 무천향에서 무도를 추구하는 것은 쉽지 않을 거라 말하고 있었다.

“이곳에 깃든 죽음의 기운을 걷어낼 수 있을까요?”

문득 파소가 을지행에게 물었다.

“글쎄다. 과거처럼 십이조사가 다시 환생한다면 모를까, 아마도 쉽지 않을 게다.”

“그럼…….”

“새로운 거처를 찾거나 혹은 무천향을 폐하고 각자 강호로 나가거나.”

“그럼 지금까지 싸운 보람이 없지 않습니까?”

단보가 안타까운 표정으로 물었다.

“보람이야 왜 없겠나. 애초에 무천향이 분열되기 시작했을

때 이미 무도 수련의 장소로서 무천향은 운명이 다된 것이었
을지도 모른다네. 그럼에도 불구하고 이 싸움이 불가피했던
것은 야망을 가진 자들에게 무천향의 힘을 고스란히 넘겨줄
수 없었기 때문이지. 비록 무도 수련처로서의 무천향은 지킬
수 없다 하더라도 무천향의 힘이 세상에 해악을 끼치게 놔둘
수는 없는 일이 아니겠는가? 아마 향주께서도 그런 생각으로
이 싸움을 준비하셨던 것일 걸세."

"결국 비록 싸움에선 이겼지만 앞으로 무천향의 운명이 어
찌 될지는 아무도 모른다는 것이군요."

"그렇다고 봐야겠지. 그리고 아직 싸움은 끝나지 않았네."

을지행의 말에 파소와 단보가 의아한 얼굴로 을지행을 바라
봤다.

"죽림에서의 싸움으로 이 싸움은 끝난 것 아닙니까?"

단보가 묻자 을지행이 고개를 저었다.

"그렇다고 확신할 순 없네. 아직 탁발로, 여상, 그리고 무무
경 세 사람의 종성이 남아 있고 더군다나 대성사 소유거가 여
전히 그들과 함께 있네. 모두 알다시피 그는 참으로 고약한 사
람이지."

"그들이 다시 도발할 수도 있다고 보시는 겁니까?"

파소가 어두운 표정으로 묻자 을지행이 잠시 생각에 잠겼다
가 입을 열었다.

"지금처럼 전면전을 벌일 수는 없겠지. 이미 세력 면에서는
더 이상 이쪽을 상대할 수는 없을 테니까. 하지만……."

“무슨 다른 수단이 있단 말입니까?”

“왠지 모르게 그들이 이렇게 손을 들고 말 거라곤 생각되지 않는군.”

“글쎄요. 아무리 그들이라 해도 이 상황에서 달리 방법이 있을지는 의문이군요.”

단보는 아무래도 을지행과는 생각이 다른 모양이었다. 그러나 파소의 생각은 또 단보와 달랐다. 왠지 모를 불안감이 성해에서 불어오는 바람에 섞여 있었다.

각자의 생각에 잠긴 세 사람은 천천히 걸음을 옮겨 송림 북쪽으로 빠져나와 다시 서쪽 길을 따라 정종 수뇌부의 막사가 있는 송림 아래쪽으로 이동했다.

그리고 그들이 막 수뇌부의 막사에 도착했을 때, 일단의 인물들이 빠르게 을도산의 막사를 떠나고 있었다. 을도산과 정종 고수들은 막사 밖으로 나와 떠나는 사람들을 배웅하고 있었다.

“무슨 일이지?”

단보가 의아한 눈으로 떠나는 사람들을 보며 중얼거렸다.

“의방의 고수들이 아닙니까? 급히 어딜 가는 것 같은데요?”

파소의 말처럼 을도산의 막사를 벗어난 사람들은 의방의 고수들이었다.

“가보세.”

을지행이 서둘러 걸음을 옮겨 을도산 앞으로 다가갔다.

“무슨 일입니까?”

을지행이 을도산에게 다가서며 묻자 을도산이 세 사람을 바라보며 말했다.

"검산에 의방의 사람들을 좀 보냈다네."

"검산에 말입니까?"

을지행이 놀란 얼굴로 물었다.

"연락이 왔더군. 의원과 약재들을 보내달라고 말이야."

"항복을 했다는 겁니까?"

"아직은 아닐세. 하지만 조만간 결정을 내리겠다고 하더군."

"그런데도 의원들을 보내셨단 말입니까?"

"부상당한 자들이 회복한다고 해도 더 이상 우리와 싸울 수는 없을 걸세. 다시 말해 부상자들을 치료하는 것과 그들의 행보와는 관계가 없단 말이지. 그렇다면 일단 사람을 살리는 것이 도리 아니겠는가? 물론 의방의 형제들을 겨우 설득했지만 말일세."

"그야 그렇지만……."

을지행이 불안한 시선으로 검산을 향해 떠나는 의방의 고수들을 바라봤다. 파소 역시 한가닥 불안감을 마음속에서 지울 수 없었다. 그리고 그 불안감이 현실로 드러나는 데는 그리 오랜 시간이 걸리지 않았다.

第七章

증발

　죽림에서의 싸움에서 부상당한 검산 고수들을 치료하기 위해 검산으로 갔던 의방의 고수들은 하루 낮을 검산에 머물고 검산을 내려왔다. 의방 고수들이 검산을 내려올 때 초성관주 여상 역시 의방의 고수들과 함께 내려와 무천향주 을도산을 만나기를 청했다.

　초성관주 여상이 검산을 내려왔다는 소식에 정종과 죽림의 고수들의 관심은 일제히 을도산이 거하는 정종 수뇌부의 막사로 향했다. 여상이 검산을 내려온 것은 의방의 고수들을 검산에 보내준 무천향주에게 감사의 말을 전하기 위해서만은 아닐 거라 생각했기 때문이다.

　정종과 죽림의 고수들을 여상이 무천향주 을도산에게 향후 검산의 행보에 대해 어떤 전언을 가지고 왔을 거라 생각하고 있었다. 어쩌면 검산 고수들이 도검을 내려놓고 검산을 내려와 무천향주에게 죄를 빌지도 모른다는 이야기가 무천향의 고수들 사이에서 말해지기도 했다.

그렇게 종전에 대한 기대감이 한껏 무천향을 휘감고 있을 때, 파소와 단보도 정종 수뇌부의 막사에서 을도산과 함께 여상을 만나고 있었다.

"시간을 더 달라고 했소?"

을도산의 표정은 차가웠다. 의방의 고수들을 설득해 검산의 부상자들을 치료하게 한 을도산이라고는 믿기지 않는 모습. 그 차가운 표정과 질문에 여상이 흠칫한 표정을 짓더니 이내 침착하게 대답했다.

"그렇습니다. 사람이 많다 보니 의견도 많습니다."

"그대들이 선택할 길이 많지 않을 터인데?"

"물론 그렇긴 합니다만……."

여상이 부인하지 않고 을도산의 말에 동의했다. 죽림에서의 싸움 이후 검산은 정종과 죽림에 대항할 힘을 잃은 상태였다. 죽림 공격에 나섰던 삼백여 명의 고수 중 살아남은 자가 겨우 일백여 명. 검산에 남아 있던 고수들을 모두 합쳐도 겨우 이백여 명 남짓한 숫자가 검산 고수의 전부였다. 그 숫자로는 오백이 넘는 숫자의 정종과 죽림 고수들을 상대할 수 없었다. 더군다나 그중 삼분지 일은 부상을 당해 신음하고 있는 사람들이었다.

"그럼에도 불구하고 시간이 필요하단 말이오?"

"검산의 고수들은… 두려워하고 있습니다."

"뭘 말이오?"

"향주님을 두려워하고 있습니다."

"날 두려워한다? 이상하군. 그들은 절대 날 두려워할 사람들이 아닌데. 그랬다면 이런 일이 일어나지도 않을 것 아니겠소?"

을도산의 말에 초성관주 여상이 고개를 저으며 말했다.

"검산의 고수들을 과거의 향주님과 지금의 향주님이 다른 사람이라는 것을 알고 있습니다."

"말이 틀렸군. 달라진 건 내가 아니라 그대들이야. 그대들이 달라졌기에 날 두려워하는 것 아니겠소?"

을도산의 말에 여상이 괴로운 표정을 지으며 고개를 끄덕였다.

"향주님의 말씀이 옳습니다. 어쩌면 달라진 건 검산의 형제들일지도 모르지요. 어쨌든 그들은 두려워하고 있습니다. 그 두려움이 그들로 하여금 향주님을 찾아와 죄를 청하는 것을 망설이게 하고 있지요. 하지만… 향주님의 말씀처럼 선택할 길이 많은 것이 아니니… 아량을 베풀어 시간을 좀 더 주시기 바랍니다."

여상의 말에 을도산이 고개를 돌려 소법과 을정해 등 수뇌들을 바라봤다. 그러자 을도산의 시선을 받은 수뇌들이 가볍게 고개를 끄덕였다. 시간을 하루 이틀 더 준다 해서 문제될 건 없다고 생각한 듯싶었다.

"좋소. 시간이 필요하다면 주겠소. 하지만 너무 길게 끌지는 마시구려."

을도산의 말에 여상이 머리를 조아렸다.

"너그러운 결정, 감사드립니다. 부디 검산의 형제들이 찾아왔을 때도 오늘처럼 너그럽게 받아주시길 간청드립니다."

"몇몇을 제외한다면… 그렇게 될 것이오."

을도산의 말에 여상의 표정이 굳어졌다. 너그러운 처분에서 제외될 몇몇이 어떤 사람들인지는 여상 자신이 잘 알고 있었다. 여상 자신도 그 몇몇에 포함될 가능성이 컸다.

"자신들의 안위를 위해 형제들의 고난을 강요하지 말길 바라오."

을도산이 굳어진 여상을 보며 다시 말을 건넸다. 그러자 여상이 한숨을 쉬며 대답했다.

"알겠습니다. 일을 일으켜 형제들을 죽음으로 내몬 자들이 벌을 받는 것은 당연한 일이겠지요. 그럼 돌아가 보겠습니다."

"삼 일을 넘기지 마시구려."

"그리하겠습니다."

여상이 을도산에게 고개를 숙여 보인 후 막사를 벗어났다. 파소는 막사를 벗어나는 여상을 보며 씁쓸한 기분을 느꼈다. 처음 무천향에 발을 디뎠을 때 본 여상의 모습은 지금의 그와는 전혀 달랐었다. 초탈한 듯한 노고수의 면모를 보이던 그가 지금 동료들의 목숨을 구하기 위해 을도산에게 머리를 조아리는 모습은 예전의 그와 비교해 너무 초라한 모습이었다.

"과연 저들이 순순히 항복을 해오겠습니까?"

여상이 막사를 벗어나자 을청산이 을도산에게 물었다.

"저들에게 다른 길이 있을 것 같으신가?"

"물론 지금으로선 다른 길이 없어 보이긴 합니다만… 시간을 달라는 것이 왠지…….""

을청산이 말을 흐렸다.

"물론 다른 계책을 쓸 수도 있겠지. 하지만 어떤 계책을 쓰든 큰 힘을 내지는 못할 걸세. 그렇다고 지금 고수들을 이끌고 검산으로 치고 들어갈 수도 없지 않은가? 피를 흘리지 않고 일을 해결할 수 있다면 삼 일의 시간이야 충분히 기다려 줄 만한 시간이지."

"향주께서 그렇게 생각하신다면야 달리 할 말은 없습니다만……."

을청산은 을도산의 의견에 동의하면서도 뭔가 찜찜한 구석이 있는 모양이었다.

"감시를 좀 강화하는 것은 괜찮겠지."

을청산의 불안감을 덜어주려는 듯 을도산이 말을 이었다.

"그렇게 하지요."

이번엔 가만히 을도산과 을청산 두 사람의 대화를 듣고 있던 을천목이 을도산의 말에 앞으로 나서 대답하고는 즉시 막사를 벗어났다. 정종의 재사로 불리는 을천목 역시 을청산과 마찬가지로 뭔가 불안한 기운을 느끼고 있던 모양이었다.

을천목이 막사를 벗어나자 막사 안에 잠깐 동안 침묵이 흘렀다. 그 침묵을 견디기 힘들었을까, 문득 을정해가 화제를 돌려 입을 열었다.

"그나저나 소천의 명성은 이제 향주님을 누를 정도이더이다. 허허허!"

을정해의 말에 심각했던 장내 고수들의 얼굴에 미소가 지어졌다. 그중에서도 을도산의 표정이 가장 밝아 보였다.

"과분한 관심이지요."

사람들의 시선이 자신에게로 모이자 파소가 불편한 표정으로 고개를 저었다.

"그 정도 관심이야 감당을 하셔야 할 게요. 십이종성의 일인인 연파곤을 제압하셨으니 어찌 향 식구들의 관심을 받지 않을 수 있겠소이까? 솔직히 이 소법도 무척 놀랐소이다."

소법이 을정해의 말을 거들며 말했다. 지난 죽림의 싸움 이후 파소는 지금까지완 다른 차원의 명성을 무천향의 고수들에게서 얻고 있었다. 파소가 연파곤을 격파한 그 검법은 무천향의 무인들로서도 전혀 접해보지 못했던 형태의 검이었기에 파소는 이제 말뿐이 아닌 진정한 검선으로 인정받고 있는 분위기였다.

개중에는 이미 파소를 무선의 반열에 올랐다고 말하는 사람도 있었다. 그러나 파소에겐 그 모든 관심이 부담스러울 뿐이었다. 특히나 검산과의 싸움을 치르면서 향후 무천향을 벗어나 다른 삶을 살아가겠다는 파소의 결심은 더욱 굳어져 있는 상태였다.

"그게 도대체 무슨 검법이었소이까?"

소법이 재차 파소에게 물었다.

"수련하기론 선검을 수련했지만 그날 펼친 초식은 선검의 초식이 아니었지요."

파소가 순순히 소법의 말에 대답했다.

"허, 형에서 벗어났다는 말이니, 과연 검선이라 불릴 만하오이다. 내 소천의 무공이 뛰어난 줄은 알고 있었지만 그 정도일 줄은 정말 몰랐소이다. 만약 검산의 배덕자들이 소천의 실력을 제대로 알고 있었다면 절대 이런 도발을 하지 않았을 것이오."

소법의 말에 장내의 고수들이 저마다 고개를 끄덕였다.

"그들이 소천의 진면목을 몰랐다는 것이 큰 다행이지요."

을정해가 소법의 말을 받았다. 그러자 소법이 다시 입을 열었다.

"그렇지요. 그들이 소천의 실력을 알았더라면 정면 대결보다는 다른 방책을 강구했을 겁니다. 다행한 일이지요."

과거 파소의 아버지 을몽학과 전대 소천 을몽검이 어떻게 죽었는지 생생하게 기억하고 있는 장내 인물들은 소법의 말에 저마다 고개를 끄덕였다.

그러나 파소는 정작 자신의 무공에 대한 평가에는 별반 관심이 없었다. 자신의 목숨보다는 자신의 삶이 앞으로 어떤 길을 가게 될지 그것이 파소에게는 더 중요한 문제였다. 무천향의 분란이 종식된 이후의 삶을 천천히 생각해 볼 시기였기 때문이다.

무천향에 세 번의 밤과 세 번의 낮이 지나갔다. 시간은 어느 새 을도산이 여상을 통해 검산에 허락한 삼 일을 모두 보내고 검산이 스스로의 운명을 결정할 날이 되어 있었던 것이다.

아침부터 정종에 자못 어수선한 흥분이 감돌고 있었다. 죽림의 고수들 여럿도 죽림에서 나와 정종 향주전 근처를 배회하고 있었다. 과연 검산에서 어떤 결정을 내릴 것인가에 모든 사람의 이목이 집중되고 있었던 것이다.

그러나 검산은 조용했다. 아침 해가 성해의 안개를 멀리 쫓아낸 이후에도, 그 해가 성해 위에 솟아 뜨거운 햇살을 내리꽂는 정오가 되어서도, 그리고 다시 서쪽 죽림 너머로 넘어가며 핏빛 노을을 뿌려댈 때에도 검산은 조용했다.

어느 순간부터 송림 정종 수뇌부의 막사 앞에는 일단의 고수들이 모여 검산을 바라보고 있었다. 정종과 죽림의 수뇌들, 그중에는 파소도 포함되어 있었다.

"어찌 된 일일까요?"

검산을 바라보며 을청산이 중얼거렸다. 잔뜩 의혹이 깃든 음성이었다.

"좀 더 기다려 보지."

을도산의 나직한 음성으로 말했다.

"알 수 없는 일이군요. 하루 종일 코빼기도 보이지 않다니……."

과묵한 성정의 을정해 역시 오늘 검산의 움직임이 의아한 모양이었다.

"역시 결정을 내리지 못하고 있을 것일까요?"

단보의 곁에 바짝 붙어 서 있던 남독마군이 단보에게 나직하게 물었다. 남독마군은 비록 강호에서 일대 마웅으로 이름을 떨친 인물이지만 정종의 수뇌부가 모인 곳에선 목소리를 높일 수 없는 신분이었다.

"그렇다면 좋겠네만……."

단보의 걱정스런 표정으로 남독마군의 물음에 답했다.

"무슨 말씀입니까?"

남독마군이 단보의 말을 알아듣지 못하고 되물었다.

"결정이 늦어져 움직임이 없는 것이라면 좋겠지만 혹시 다른 수작을 벌이고 있는 건 아닐지 그게 걱정이란 말일세."

"독 안에 든 쥐가 무슨 술책을 부리겠습니까?"

"궁지에 몰린 쥐는 고양이를 무는 법이라네."

단보가 경계심이 가득한 눈으로 침묵에 휩싸인 검산을 보며 중얼거렸다.

파소도 역시 조금 걱정스런 눈으로 검산을 바라보고 있었다. 그런데 다른 사람들과 달리 파소의 걱정은 좀 더 구체적이었다.

'사람의 기운이 느껴지지 않아.'

파소는 본능적으로 침묵에 휩싸인 검산에서 사람의 기운이 느껴지지 않음을 깨닫고 있었다. 분명 검산에는 아직 수백의 고수가 있을 터인데 그 검산에서 사람의 기운이 느껴지지 않는다는 것은 불길한 징조가 아닐 수 없었다.

'설마 모두 스스로 목숨을 끊은 것은 아닐 테고…….'

변란에 실패했다고 검산의 고수 모두가 목숨을 끊을 리는 없었다. 설혹 목숨을 끊는다 해도 그건 탁발로를 비롯한 그 수뇌부 일부의 몫일 뿐이었다. 그러니 더더욱 인기척이 느껴지지 않는 검산의 침묵은 의문일 수밖에 없었다.

"이러다간 해가 지겠습니다만……."

다시 몇 각의 시간이 흐르자 을천목이 조심스런 목소리로 을도산을 보며 말했다. 그러자 을도산이 서쪽 산에 걸려 있는 석양을 바라보고는 천천히 고개를 끄덕였다.

"사람을 보내보지."

"누굴 보내실 생각이신지?"

어떤 움직임도 없이 침묵을 지키고 있는 검산에 가는 것은 극히 위험한 일이었다. 검산의 고수들이 어떤 결정을 내리는가에 따라 검산행은 죽음의 길이 될 수도 있었다.

그런데 그 사지에 갈 사람으로 을도산은 파소를 지목했다.

"가보겠느냐?"

파소는 을도산이 자신을 바라보는 순간 이미 한 걸음 앞으로 나서고 있었다. 무엇보다도 그는 자신이 느낀 검산의 공허함을 직접 눈으로 확인해 보고 싶었다, 도대체 검산에선 무슨 일이 벌어지고 있는지를.

"그러겠습니다."

파소의 대답에 을천목이 걱정스런 표정으로 말했다.

"위험하지 않겠습니까?"

"이미 이 아이의 실력을 모두 알고 있으니 다른 누굴 보낸다 한들 이 아이만큼 위험에 대처하긴 쉽지 않을 거요."

"그럼 저도 함께 가지요."

을천목이 동행하겠다고 나서자 단보도 파소의 곁으로 다가섰다.

"두 사람이 함께 가겠다면 더욱 걱정할 일이 없을 것이오. 그리고 몇몇 고수들도 함께 데리고 가시구려."

을도산의 말에 남독마군 등이 파소의 곁으로 다가섰다. 파소는 검산으로 갈 고수들이 자신의 곁으로 모여들자 이내 송림을 떠나 검산으로 향했다.


검산은 여전히 조용했다. 파소와 단보 등 정종과 죽림의 고수 이십여 명이 검산 초입에 도달했을 때에도 여전히 검산에선 어떤 기척도 느껴지지 않았다.

"신기한 일이야. 마치 산이 빈 것 같지 않은가?"

을천목이 고개를 갸웃거리며 중얼거렸다.

"모두 어디 숨어 있는 걸까요?"

물론 말도 되지 않은 소리였지만 워낙 검산이 조용했기에 남독마군의 입에서 불쑥 그런 의문이 흘러나왔다.

"어차피 숨어봐야 무천향. 어디로 숨는단 말인가?"

단보의 말에 남독마군이 겸연쩍은 표정으로 고개를 끄덕였다.

"그렇긴 합니다만, 너무 조용해서… 더군다나 살기조차 없다는 것은……."

"올라가 보면 알게 되겠지."

단보의 말이 끝나자 일행의 선두에 서 있던 파소가 다시 걸음을 옮기기 시작했다. 파소는 느리지도, 그렇다고 빠르지도 않은 걸음으로 검산을 올랐다. 대략 일각 정도 산길을 오르자 일행의 왼편으로 무벽이 펼쳐졌다. 무벽에는 여전히 파소 등이 남긴 무흔들이 묵묵히 무천향을 내려다보고 있었다.

일행은 새삼스런 눈으로 무벽을 바라봤다. 향의 후계자를 놓고 무공을 다투던 때가 엊그제 같은데 어느새 무천향은 한바탕의 격란을 겪고 새로운 시대로 접어들고 있었다.

무벽에 잠시 시선을 두었던 일행이 다시 걸음을 옮겨 검산 고수들이 모여 사는 산 중턱의 마을로 향했다.


"이건! 도대체가……."

수백 채의 초옥이 어우러진 마을을 앞에 두고 일행은 누가 먼저랄 것도 없이 걸음을 멈췄다.

고요.

마치 오래전부터 비어 있었던 마을처럼 검산에는 고요가 흐르고 있었다. 인기척은 여전히 없었으며 몇몇 고수들이 기르던 짐승들도 보이지 않았다.

"이게 도대체 어찌 된 일일까요?"

여간해선 긴장이란 걸 하지 않는 남독마군의 목소리조차 긴장으로 떨려왔다.

"조심해야 할 것 같습니다. 매복이 있을지도……."

비량이 나직한 목소리로 경계심을 드러냈다. 그런데 그 순간, 파소가 성큼성큼 마을로 걸어 들어가며 확신하듯 말했다.

"매복은 없습니다. 검산은 비었습니다."

이미 송림에서부터 느꼈던 그 공허한 기운들, 더 이상 어떤 생명도 존재하지 않을 것 같던 검산의 그 기운은 마을에 들어서는 순간 현실로 드러났다.

검산은 비어 있었다. 검산의 그 고강한 고수들은 물론 어린 애들조차 마을에는 남아 있지 않았다. 그들은 그야말로 지난 삼 일 동안 증발하듯 자취를 감춘 것이었다.


"모두 어디로 간 걸까?"

텅 빈 마을을 한 바퀴 돌아본 후 검산 탁발가의 초옥들이 모여 있는 곳에서 걸음을 멈춘 단보가 의혹 어린 표정으로 주위를 둘러보며 중얼거렸다.

모두의 예상대로 검산에는 개미 한 마리 남아 있지 않았다. 유령의 마을로 변한 검산은 음산한 분위기까지 드러내고 있었다.

"도주를 한 것 같은데……."

을천목이 혼잣말처럼 중얼거렸다.

"도주라고 하셨습니까?"

단보가 을천목을 보며 묻자 을천목이 고개를 끄덕였다.

"아니라면 설명할 길이 없지 않소이까?"

“그렇긴 하지만 그렇다면 도대체 어디로?”

“지금부터 그걸 찾아봐야지 않겠소? 가만 있자, 죽림에 추적의 달인이 한 명 있지요?”

을천목의 말에 단보가 고개를 끄덕였다.

“고승을 말씀하시는 모양이군요.”

“맞소이다. 고승, 그 사람을 불러야겠소이다.”

을천목의 말에 단보가 비량을 돌아봤다. 그러자 비량이 나는 듯이 장내를 벗어나 검산 아래로 달려 내려갔다.


고승이 도착한 것은 채 반 시진이 지나지 않아서였다. 검산과 죽림의 거리를 생각해 보면 비량이 얼마나 빨리 달렸는지 능히 짐작할 만한 시간이었다.

고승이 검산에 도착하자 단보는 고승에게 검산에서 일어난 일과 그가 해야 할 일을 자세히 설명했다. 단보의 설명이 끝나자 고승의 눈이 반짝이기 시작했다. 그리곤 슬쩍 고개를 돌려 탁발가의 모옥들을 바라봤다.

고승은 한동안 탁발가의 모옥들을 살폈다. 사람들의 시선은 온통 고승을 향해 있었다. 검산 고수들이 도주한 곳이 어딘가도 궁금했지만 무천향 최고의 추격술을 가지고 있다는 고승이 어떤 방법으로 검산 고수들이 도주한 곳을 찾는지도 장내 고수들에겐 큰 관심사였다.

고승은 차 한 잔 마실 정도의 시간 동안 탁발가의 모옥들을 살펴보다 문득 입을 열었다.

"본래 비도란 항상 남들의 눈에 띄지 않는 곳에 만들기 마련
이지요. 더군다나 이 무천향처럼 좁은 동네에선 외부로 나가
는 비도를 만드는 것이 극히 어렵습니다."

"그렇겠지."

고승의 말에 단보가 고개를 끄덕였다.

"지난번 천봉 인근에서 발견된 비도를 저도 보았습니다만,
그 비도를 만든 것이 검산의 인물들이었다면 그들에겐 비도를
만드는 특출난 재능을 지닌 인물이 있는 것이 분명합니다."

"검산에 토술(土術)에 능한 사람이 있다는 말은 듣지 못했네
만……."

"검산 출신이 아니라면 외부에서 들어왔을 수도 있지요. 지
난번 발견된 그 비도의 흔적들을 보자면 이쪽에서 저쪽으로
손질을 한 것이 아니라 외부에서 무천향 쪽으로 동혈을 손질
하며 들어온 듯싶었습니다."

"음, 그러니까 검산에서 은하의 계곡을 거치지 않은 외부 인
물을 끌어들였을 수도 있다는 말이군."

"그렇지요. 어쨌든 남의 눈에 띄지 않는 곳에 비도를 만드는
것이 원칙이라면 사실 이 탁발가의 모옥들 중 한 곳에 비도의
출입구가 있을 가능성이 많습니다. 하지만……."

고승이 자신이 한 말을 자신이 부정했다.

"이곳이 아닐 거란 말인가?"

"제가 듣기로 애초에 이 음모가 시작된 것은 아주 오래전의
일이라고 들었습니다만."

"그렇지. 소천의 부친께서 겪으신 일부터니까."

"그런데 그 일은 탁발가가 아니라 대성사 소유거에 의해 일어난 일이라고 들었습니다만……."

"벌써 그런 소문까지 돌고 있는가?"

"좁은 곳이니까요."

"흠, 그렇다 치고. 그래서?"

"탁발가는 타인이 접근하기 어려운 곳이지요. 탁발가의 권위는 검산 최고였으니까요. 그래서 사람들의 눈을 피해 비도를 만들기도 적당할 겁니다. 하지만 그런 지나친 폐쇄성이 오히려 사람들의 관심을 끌 수도 있기 때문에 비록 사람들이 접근이 어렵더라도 탁발가에서 비도를 만드는 작업을 하기는 어려웠을 겁니다."

"그럼 다른 가문에 비도가 있겠군."

단보가 고개를 돌려 검산의 초옥들을 바라보며 말했다. 그런데 고승은 단보의 말을 다시 부정했다.

"검산 육종성을 배출한 다른 가문들도 크게 다르진 않을 겁니다."

"하면 어디가 적당하단 말인가?"

"세인들에게 함부로 침범당하지 않을 권위를 가지고 있고, 그렇다고 언제나 세인들의 관심을 받는 것도 아닌 인물의 주변에서 찾아야겠지요."

"그게 누군가?"

"딱 한 사람을 꼽자면 소유거 대성사를 들 수 있을 겁니다."

고승의 말에 사람들의 얼굴에 의아한 표정이 드러났다. 물론 대성사 소유거는 고승이 말한 조건에 들어맞는 사람이었지만 그의 초옥은 동쪽 숲에 연해 한적한 곳에 홀로 자리 잡고 있었기 때문에 사람들의 눈에 완전히 노출되어 있었다. 그러니 우두커니 홀로 서 있는 모옥에 비도를 만들었다는 건 누구도 쉽게 동의할 수 없는 일이었다.

"그의 모옥에 비도가 있을 거라는 말인가?"

단보가 모두의 의구심을 모아 묻자 고승이 고개를 저었다.

"그의 모옥은 아니겠지요. 너무 드러나 있으니까요. 하지만 적어도 그와 연관된 장소에 비도가 있을 가능성이 많습니다."

"그와 연관된 장소라면……."

"그는 대성사로서 많은 검산 고수들을 수련시켰지요. 검산 주변에는 그의 가르침을 받던 제자들이 폐관수련하는 동혈이 여럿 있지 않습니까? 그 동혈들은 다른 사람의 접근이 엄격히 금지되는 곳이었으니 비도를 만들기에 적당했을 겁니다. 더군다나 소유거 대성사는 아주 오래전부터 시작된 이 변란의 주모자로 지목된 사람이니 역시 그의 주변을 살피는 것이 정법일 겁니다."

고승의 말에 단보와 장내의 고수들이 고개를 끄덕였다. 이제야 고승의 말이 이치에 합당하다는 걸 깨달은 것이다.

"이제 보니 자네가 추적술의 대가가 된 것은 밝은 눈과 귀 때문이 아니라 머리 때문이었군."

단보의 칭찬에 고승이 머쓱한 미소를 지으며 대답했다.

"하지만 이젠 제 밝은 눈과 귀가 필요할 때지요."

"그건 또 무슨 말인가?"

"대략 비도가 있을 만한 곳을 추리하는 건 머리로도 할 수 있는 일이지만 진짜 비도를 찾아내는 건 결국 오감에 의존해야 하는 일이지요."

"흠, 좋네. 그럼 어디 무천향 최고 추격자의 능력을 보여주시게."

단보의 말에 고승이 망설이지 않고 성큼성큼 걸음을 옮기기 시작했다. 그러면서 사람들이 궁금하지 않도록 자신이 움직이는 방향에 대해 설명하기 시작했다.

"사실 이번 일은 그리 어려운 일이 아닌 듯합니다. 굳이 제가 없어도 해결할 수 있는 일이란 말씀이지요. 이번에 검산에서 자취를 감춘 사람들은 절정고수의 반열에 오른 사람들도 있지만 검산육가에 속해 있는 식솔들도 포함되어 있습니다. 그런 사람들은 비록 무공을 익혔다 해도 자신의 흔적을 완벽하게 숨길 수 없지요. 더군다나 그들은 급하게 검산을 떠났으니 말입니다."

"그들이 움직인 흔적이 남아 있다는 말이군."

"그렇습니다. 검산 사람들의 최후의 움직임은 비도를 통해 검산을 벗어나는 것이었습니다. 그러니 길 위에 남은 발자국 중 가장 최근에 남겨진 발자국들을 따라가다 보면 그들이 검산을 탈출할 때 이용한 비도가 나오게 되는 것이지요. 물론 가장 최근에 남겨진 발자국들을 찾아내는 것은 추적술을 익힌 사람에게나 가능한 일이지만 말입니다."

그렇게 검산 고수들의 탈출로를 찾기 위한 고승의 발걸음은 과연 그가 말했듯이 대성사 소유거의 거처를 통과하고 있었다. 고승은 과거 파소와 석청이 무천향에 들었을 때 대성사 소유거와 이괄을 만났던 초옥 뒤쪽 소나무 아래를 지나쳐 그 동쪽에 우거진 숲으로 일행을 인도했다.

숲으로 들어온 고승은 그때부터 조금 더 신중한 모습으로 주변을 살피기 시작했다. 다른 사람에겐 평범하게 보이는 풀잎 하나, 돌덩어리 하나라도 고승은 아주 중요한 보물이라도 되는 양 관심을 두며 걸음을 옮겼다.

그렇게 고승을 앞세운 일행이 이각 정도 이동하자 일행 앞에 수목이 그림같이 우거진 곳에 자리 잡은 작은 동굴이 모습을 드러냈다. 동굴 옆 동쪽 비탈은 무척 가팔랐는데, 그 가파른 지형이 무너지지 않도록 삼 장 높이로 성곽처럼 쌓아 올린 석대가 눈에 들어왔다.

"이곳인 듯합니다."

고승이 단보를 돌아보며 말하자 단보가 고개를 끄덕였다.

"그런 것 같군. 아마도 저 석대는 동굴 안에서 파낸 돌과 흙으로 쌓은 것이겠지?"

"그렇겠지요. 지형이 험하니 저런 석대를 쌓은 것을 누구도 의심치 않았을 겁니다."

"보자, 그런데 꽤 오랫동안 사용하지 않은 모양이군."

"비밀을 요하는 장소였으니 일단 비도가 만들어진 후에는 누구도 이곳에 들이지 않았을 겁니다."

"역시 대성사 소유거군. 그의 심기가 깊은 것이야 모르는 사람이 없지만 이런 비도를 준비해 둘 줄은 몰랐어. 천봉 아래서 발견된 비도 외에 최후의 탈출구를 따로 마련해 둔 것이군."

"들어가 볼까요?"

고승이 단보를 보며 묻자 단보가 고개를 저었다.

"조금 기다리시게. 아마 잠시 후 향주께서 오실 걸세. 이후의 일은 향주님의 명을 따라야겠지."

비량이 고승을 데리러 간 사이 을천목은 정종 고수 중 한 명을 향주전으로 보냈다. 정종보다는 죽림이 검산에 가까웠기에 고승이 먼저 도착해 비도를 찾아냈으니 조금 후엔 을도산이 직접 검산에 오를 터였다.


일행은 비도로 추정되는 동굴 앞에서 다시 이각 정도의 시간을 보냈다. 그러자 잠시 후 무천향주 을도산이 정종의 수뇌들을 대동하고 비도 앞에 모습을 드러냈다.

"모두 탈출을 했다고?"

도착하자마자 을도산이 파소를 보며 물었다.

"그런 듯합니다. 마침 고 대협께서 비도를 찾으셨으니 들어가 보면 그들의 움직임을 알 수 있을 겁니다."

"음, 결국 무천향을 떠났군. 지난번 천봉 아래에서 비도가 발견된 이후 다른 길은 없을 거라 생각했었는데… 방심했군."

을도산의 표정은 밝지 않았다. 변란의 뿌리를 뽑지 못한 것은 언제나 두고두고 화근이 될 수 있다는 생각 때문인 듯했다.

"들어가 볼까요?"

파소가 을도산에게 묻자 을도산이 잠시 비도를 바라본 후 고개를 끄덕였다.

"그들이 어디로 향했는지, 비도의 외부 출구가 어딘지는 확인해 둘 필요가 있겠지."

"제가 앞장서겠습니다."

을도산의 말이 끝나자 고승이 앞으로 나섰다.

"자네 말고 앞장설 사람이 누가 있겠나. 그리하게."

아마 을도산도 고승에 대해 잘 알고 있는 듯했다. 을도산의 명이 떨어지자 고승이 서둘러 동혈 안으로 걸음을 옮겼다. 그 뒤로 파소와 단보가 따랐고, 다시 두 사람의 뒤를 따라 파소를 호위해 검산에 오른 고수들이 일제히 비도 안으로 사라졌다.

"위험하지 않을까요?"

파소 등이 비도 안으로 사라지자 을정해가 걱정스런 표정으로 물었다.

"물론 어떤 수작을 부렸을 수도 있지만 고승 그가 있으니 크게 걱정할 필요는 없을 걸세. 그는 추격술의 달인이니 만약의 경우라도 저들이 만들어둔 함정을 능히 발견할 수 있을 걸세."


고승을 앞세운 파소 일행은 축축한 습기가 느껴지는 동굴을 어렵사리 헤쳐 나가고 있었다. 다행이 준비해 들어온 횃불이 있었기에 길은 어둡지 않았으나 비도는 예상보다 무척 비좁았다.

"이런 길로 수백 명이 이동하는 것은 쉽지 않았을 터인
데……."

파소의 곁에서 걸음을 옮기던 남독마군이 동굴을 둘러보며
중얼거렸다.

"아마 그래서 삼 일의 시간을 요구했던 것일 겁니다. 그 삼
일 동안 서서히 사람들을 이동시켰겠지요."

파소의 말에 남독마군이 고개를 끄덕였다.

"역시 그런 꿍꿍이가 있었어. 쉽게 목숨을 내놓지는 않겠다
는 거겠지. 허긴 무천향만 벗어난다면 그들만으로도 천하를
한순간에 요동치게 할 만한 인물들이긴 하지. 그들이 과연 천
하를 노릴까?'

남독마군이 고개를 갸웃하며 물었다. 남독마군의 말처럼 비
록 검산의 고수들이 죽림의 싸움에서 일대 타격을 입기는 했
지만 탈출한 검산 고수들은 하나같이 강호에 나가면 절대고수
소리를 들을 사람들이었다. 또한 애초부터 그들은 무천향이
아닌 강호에 야심을 둔 자들이 아니었던가.

"시간이 걸리더라도 강호 천하에 욕심을 내겠지요."

"향주께선 그들의 행보를 어찌 대처하실까?'

만약 검산의 고수들이 강호에 나가 천하를 욕심낸다면 그걸
막을 수 있는 세력은 무천향밖에 없었다. 혹은 강호 전체가 그
들을 맞서 싸운다면 모를까. 하지만 동서남북 네 개의 세력으
로 나눠진 강호의 세력들이 힘을 하나로 모으는 것은 도주한
검산의 고수들이 다시 무천향에 돌아와 을도산 앞에 머리를

조아리는 것보다도 힘든 일일 터였다.

"그건 예상하기 어렵네요. 애초에 무천향이란 곳이 강호에서 벗어나고자 생긴 곳인데……."

"하지만 결국 강호에 평지풍파를 일으킬 검산의 인물들을 키운 곳이 무천향 아닌가? 향주께서도 일종의 책임을 느끼시지 않을까?"

남독마군의 말이 맞을 수도 있었다. 그러나 과연 을도산이 무천향 고수들을 이끌고 검산 고수들을 막기 위해 강호로 출도할지는 결코 장담할 수 없는 일이었다.

파소와 남독마군이 이런저런 이야기를 나누는 사이 어느새 동굴 속으로 들어온 지 이각여가 지나고 있었다. 그리고 그즈음 고승이 문득 걸음을 멈췄다.

"여긴!"

고승이 걸음을 멈춘 채 자신 앞에 드러난 제법 큰 출구를 바라보며 탄성을 흘려냈다.

"이곳은!"

단보와 을천목 역시 놀란 얼굴로 고승이 바라보는 곳을 바라봤다.

"왜들 놀라는 거지?"

남독마군이 의아한 표정으로 중얼거리자 고승의 말이 들려왔다.

"천봉 아래서 발견되었던 밀도와 이렇게 만나는군요."

"이곳이 천봉 아래서 발견된 그 비도란 말이지요?"

파소가 고승 옆으로 다가가 그의 앞에 모습을 드러낸 또 다른 동굴을 바라보며 물었다.

"그렇습니다, 소천. 하긴 이 무천향에서 외부로 이어지는 동굴을 여러 개 만들 수는 없는 일이지요. 결국 외부에서 들어오는 길은 하나고 이 지점에서 천봉 아래쪽과 검산 쪽으로 길이 나뉘어진 모양입니다. 물론 천봉 아래로 나가는 동굴은 애초부터 사람이 다닐 수 있을 만큼 넓었지만 지금 우리가 지나온 비도는 오랫동안 손을 봐 만든 비도겠지요."

"음, 그런데 왜 지난번 조사에선 이 비도를 발견하지 못한 걸까? 당시 비도를 샅샅이 살핀 것으로 아는데……."

단보가 고개를 갸웃거리며 의구심을 드러내자 고승이 두 개의 동굴이 합쳐지는 지점에 놓인 바위를 가리켰다.

"당시에는 아마 저 바위에 가려져 있었을 겁니다. 표면을 보면 저 바위가 치워지고 이 두 개의 동굴이 연결된 것은 아주 오랜만의 일일 겁니다. 오랜 시간 통로가 열리지 않아서 저 바위는 자연스럽게 그저 동굴 벽면으로 변해 있었던 것이겠지요. 사람들의 의심을 사지 않을 정도로 말입니다."

"정말 급한 때를 위해 만들어놓은 비도였단 말이군."

단보가 고승의 설명에 고개를 끄덕였다.

"계속 가봅시다."

잠시 멈춰진 일행의 걸음을 을천목이 재촉했다.

"어차피 이제부터는 그 끝이 어딘지 아는데 계속 갈 필요가 있겠습니까?"

남독마군이 심드렁한 목소리로 묻자 고승이 을천목 대신 고개를 저었다.

"비록 이미 조사된 동굴이라 해도 다시 한 번 출구까지 가볼 필요는 있을 것이오."

"무엇 때문에 말이오?"

"본시 급히 떠나는 자들은 자신들도 모르게 흔적을 남기는 법이니 그들이 무천향을 떠나면서 남긴 흔적들을 살피면 그들에 대한 정보를 제법 얻을 수 있을 것이오."

"그들에 대한 정보라……."

"향주께서 그들을 어찌 처리하실지 아직은 알 수 없으나 일단 그들에 대한 정보는 많을수록 좋지 않겠소이까?"

"음, 듣고 보니 그렇구려."

남독마군이 순순히 고승의 말을 받아들였다.


두 개의 비도가 하나의 동혈로 이어진 곳에서 잠시 멈추었던 일행은 다시 길게 이어진 동굴을 따라 이동하기 시작했다. 동굴의 길이는 제법 길어서 파소와 그 일행이 다시 걷기 시작한 지 반 시진이 지나서야 동굴은 드디어 그 끝을 보여줬다.

출구는 무천향 밖 거친 사막을 향해 공허하게 뚫려 있었다. 지난번 비도를 발견한 후 막아놓았던 출구의 거대한 바위는 한쪽 옆으로 굴러 떨어져 있었다.

"급하긴 했나 보군. 출구를 이렇게 열어놓은 채 간 것을 보면."

단보가 고승에 앞서 출구를 나서며 중얼거렸다. 단보를 따라 파소가 무천향과는 사뭇 다른 동굴 밖 공기 속으로 걸어나갔다. 순간 한낮의 뜨거운 태양에 달궈진 열기가 파소의 전신에 닥쳐들었다.

"젠장! 덥긴 덥군. 역시 무천향이 천국이야."

파소의 뒤를 따라 밖으로 나온 남독마군이 투덜거리며 손으로 뜨거운 햇살을 가렸다. 그사이 고승은 어느새 신형을 날려 이십여 장 밖에 드러난 공터에 내려서고 있었다.

그렇게 공터에 내려선 고승은 한동안 공터 주변을 서성이며 이곳저곳을 살피기 시작했다. 그렇게 일각여의 시간 동안 주변을 꼼꼼히 살핀 고승이 고개를 돌려 일행을 불렀다.

"이것들 좀 보십시오."

고승이 부르자 일행이 일제히 훌쩍 몸을 날려 고승이 서 있는 공터에 날아내렸다.

"무슨 볼 만한 거라도 있는가?"

단보가 묻자 고승이 손으로 땅을 가리키며 말했다.

"말과 낙타의 발자국입니다."

고승의 말처럼 공터의 사방에는 말과 낙타의 발자국들이 어지럽게 찍혀 있었다.

"제법 많은 숫자군."

"주변을 모두 돌아보니 적어도 오십 마리가 넘을 것 같습니다."

고승의 말에 파소의 표정이 살짝 변했다.

"그 정도의 말과 낙타라면… 외부에서 누군가 그들을 기다리고 있었다는 말이 되겠군요."

"그렇습니다, 소천. 아마도 외부의 조력자들이 이곳까지 와 있었던 모양입니다."

고승의 대답에 단보가 혀를 찼다.

"이자들이 아예 무천향과 인연을 끊을 작정인 모양이군. 이렇게 많은 외부 인물들을 불러들이다니."

그러자 고승이 고개를 저으며 말했다.

"인연을 끊을 생각은 아닌 모양입니다."

"무슨 말인가?"

"이쪽으로 와보십시오."

고승이 일행을 공터에서 조금 벗어난 곳으로 이끌었다. 고승이 일행을 데려간 곳은 수많은 말굽 자국이 나 있는 길목이었는데, 한쪽 옆에 거대한 바위가 우뚝 솟아 있어 마치 무천향에서 외부로 나가는 관문처럼 보이는 곳이었다.

"저길 보십시오."

고승이 손을 들어 오른쪽에 우뚝 서 있는 바위 중앙을 가리켰다. 순간 누가 먼저랄 것도 없이 장내 고수들이 탄식을 흘려냈다.


반드시 다시 돌아오리라.


무거운 바위에 무겁게 새겨진 글씨. 글씨가 새겨진 모습도 모습이려니와, 그 글에 포함된 의미가 장내 고수들의 가슴을 차갑게 만들었다.

"다시 돌아오겠다면 결국 무천향을 포기하지 않겠다는 말이군."

을천목이 노기가 섞인 말투로 말했다.

"아직 정신을 차리지 못한 모양입니다. 그토록 당하고도. 쯔쯔."

단보가 혀를 차며 말했다.

"한번 야망에 물든 자들은 그 야망의 늪에서 헤어 나올 수 없는 법이 아니겠소이까? 마치 앵속처럼 말이외다."

"어쨌든 경고를 두고 떠났으니 준비를 아니할 수 없겠습니다."

"돌아갑시다. 향주께서 어떤 결정을 내리실 것이오."

"휴, 잘못하다간 대거 고수들을 이끌고 무천향을 나서야 할지도 모르겠습니다."

"어쩔 수 없는 일 아니겠소이까? 소천, 그만 돌아가십시다."

을천목이 여전히 바위에 새겨진 글씨를 보고 있는 파소에게 말하자 파소가 천천히 고개를 끄덕였다. 그러자 단보가 함께 온 고수들에게 명을 내렸다.

"돌아간다. 입구는 다시 막아놓도록!"

단보의 명에 무천향의 무사들이 신속하게 움직이기 시작했다. 일행은 서둘러 동굴 안으로 다시 들어왔고 비량 등 갑대 사조의 위사들이 가장 마지막에 남아 굴러 내려간 바위를 동굴 앞쪽으로 굴려와 동굴의 출구를 막았다. 그렇게 동굴의 입구를 봉쇄한 일행들은 서둘러 무천향으로 걸음을 옮겼다.

검산의 고수들이 탈출한 비도를 조사하고 돌아온 파소 등은 을도산에게 그들이 조사한 바를 상세하게 전했다. 을도산은 파소 등의 보고를 모두 들은 후 말없이 자리를 떠나 홀로 자신의 거처로 들어갔다. 이후 을도산은 향의 무사들에게 어떤 명도 내리지 않은 채 자신의 거처에 칩거하기 시작했다.


무천향은 겉으로 보기엔 과거의 평화를 되찾은 듯 보였다. 그러나 한 번 어그러진 무천향이 과거로 되돌아가는 것은 거의 불가능하다는 걸 무천향의 고수 모두가 알고 있었다. 불씨는 이제 무천향 안이 아니라 밖에 존재했다. 그 불씨를 놓아두고는 결코 무천향의 안위를 장담할 수 없었다.

설혹 그 불씨가 꺼진다 하더라도 한 번 훼손된 무천향의 선기를 다시 살리는 것은 요원한 일이었다.

그렇게 우울한 침묵 속에서 무천향의 무인들은 을도산이 머물고 있는 향주전만 바라보고 있었다. 칩거를 깨고 을도산이 향주전에서 나오는 순간, 무천향과 그 안에서 살아가는 무인들은 아마도 새로운 운명을 걸어야 할 터였다.

그 무거운 침묵의 시간이 여러 날 동안 이어졌다.

第八章
봉인된 유물

을도산의 침묵은 길게 이어졌다. 그사이 그 누구도 을도산의 얼굴을 보지 못했다. 파소 역시 마찬가지였다. 그 대신 파소는 그동안 한 사람과 혈육의 인연을 만들고 있었다.

평온한 성해의 호수 변을 네 사람이 거닐고 있었다. 그중 둘은 여인이었고 둘은 사내였는데, 여인 두 명이 앞서 가고 사내 둘은 여인들로부터 십여 장 떨어져 걷고 있었다.

"아가씨께서 저렇게 밝은 표정을 보이는 것은 실로 오랜만입니다."

앞서 걸어가는 석청과 을향을 보며 고담이 감개무량한 얼굴로 말했다. 파소는 고담의 말에 빙긋 미소를 지었다. 왠지 모르게 가벼운 발걸음. 파소는 지난 보름 사이 을향과 무척 가까워져 있었다. 아니, 정확히 말하자면 파소가 아니라 석청이라고 말하는 편이 옳았다.

을향은 이제 단 하나뿐인 파소의 친인이었다. 물론 무천향 주인 을도산과 다른 을씨 가문의 고수들이 있기는 했지만 을향에 대해 파소가 느끼는 감정은 다른 사람들에게서 느끼는 감정과는 사뭇 다른 것이었다.

"본래 저렇게 밝은 분이셨습니까? 처음 뵈었을 때와는 다르시군요."

파소가 고담에게 묻자 고담이 고개를 끄덕였다.

"본시 무척 밝은 성정을 가지고 계신 분이셨습니다. 그런데 몽학님께서 돌아가신 후 성정이 변하신 거지요. 그런데 소천을 만나시고는 다시 예전의 아가씨로 돌아오신 듯합니다."

"고모님께서 무극동천에 드신 나이가……?"

"스무 살이 갓 넘으신 때였지요. 그런데 참 이상합니다."

고담의 말에 파소가 고개를 돌려 고담을 바라봤다.

"아가씨의 외모 말입니다. 물론 강호의 여협들은 내공을 익혀 그 외모가 본래의 나이보다 훨씬 젊어 보이게 마련이지만 아가씨의 외모는 아무리 내공을 익힌 고수라 해도 너무 젊어 보이시는 것 같습니다. 어찌 보면 무극동천에 들 때와 별반 달라지신 것 같지도 않고……."

고담의 말에 파소 역시 고개를 끄덕였다. 물론 을향이 고담의 말처럼 이십대의 여인처럼 어려 보이는 것만은 아니었다. 그녀에게선 나이에 걸맞는 중후함이 자연스럽게 묻어나고 있

었다. 그러나 그런 기운을 배제한다면 고담의 말처럼 을향은
이십대 중후반으로밖에 보이지 않는 것이 사실이었다.

"듣고 보니 고 대협의 말씀이 맞군요. 줄곧 무극동천에 계셔
서 그런 걸까요?"

"글쎄요. 그러실 수도 있겠지요. 하지만 아무리 그렇다 해
도 역시⋯⋯."

"맞습니다. 역시 이상하군요. 한번 여쭤봐야 할 것 같군요."

파소와 고담이 을향의 외모에 대해 호기심을 드러내는 사이
을향과 석청은 성해 변에서 호수 쪽으로 조금 들어간 버드나
무 군락 사이에서 걸음을 멈췄다. 그런데 두 사람이 걸음을 멈
춘 곳을 보고는 파소의 표정이 살짝 변했다. 두 사람이 걸음을
멈춘 곳은 과거 을몽검이 파소와 마지막 대화를 나누던 바로
그곳이었다.

"이리 와봐요."

파소의 심정을 아는지 모르는지 석청이 손을 흔들어 파소를
불렀다. 그러자 파소가 얼굴에 드러냈던 감정을 서둘러 지워
버리고는 급히 걸음을 옮겨 석청과 을향 곁으로 다가갔다.

"이봐요. 당신은 아버님보다는 어머님을 많이 닮았대요."

파소가 다가서자 석청이 불쑥 입을 열었다. 그러자 파소가
을향을 보며 물었다.

"정말 그런가요?"

"그렇단다. 본래 오라버니는 무척 활달한 성정이셨다. 의기
도 많으신 분이었고. 그래서 아버님께서는 오라버니가 무천향

에 맞지 않는 성정을 지녔다고 말하시곤 했었지. 반면 네 어머니께서는 외유내강한 사람이었다. 외모는 가냘픈 난초 같았지만 마음속에는 대쪽 같은 심기를 지닌 분이었지. 물론 그 성정 때문에 네 아버지를 따라갔지만 말이다."

"그랬군요. 그런데 저도 고모님께 여쭤보고 싶은 것이 있습니다."

파소가 말하자 을향이 반가운 얼굴로 고개를 끄덕였다.

"그동안 통 나에 대해선 묻지 않더니, 뭐가 궁금한 거지?"

"고모님은 외모는 어찌 되신 겁니까? 혹, 주안술이라도……."

주안술이란 강호의 여협이나 일부 사내들이 자신의 외모를 젊게 보이기 위해 익히는 일종의 사술 같은 것이었다. 파소의 질문에 을향이 웃음을 터뜨리며 고개를 저었다.

"호호호, 아니다. 난 굳이 주안술을 익힐 필요가 없는 사람이란다."

을향의 대답에 파소 등 삼 인이 의아한 표정을 지었다. 언뜻 들으면 그녀가 태어나면서부터 늙지 않은 생명수를 마셨다는 말처럼 들렸기 때문이다.

"모두들 무척 궁금한 모양이지?"

을향이 세 사람이 호기심 가득한 눈으로 자신을 바라보는 것이 재미있는지 쉽게 입을 열지 않고 놀리듯 말했다.

"어서 말씀해 주세요, 고모님! 배울 수 있는 거라면 저도 좀 배우게요."

역시 여인들이란 외모에 관심이 많은 법. 석청이 조르듯 을 향에게 말하자 을향이 고개를 끄덕였다.

"좋아. 말해주지. 하지만 이건 배울 수 있는 게 아니야. 단지 좋은 부모를 만나야 하는 문제일 뿐이지."

"좋은 부모라면……."

을향의 부모라면 당연히 향주 을도산을 말한다. 그녀와 을 몽학을 낳은 모친은 이미 세상을 등졌고, 을몽검을 낳은 또 다 른 을씨 가문의 안주인은 을몽검이 죽은 후 일절 외부 출입을 하지 않고 있었다.

"본래 나와 두 오라버니는 태어나는 동시에 이미 돌아가신 할아버님, 그러니까 파소 네게는 증조부가 되시는 분에게서 하나씩의 선물을 받았단다."

을향이 입을 열자 세 사람이 눈 한 번 깜빡이지 않고 을향의 입을 바라봤다.

"파소, 너도 우리 을씨 가문이 무천향에 오기 전에 어떤 가 문이었는지는 알고 있지?"

"해동 백두에 근거를 두었던 을밀부였다는 건 알고 있습니 다."

"그래, 맞다. 을밀부가 바로 우리 을씨 가문의 뿌리지. 본래 을밀부는 강호에서 신비의 가문으로 알려진 가문이었단다. 그 식솔 중 기인이사가 아닌 사람이 없었고, 무공은 여타의 강호 무공과 그 궤를 달리했지. 특히나 당시에도 강호에 모습을 드 러내는 일이 거의 없었기 때문에 강호에서 을밀부의 진면목에 대해 제대로 아는 사람은 거의 없었단다. 그래서 더욱 사람들이 을밀부를 신비스럽게 생각했지.”

“본래 은거의 가문이었다는 건 알고 있었습니다.”

“맞아. 을밀부는 처음부터 은거의 가문이었지. 그렇다고 세상사에 아예 관여치 않은 것은 아니었단다. 천하에 수많은 왕조가 들어설 때 을밀부의 재사들은 언제나 그 뒤에서 천하의 일에 관여하고 있었다. 그건 그때까지만 해도 세상을 이롭게 하려는 의지가 을밀부에 있었다는 의미겠지. 하지만 무천향을 세우신 을조인 대종사님의 대에 이르러 을밀부는 세상에 대한 인연을 온전히 끊어버렸던 것이란다.”

을밀부가 세상을 떠나 무천향에 들어오게 된 경위는 파소 역시 대부분 알고 있는 사실이었다. 그런데 그게 을향이 젊음을 유지하는 것과 무슨 상관이 있단 말인가?

파소의 얼굴에 드러난 의혹을 읽었는지 을향이 미소를 지으며 말을 이었다.

“이미 알고 있는 을밀부의 역사를 말하고 있으니 조금 답답하지. 하지만 이 이야기를 해야 내가 젊음을 유지하는 비밀을 좀 더 쉽게 이해할 수 있단다. 음, 그렇게 을밀부가 세상을 등지고 무천향을 세울 때 을조인 대종사께서는 당시까지 장막 속의 천하제일가문으로 군림해 오며 을밀부가 모아들였던 수많은 진귀한 물건과 기서(奇書)들을 모두 강호에 두고 무천향에 들어오셨단다. 보물이란 본시 세속의 사람들에게나 필요한 것이지, 무도를 수련하는 사람들에겐 오히려 해가 된다고 생각하셨던 거지."

"저런, 너무 아깝네요."

석청이 정말 아쉬운 얼굴로 말했다.

"후후, 그렇지? 그런데 아마 당시 을씨 가문의 인물들도 아깝다는 생각을 했던 모양이야. 을조인 대성사의 명에 의해 세속에서 을밀부가 거둬들인 세상의 진귀한 물건과 천하를 경영할 수 있는 병법서와 기서들을 모두 위치를 알 수 없는 장소에 영원히 봉인하면서 그중 일부를 결국 무천향으로 가지고 들어왔으니 말이야."

"모두 버린 게 아니었군요?"

석청이 반가운 얼굴로 물었다.

"그래, 모두 봉인한 건 아니었어. 물론 그중 극히 일부지만 영약에 속하는 물건들 일부를 무천향으로 가지고 들어온 거지. 을조인 대종사께서도 그 정도는 눈감아주신 모양이야. 어쨌든 그렇게 해서 을밀부의 기물 중 일부가 무천향에 들어오게 되었단다. 그리고 나와 두 오라버니에게 조부께서 주신 선물은 바로 그 기보들 중 하나씩이었다."

무천향이 탄생할 때의 비화는 무척 흥미로워서 파소 등 삼인을 이야기 속으로 빨아들이고 있었다.

"그 기보 때문에 고모님께서 젊음을 유지하신다는 거군요."

"그렇단다. 내가 조부께 받은 선물은 옥유라는 것이었다. 작은 옥병에 들어 있는 아주 소량의 액체였는데, 난 지금도 그 옥유가 수백 년이 지난 후까지 증발하지 않고 그 옥병에 남아 있었다는 것이 신기하단다. 어쨌든 난 그 옥유를 내 나이 열다섯 살 때 복용했단다. 어려서 복용치 않은 것은 옥유의 기운이 무척 강해 일정 수준의 내공이 있어야 복용할 수 있는 물건이기 때문이었지. 그런데 그 옥유의 효용은 사실 강호에 알려진 다른 영약들과는 조금 다른 면이 있었단다. 본시 강호에서 영약이라 부르는 것은 무공을 수련한 자의 내공을 급격하게 증진시키는 것이 대부분이지. 그런데 옥유는 내공의 증진에는 별 효용이 없는 물건이었다. 대신 옥유는 피를 맑게 하고 끊임없이 생기를 만들어내는 능력이 탁월한 영약이었단다. 아마 조부께서 내게 그 옥유를 선물한 것은 내가 여자이기 때문이었을 것이다. 언제나 아름답게 살아가길 원하셨던 것일 테지.”

“정말 신기한 물건이군요.”

을향의 말이 끝나자 석청이 탄성을 흘려냈다.

“놀라운 물건이지. 하지만 을밀부가 무천향에 들어오면서 봉인한 물건들에 비하면 그리 놀라운 것도 아니라고 하더구나.”

“도대체 무천향에 들어오기 전 을밀부에는 어떤 물건들이 있었던 거죠?”

“그건 오직 향주님만이 알고 계시는 일이지.”

“그럼 향주께는 을밀부가 외부에 봉인한 물건들에 대한 정보가 전해지나 보지요?”

“추측에 지나지 않지만, 아마도 그럴 거라 생각들 하고 있단다.”

“그럼 그 물건들을 다시 찾을 수도 있겠군요.”

“글쎄, 그건 모르겠구나. 어떤 식으로 봉인되었는지 모르니까. 만약 네 낭군이 나중에 무천향의 향주가 된다면 한번 졸라보거라. 혹시 아느냐, 이 아이가 그 보물들을 찾아 네게 선물이라도 하게 될지.”

을향이 장난기 어린 말투로 말하자 석청이 정색을 하며 파소를 돌아봤다.

“날 위해 그 보물들을 찾아줄 수 있나요?”

그러자 파소 빙그레 미소를 지으며 대답했다.

“날 잘 알잖아요.”

파소의 대답에 석청이 실망스런 표정으로 투덜거렸다.

“흥, 하긴 당신은 있는 보물도 가져다 묻어버릴 사람이지요. 그나저나 그럼 고모님 말고 다른 두 분께선 어떤 선물을 받으셨지요?”

석청의 질문에 을향이 조금 어두워진 표정으로 잠시 여유를 두었다가 입을 열었다.

“아마도 파소 넌 보았을 게다, 둘째 오라버니가 송림에서 보여줬던 모습을…….”

순간 파소는 송림에서 사위를 차갑게 얼어붙게 만들었던 을몽검의 모습을 떠올렸다. 당시 위중한 병자였던 을몽검이 그런 신위를 보인 것에 그곳에 있던 모든 사람들이 의아하게 생각했었다.

"설마 그럼 그때 그 모습이……."

"내가 직접 본 것은 아니지만 아마 둘째 오라버니께선 빙정을 사용하신 듯하구나. 조부께서 둘째 오라버니께 선물한 물건은 빙정이란 물건이었거든. 북해의 수십 척 수면 아래서 캐낸 빙정은 빙공을 익힌 사람들에겐 다시없는 기물로 알려진 물건이지."

"그런데 왜 그분께선 그때까지 빙정을 사용치 않으셨던 거죠? 그 빙정으로 그분의 상세를 치유할 순 없었나요?"

"글쎄, 빙정의 효능에 대해선 나도 잘 모르니 뭐라 할 말이 없구나. 그저 짐작하기로는 그 빙정을 복용하려면 그 기운을 이겨내기 위해 막강한 공력이 필요했을 거란 생각이다. 아마 둘째 오라버니께선 빙정을 복용하실 만한 수준의 공력에 이르지 못하셨던 것 같구나. 그리고 그 상태에서 빙정을 복용했기에 수명이 훨씬 짧아지셨을 게다."

을향의 말에 잠시 고개를 끄덕이던 석청이 이번엔 정말 궁금하다는 듯 물었다.

"그럼 아버님께선 어떤 선물을 받으셨죠?"

석청의 질문에 파소의 눈빛도 반짝였다. 한 번도 본 적은 없지만 자신의 아버지인 을몽학이 받았을 선물이 무엇인지 궁금한 것은 어쩔 수 없었다.

"그건 나도 잘 모르겠는걸. 분명 선물을 받았다는 건 알지만 뭘 받았는지는 모르겠어. 우리 나이가 어렸기 때문이기도 하지만 을밀가의 적통에게 전해지는 전통적인 무엇인가가 있는

것 같더구나. 뭐, 조만간 향주께서 파소 네게도 그 선물을 주시
겠지만 말이다. 아니, 너에겐 이미 그런 선물들이 필요없는 것
일까?”

 을향에 고개를 갸웃하며 물었다. 그러자 파소가 미소를 지
으며 고개를 저었다.

 “세상에 선물 싫어하는 사람도 있나요?”

 “호호, 내가 말하는 건 네가 영약이나 뭐 그런 것이 필요할
단계는 지났다는 말이다. 너의 경지는… 이미 충분하지 않느
냐?”

 “아직 부족하지요. 무(武)에 끝이 있나요.”

 “정말 을조인 대종사의 경지에라도 오르고 싶은 거냐?”

 “딱히 그런 목표가 있는 것은 아니지만 수련은 평생 계속되
겠지요.”

 “후후, 정말 이렇게 무천향에 딱 들어맞는 사람일 줄이야.
넌 정말 무천향에 어울려. 세속에 대해 무관심한 것도 그렇고.
어쨌든 네가 영약에 의지할 시기는 지났지. 그런 것 없이도 넌
선검을 완성해 가고 있으니까. 그런 걸 보며 어쩌면 을조인 대
종사의 유훈이 옳은 듯하구나. 무도란 결코 영약에 의지해서
얻을 수 있는 것이 아니라 하시며 을밀부가 천하에서 모아들
인 그 귀한 것들을 대부분 봉인했으니 말이다.”

 “가끔 그런 생각을 하긴 하죠. 무천향을 연 십이조사께서 지
금도 살아 계시다면 한 번쯤은 만나보고 싶다는…….”

 “아마도 무천향의 모든 무인들이 그런 생각을 했을 게다. 하

지만 시간을 되돌릴 수는 없는 법이지. 더불어 선기가 흩어진 이 무천향의 역사도 말이다.”

을향이 씁쓸한 표정으로 말했다.

성해는 맑았다. 선혈이 배어들었던 호수물은 스스로 그 혈색을 지워 버리고 본래의 청정한 모습으로 돌아가 있었다. 그러나 사람에게 남겨진 상처는 성해의 맑은 물처럼 깨끗하게 지워져 본래의 모습으로 돌아갈 수 없다는 걸 파소는 알고 있었다.


산보를 마치고 돌아오자 향주전에서 남긴 전갈이 파소를 기다리고 있었다.

“신시까지 향주전에 납시라는 전갈이 있었습니다.”

파소가 소천이 된 후 갑대 사조의 위사들은 항시 파소의 곁에 머물고 있었다. 향주전에서 온 소식을 전한 것은 사조의 위사 중 가장 늦게 들어온 초영이었다.

“무슨 일인지는 모르십니까?”

“글쎄요. 그것까지는 모르겠습니다.”

초영이 고개를 갸웃거리며 말했다.

“신시라면 지금 가야 하지 않을까요?”

석청이 고개를 들어 서쪽 산에 걸친 해를 보며 말했다.

“그래야겠어요. 여기 계실 거죠?”

파소가 을향의 보며 묻자 을향이 고개를 끄덕였다.

“그럼 다녀올게요.”

파소가 서둘러 향주전을 향해 걸음을 옮겼다.


*　　　　*　　　　*


거대한 석실. 무천향에 이런 석실이 존재할 거라고는 생각지 못했던 파소는 신기한 눈으로 석실 내부를 살폈다. 향주전으로 파소를 호출한 을도산은 파소가 도착하자 아무 말 없이 파소를 이 신비한 모습의 석실로 데려왔다.

석실은 을도산의 처소 지하를 통해 들어오게 되어 있었는데, 아마도 처음 무천향이 생길 때 향주들만을 위해 은밀히 만들어진 공간인 듯싶었다.

무도를 수련하는 사람에게 보물이란 사치라고 말했다던 대종사 을조인의 말이 무색하게 을도산에 이끌려 들어간 석실은 천하의 누구라도 욕심낼 만한 진귀한 야명주로 실내를 밝히고 있었다.

야명주들은 석실의 천장에 북두칠성 모양으로 박혀 있었는데, 그중 한 알만 내다 팔아도 천하의 갑부 소리를 들을 수 있을 만큼 귀중해 보였다.

야명주로부터 흘러나오는 빛은 석실의 한쪽 벽면을 가득 채운 옥석에 반사되어 석실을 신비스런 푸른빛으로 만들고 있었다.

오래된 목함과 석함들이 석실 여기저기에 쌓여 있었고, 너무 오래 사용하지 않아 녹이 슨 병기 여러 점이 눈에 들어왔다. 그리고 보니 석실에 있는 모든 물건과 석실 자체가 아예 오랫동안 신선한 공기를 쐬지 못한 듯한 느낌이었다.

"이곳이 뭘 하는 곳인지 알겠느냐?"

을도산이 감개무량한 표정으로 석실을 돌아보며 파소에게 물었다.

"가문의 귀중한 물건들을 보관해 두는 곳인 듯합니다만⋯⋯."

"옳게 봤다. 이곳은 을밀부의 오래된 유물들이 보관되어 있는 곳이다."

"고모님께 듣기로 을조인 대종사께서 무천향에 들 때 을밀부의 보물들을 모두 봉인했다고 하던데, 그 물건들이 봉인된 곳이 설마 무천향 안이었습니까?"

파소가 조금 의외라는 듯한 표정으로 물었다. 그러자 을도산이 고개를 저었다.

"아니다. 여기 있는 물건들은 무천향이 생길 때 봉인된 물건들이 아니다. 을밀부의 보물들이 모두 봉인된 것이 아니라는 건 알고 있느냐?"

"개중 일부는 무천향에 가지고 들어왔다고 들었습니다."

"이곳은 바로 그것들을 보관하는 곳이란다."

을도산의 말에 파소가 놀란 듯한 표정을 지었다. 석실에 있는 석함과 목함들은 한눈에 보아도 결코 적은 숫자가 아니었다. 이것이 봉인되고 남은 약간의 보물이라면 도대체 과거 을밀부에는 얼마나 많은 보물들이 있었던 것일까. 파소의 그런 의문을 알아챘는지 을도산이 다시 입을 열었다.

"물론 이것들 모두가 무천향이 생길 당시 외부에서 가지고 들어온 물건들은 아니다. 당시에 가지고 들어온 물건은 기실 이 중 삼분지 일도 되지 않는단다."

"그럼 나머지 것은……?"

"아무리 무천향이 외부와 고립되어 있다 해도 무천향이 생긴 지 이미 삼백 년이 훌쩍 넘어섰다. 그러니 그동안 어찌 귀중한 물건들이 만들어지거나 얻어지지 않았겠느냐. 이곳에 있는 물건들 중 삼분지 이는 무천향이 생긴 이후, 을씨 가문의 고수들이 얻은 귀중품들이란다."

을도산의 설명에 파소가 고개를 끄덕이며 천천히 석실 내부를 돌아봤다. 한쪽 벽면을 가득 채운, 녹슨 혹은 아직 생생하게 날이 선 채 생기를 가지고 있는 병기들, 그리고 어지럽게 쌓여 있는 목함과 석함들, 그 유물들이 흘려내는 향기가 파소에게 무천향에 든 이후의 정종 을씨 가문의 삶을 이야기해 주는 듯 느껴졌다.

"이 병기들은 어떤 의미죠? 그다지 귀해 보이지 않는 것도 있는 것 같은데……?"

파소가 벽에 걸린 병기들 중 붉은 녹이 슨 검을 꺼내 들며 물었다.

"을씨가 아닌 사람들에게는 그 물건들이 그리 귀중한 물건이 아닐지도 모른다. 하지만 을씨 문하의 사람들에게는 무척 귀중한 병기들이지. 왜냐하면 그 병기들은 무천향에 든 이후 을씨 가문에서 배출한 무선이나 혹은 각 대의 무천향주들이 사용하던 것들이기 때문이란다. 물론 을씨 가문의 고수들은 대체로 병기에 의존하지 않아 명검이나 명도가 있는 것은 아니나 그 병기들 속에 깃든 그들의 무향은 그 무엇보다도 소중한 것이 아니겠느냐?"

을도산의 말투에선 일종의 자부심이 느껴졌다. 이 허름하고 낡은 병기들로 무선에 오르고 무천향주로서 천하 무성들의 고향이라는 무천향을 다스려 왔다는 자부심. 파소는 그런 명예욕에 욕심은 없었으나 충분히 자부할 만한 역사란 것을 부인하지는 않았다.

"이 함들에는 무엇이 들어 있지요?"

벽에 걸린 병기에서 시선을 돌린 파소가 석실 이곳저곳에 쌓여 있는 오래된 함들을 보며 물었다.

"한번 열어보려무나."

을도산의 말에 파소가 먼지 쌓인 석함 하나의 뚜껑을 조심스럽게 열었다. 그러자 신묘한 향이 석함 안에서 흘러나왔다.

"약재군요."

"그렇구나. 솔직히 말하자면, 나 또한 이곳에 있는 물건들에 대해 자세히 알지 못한다. 아주 오랫동안 들어와 보지 않았으니까."

"왜 이런 물건들을 방치해 둔 거죠?"

"무도를 따르는 사람들에겐 오히려 해가 될 수 있는 물건들이니까."

"그런 물건을 오늘 제게 보여주시는 이유는요?"

파소가 묻자 을도산이 잠시 석실 안을 서성이며 대답하지 않았다. 그는 석실의 벽에 걸려 있는 병기들과 바닥에 아무렇게나 쌓아놓은 함들을 조심스럽게 만져 보며 석실을 한 바퀴 돈 후 파소를 보며 우울한 표정으로 말했다.

"어쩌면… 이 물건들을 써야 할 때가 되었는지도 모르기 때문이다."

순간 파소의 눈에서 파란 불꽃이 만들어졌다 사라졌다. 을도산이 하는 말의 의미를 묻지 않아도 알 수 있었던 것이다. 을도산은 강호로 나갈 생각을 하고 있는 것이 분명했다.

"강호로 나갈 생각이신가요?"

파소가 확인하듯 묻자 을도산이 천천히 고개를 끄덕였다.

"아무래도 그들을 그냥 놓아둘 수는 없을 것 같구나."

"그들이 다시 무천향을 노릴 거라 했기 때문에요?"

"그도 한 이유가 되겠지. 하지만 반드시 그 이유 때문만은 아니다."

"다른 이유가 있나요?"

파소가 의아한 표정으로 묻자 을도산이 고개를 끄덕였다.

"이 무천향을 만든 사람은 누가 뭐래도 을조인 대종사이시다. 그분이 무천향을 만든 이유는 천하의 흥망에 관여하는 일이 부질없다는 것을 깨달았기 때문이시지. 아무리 을밀부가 천하를 이롭게 하기 위해 은밀히 세상일에 관여를 해도 언제나 세상은 사람들의 욕망대로 역사를 만들어갔다. 을조인 대종사께선 을밀부가 천하의 일에 관여하는 것이 어떤 면에선 오히려 세상을 더 어지럽게 만들 수도 있다고 생각하셨단다."

"사람들을 혐오하신 모양이군요."

"아니, 그렇지 않다. 오히려 그분은 무척 동정심이 많은 분이라고 전해진단다. 단지 을밀부의 힘이란 것이 동전의 양면과 같아서 세상을 이롭게도 하고 가끔 해악이 되기도 한다는 걸 깨달으신 거지. 그래서 세상의 일에서 을밀부가 빠져 주기로 결정하신 것이란다. 대신 을밀부의 식구들을 선도에 더 집중시키기로 한 거지. 해서 이 무천향이 생겨난 것이다."

"검산 육조사가 을밀부의 행보에 동참한 이유는 뭐죠?"

파소의 질문에 을도산이 고개를 끄덕였다.

"그래, 그것이 궁금할 거라 생각했다. 사실 무천향을 세울 때 검산 육조사의 가문들을 데리고 들어온 건 실수라고도 할 수 있는 일이었다. 그들은 을밀부만큼 선도에 관심이 있는 가문들이 아니었거든. 아니, 최소한 검산 육조사라 불리는 분들은 선도에 관심이 있었을 수도 있겠지. 하지만 그들의 식솔들은 그렇지 않았다. 그들은 여전히 세상에 미련이 많은 사람들이었지. 해서 오늘날 이런 일이 벌어진 것이고."

"그걸 예상하지 못했을 대종사님이 아니잖아요. 그런데 왜 검산 육조사의 가문을 무천향에 끌어들인 거죠?"

그러자 을도산이 한숨을 쉬며 말했다.

"정확한 것은 알 수 없지만, 내 생각엔 그건 아마도 어쩔 수 없는 고육책이었을 것이다."

"고육책이요?"

"그래. 애초부터 을조인 대성사께서는 외부와 철저하게 격
리된 세상을 만들려 하셨지. 그런데 그런 세상을 만들자니 한
가지 문제가 있었다. 그건 바로 후손을 보는 일이었다. 우리
을씨 가문 홀로 무천향에 들어와서는 그 후손을 보는 일이 극
히 어려워질 것은 당연한 일이었던 것이다."

파소 역시 근친혼이 결국은 파멸에 이르는 결과를 가져온다
는 것은 알고 있었다.

"그럼 결국 을밀부의 후손들에게 혼처를 마련해 줄 생각으
로 검산 육조사를 끌어들인 거군요."

"꼭 그 이유 때문만은 아니지만, 그것이 크게 작용한 것은
맞다."

"다른 이유는 뭐죠?"

파소가 묻자 을도산이 한쪽에 쌓여 있는 목함 더미로 다가
가더니 목함 사이를 뒤지기 시작했다.

"어디였더라? 이쯤이었던 것 같은데……."

을도산이 중얼거리며 한참 동안 목함들을 헤집더니 목함들
사이에서도 유독 검은색을 띠는 목함 하나를 집어 들었다.

"여기 있었군. 이리 와보거라."

을도산이 부르자 파소가 얼른 을도산 곁으로 다가갔다. 그
러자 을도산이 검은색 목함의 뚜껑을 열었다. 그러자 목함 안
에서 십여 권의 서책이 모습을 드러냈다. 그런데 목함 안에 들
어 있던 서책들은 바로 어제 만든 것처럼 깨끗했다.

“최근에 만든 서책인가 보지요?”

“아니다. 이미 삼백 년이 훨씬 넘은 서책들이다.”

을도산의 대답에 파소가 놀란 눈으로 목함 안의 서책 가까이로 고개를 숙였다. 수백 년이 넘었다는 서책은 거짓말처럼 목함 안에서 만들어질 때의 모습을 간직하고 있었다. 마치 어제 만들어진 서책처럼.

“정말 수백 년 된 책이 맞나요?”

“후후, 신기한가 보구나. 이 서책들은 특별한 재질로 만들어져 있기도 하거니와, 이 목함은 천 년 이상 된 향나무를 잘라 만든 것으로, 본래 외부에서 해충의 침입을 방비해 서책이 훼손되는 것을 막아준단다.”

“하지만 그렇다 해도…….”

“이것 또한 과거 을밀부의 대단한 능력 중 하나라고 해두자. 어쨌든 이 서책들이 뭔 줄 아느냐?”

을도산이 묻자 파소가 고개를 갸웃하다 되물었다.

“봐도 되나요?”

파소의 물음에 을도산이 고개를 끄덕였다. 을도산의 허락이 있자 파소가 십여 권의 서책 중 한 권을 들어 올렸다. 그러자 서책의 겉장에 쓰인 글씨가 선명하게 파소의 눈에 들어왔다.


석씨비록(石氏秘錄).


아마도 한 가문의 비사를 적은 서책인 듯 서책의 표면에는 석씨비록이란 책의 제목이 적혀 있었다.

파소가 서책의 겉장을 한 장 넘기자 첫 장에 쓰여진 한 줄기의 글이 파소의 눈에 들어왔다.


후조, 석씨 가문의 비사를 여기 남긴다. 그들이 천도를 어기면 밀부의 후손은 이 비록에 남겨진 기록에 따라 그들에게 전한 힘을 거두어들이라.


의미를 알 수 없는 글귀. 도대체 석씨 가문은 어느 가문을 말하는 것일까?

'남칠문 중 태원 석가장이 있기는 한데……'

그러나 서책에서 말하는 석씨 가문이 태원 석가장을 말하는 것인지는 확실치 않았다.

파소가 의문을 품은 표정으로 다시 책장을 넘기자 이번에는 빼곡하게 쓰여진 글들이 파소의 눈에 들어왔다.


석씨는 조(趙)라는 국명을 밀부에서 얻어 나라를 세웠다.


첫 줄의 글귀만으로도 파소는 이 서책에 쓰여진 석씨 가문이 어디란 걸 깨달았다. 그건 수백 년 전 천하가 혼란하던 시기, 아주 잠깐 천하를 제패했던 한 왕조를 말하는 것이었다.

"이건 후조에 대한 기록이군요."

파소가 을도산을 돌아보며 물었다. 그러자 을도산이 고개를 끄덕였다.

"그래, 그 서책은 후조 석씨 왕조에 대한 비록이란다."

"그런데 그들에 대한 기록을 왜 을밀부에서 보관하고 있는 거죠?"

그러자 을도산이 엄숙한 표정으로 입을 열었다.

"그 목함에 담긴 열 권의 서책은 각기 한세월 천하를 지배했던 열 개의 왕조에 대한 비록이다. 물론 정확히 삼백여 년 전까지 말이다."

"무천향이 생기기 전이군요."

"그렇다. 그 안에 있는 열 개의 왕조가 성립하는 데는 우리 을밀부의 역할이 결정적이었다. 을밀부는 세상의 전면에 나서지 않았지만 그 열 개의 왕조를 뒤에서 후원함으로써 세상사에 관여했다. 그들을 통해 세상이 좀 더 평온해지기를 바랐던 것이다. 솔직히 말한다면, 을밀부의 후원은 관여 정도가 아니라 그들이 자신들만의 왕조를 세우는 데 결정적인 역할을 했다고 할 수 있다. 을밀부는 그들에게 그들 가문에 적합한 강력한 무공과 천하를 상대로 일 합을 겨룰 병법, 그리고 세력을 키울 수 있는 재물을 주었으니까."

을도산의 말에 파소가 목함 안에 든 서책들을 들춰봤다. 서책들의 겉장에는 파소도 익히 알고 있는 왕조들의 이름이 쓰여져 있었다. 왕조가 발흥한 위치도 다양해서 동서남북 천하에 산재되어 있었다. 하지만 지금은 모두 역사 속으로 사라진 왕조들.

　"이게 바로 무천향에 들기 전 을밀부가 강호에서 한 일들이 군요."

　"그렇단다. 하지만 그게 전부는 아니다. 본시 을밀부의 기본은 이 무천향에서와 마찬가지로 가문의 구성원 한 사람 한 사람이 무공을 통해 선의 경지에 이르는 것이었다. 언제나 그게 우선이었지. 을밀부가 세상일에 대해 언제나 후원자의 역할에 만족한 것도 바로 그런 이유 때문이었다. 그러다 대종사 을조인 어른의 대에 이르러 세상에 대한 관심을 아예 끊기로 한 것이지."

　"무슨 계기가 있었나요?"

　"글쎄다. 아마도 사람들에게 지쳤기 때문이겠지. 여기 있는 열 개의 왕조는 왕조를 세우기 전 을밀부의 힘이 필요할 때는 언제나 패도가 아닌 정의로써 세상을 다리겠다고 약속했지. 또한 언제라도 을밀부의 조언을 받아들일 것을 약속하기도 했다. 그리고 그런 약속들은 대체로 왕조의 창업자나 한두 대의 후손까지는 지켜졌다. 그러나 일단 삼 대가 넘어가기 시작하면 그들은 대부분 을밀부를 잊었지. 을밀부의 조언 역시 무시당했고, 어김없이 세상을 어지럽히는 폭군이 등장했다. 혹은 안락에 빠져 스스로를 돌보지 못하는 왕조들도 있었다. 시절이 혼란해지면 을밀부를 찾아 천하를 얻고자 하고 시절이 평온해지면 스스로 타락하며 을밀부를 잊었다. 그런 역사의 반복을 을조인 대종사께서는 더 이상 하지 않겠다고 생각하신 것이다."

"그런데 그런 을밀부의 역사와 검산 육조사의 가문이 무천향에 들어온 것이 무슨 상관이 있는 건가요?"

파소의 질문에 을도산이 고개를 끄덕였다.

"본시 검산 육조사의 가문은 당시 무림의 패권을 노릴 만한 실력을 갖춘 강자들이었다. 또한 그들 중 탁발 가문 같은 경우는 오래전 을밀부의 도움을 받아 위 왕조를 세우기도 했던 가문이었지. 음, 어쨌든 당시 강호 천하를 쟁패할 수 있는 육조사를 을조인 대종사께서 무천향에 끌어들인 다른 이유는, 검산 육조사의 무공 완성에 을조인 대종사의 도움이 있었기 때문이다. 음, 사실 도움이라기보다는 가르침이라고 하는 것이 옳을 것이다. 무천향의 역사에선 검산 육조사와 을조인 대종사와의 관계가 함께 무천향을 세운 동료로 전해지지만 사실은 사제(師弟)의 관계에 더 가까웠다고 해야 할 것이다. 그 특수한 관계가 검산 육조사의 가문을 이 무천향으로 향하게 한 것이다. 다시 말해 을조인 대종사께선 어떤 형태로든 을밀부의 영향을 받은 그들의 절대무공이 강호에 남아 있기를 바라지 않으셨던 것이지. 검산 육조사 역시 스승이나 마찬가지셨던 을조인 대종사의 말을 거역하지 않았던 것이고……."

"이 서책들을 제게 보여주신 이유는……?"

"이 왕조들 말이다. 결국 자신들 스스로 맹세했던 그 천도를 어긴 이 왕조들이 멸망한 이유를 아느냐?"

순간 파소의 눈이 반짝였다.

"설마 을밀부에서?"

"그래. 을밀부의 힘으로 세워진 왕조가 세상에 패악한 존재로 변했을 때마다 을밀부는 은밀히 다른 세력을 내세워 그 왕조를 세상의 지배자 자리에서 끌어내렸다. 왜냐하면 그건 곧 그 왕조들을 세운 을밀부의 힘이 세상의 패악으로 작용한다고 생각했기 때문이다. 그리고 그건 강호무림에서도 마찬가지였다. 을밀부의 도움으로 강호의 강자로 부상한 가문은 여럿 있었다. 지금 말했듯이 검산 육조사의 가문 같은 경우 말이다. 음, 세월이 아무리 흘렀어도 원칙은 지켜져야 한다. 지금 강호로 뛰쳐나간 검산의 힘이 오래전 을밀부의 도움으로 만들어진 힘이라면 그 힘이 강호를 어지럽히는 걸 두고 볼 수는 없다는 게 내 생각이다."

"그래서 강호로 나가시려는 거군요."

"그래, 그래서 나가려는 것이다. 그들이 무천향을 노리는 것은 사실 큰 문제가 되지 않을 수도 있다. 이 무천향은 외부에서 침입하기엔 거의 불가능한 곳이기도 하거니와, 그들과 부딪치기 싫으면 이곳을 떠나 다른 곳에 정착하면 그만이니까. 하지만… 우리 을씨 가문에서 비롯된 그들의 힘이 강호를 혈난에 빠뜨리는 것은 막아야 한다. 업(業)의 꼬리란 길고 질겨서 언제나 그 뿌리를 되찾아오게 마련이다. 그들이 강호에 악업을 쌓으면 그건 곧 우리 을밀부의 업으로 돌아와 우리 가문에 그 책임을 물을 것이다. 세상의 이치란 그렇게 한 치의 어긋남도 없이 돌아가게 마련이지."

파소가 을도산의 말에 모두 동의하는 것은 아니었다. 세상일을 업의 고리로 보는 을도산의 시각 역시 파소는 동의하지 않았다. 하지만 무천향을 뛰쳐나간 검산 고수들을 제압해야 한다는 것에는 파소 역시 동의하고 있었다. 업이 아니더라도 그 검산의 배신자들은 언제든지 파소의 삶에 겁난을 가져올 수 있는 자들이기 때문이었다.

"이곳에 있는 물건들은 제법 중한 것들이지. 하지만 그 귀함은 이 무천향이 아니라 강호에 나가야 인정받는 것들이다. 검산의 배덕자들을 추격해 강호로 나가면 아마도 이곳에 있는 물건들이 크게 쓰이게 되겠지."

을도산은 말은 그렇게 하면서도 석실 내의 물건들을 별로 중요하게 생각지 않는 듯 발끝으로 툭툭 석함과 목함들을 찼다.

"무천향에 들기 전 과거 을밀부가 천하에서 모아들인 물건들은 봉인을 풀지 않으실 것인지요?"

"흠, 향이 그 이야길 네게 해준 사람이겠지? 물론 무천향에 들기 전 봉인한 물건들이 있긴 하지. 세속의 가치로 보자면 이 석실에 있는 물건들 보다 수십 배의 값어치를 가진 물건들이지. 하지만 그 물건들에는 손을 대고 싶지 않구나. 그런데 혹, 그 물건들이 욕심나는 것이냐?"

을도산이 묻자 파소가 고개를 저었다.

"뭐, 어떤 가치를 가지고 있는지 모르지만 개인적으로 욕심을 내는 건 아닙니다. 단지 그것들이 그들과의 싸움에서 혹 도움이 될지도 모른다는 생각이 드는군요. 이 석실의 물건들보다 더 가치있는 물건들이라면……."

파소의 말에 을도산이 심각한 표정으로 고개를 저으며 말했다.

"그 물건들까지 끌어낼 생각은 없다. 설혹 그들을 제거하지 못한다 해도 말이다."

"어째서죠?"

"과거 열 개의 왕조와 수많은 절대가문을 만들어냈던 힘들이 그 봉인된 물건들 속에 고스란히 남아 있기 때문이다. 그 물건들은 일부라도 강호로 나오면 커다란 혈풍을 일으킬 수 있는 물건들이다."

"통제할 수 없다는 건가요?"

"글쎄다. 하지만 설혹 그 물건들을 을밀부에서 철저히 통제하며 사용한다 하더라도 난 그 물건들이 세상일에 쓰이는 것이 탐탁지 않구나."

"뭘 걱정하시는 거죠?"

"지금 무천향에 있는 을밀부의 식구들은 과거 무천향이 열리기 전의 을밀부 식솔들과는 또 다르단다. 어느 쪽이 낫다고 보기 어렵지만 세상에 대한 탐욕에 직면해 자신을 욕망을 절제하는 면에 있어서는 과거 을밀부 식솔들이 낫다고 생각되는구나."

"하지만 지금의 을밀부 식솔들은 태어나면서부터 철저한 금욕하에 수련한 사람들이지 않습니까?"

파소가 을도산의 평가에 동의할 수 없다는 듯 물었다.

"물론 그렇다. 하지만 그래서 지금의 을밀부 식솔들이 더 걱정된다는 것이다. 이들은 단 한 번도 제대로 된 세상의 욕망에 노출된 적이 없는 사람들이다. 과거 을밀부의 식솔들은 강호에서 살아가며 온갖 유혹 속에서도 을밀부의 가법을 지켜냈다. 반면 지금 을밀부의 식솔들은 세상과 격리되어 자연스럽게 세속의 유혹을 멀리하게 된 사람들이지. 넌 과연 이 둘 중 어느 쪽의 인내심이 강하다고 생각하느냐?"

답을 할 필요도 없었다. 수많은 유혹 속에서 자신을 지켜온 사람들이 온실 속에서 자란 화초보다 강한 것은 당연한 이치였다. 파소가 말이 없자 을도산이 다시 입을 열었다.

"흠, 그래서 걱정이란다. 이들을 강호로 내보냈을 때 과연 이들이 어떻게 변하게 될지. 어쩌면 또 다른 야심가들을 만들어내는 선택일 수도 있다. 그런데 그런 사람들 앞에 과거 천하의 운명을 좌우하던 을밀부의 보물을 내놓는다는 건 너무 큰 모험이 아니더냐?"

을도산의 말에 파소가 고개를 끄덕였다. 을도산의 판단은 틀림없었다. 무천향 밖의 세상을 접하고 어떻게 변할지 모르는 무천향의 고수들에게 봉인된 을밀부의 보물을 내놓을 수는 없었다. 그건 어린아이에게 시퍼런 칼을 쥐어 주는 것과 마찬가지 일을 수도 있었다.

"어쩌면 무천향은 을조인 대종사님의 잘못된 선택이었을 수도 있겠군요."

"무슨 말이 하고 싶은 것이냐?"

무천향을 부인하는 듯한 파소의 말에 을도산이 살짝 눈살을 찌푸리며 물었다.

"쇠는 많이 두드릴수록 단단해지지요. 사람도 마찬가지 아닐까요?"

"무천향의 무인들이 온실 속의 화초처럼 살아왔다는 말을 하고 싶은 것이냐? 하지만 난 네 말엔 동의할 수 없다. 무천향의 사람들은 무극을 향해 누구보다 치열한 삶을 살아온 사람들이란다. 그들은 무도를 위해 범인이 상상조차 할 수 없는 고련을 견딘 사람들이란 말이다. 단지 그들이 무천향 밖의 환경에 익숙하지 않을 뿐이지."

"그러나 몸을 힘들게 하는 고행만으로는 누군가를 온전하게 강하게 만들 수 없지요. 무공은 몰라도 무도를 이루기 위해서 필요한 고행은 몸뿐 아니라 가슴도 함께 겪어야 하는 것 아닌가요?"

무도를 논하는 면에 있어서 파소는 을도산에게 한 치의 양보도 하지 않았다.

"가슴의 고행?"

"선이 뭔지 도가 뭔지 아직 알 수는 없지만 제 짧은 소견으로는 무로써만 도를 이룰 수는 없을 것 같습니다. 무는 도에 이루는 한 방편이지요. 세상사에 단련되지 않은 사람이 이룬 경지로는 고수란 소리를 들을 수 있을지언정 무선이란 칭호를 얻지는 못할 겁니다. 그런 의미에서 보자면 십이조사 이후 배출된 무천향의 무선들 중 과연 정말 무선이라는 명칭에 합당한 인물이 얼마나 있을지 궁금하군요. 제 생각엔 적어도 그들 중 일부는 무선이 아니라 아주 뛰어난 절대지경의 고수일 뿐이었을 것 같습니다.”

가만히 파소의 말을 듣고 있던 을도산은 파소의 말이 끝나고도 한동안 입을 열지 않았다. 그는 뭔가 깊은 생각에 잠겨 있는 듯 보였다. 어쩌면 자신이 이끌고 있는 이 무성들의 대지를 지금까지완 전혀 다른 시각으로 되살펴 보고 있는지도 몰랐다.

파소는 을도산이 생각에 잠긴 동안 천천히 걸음을 옮겨 다시금 석실 내부를 돌아봤다. 그리고 한순간 벽에 걸린 병기 중 하나의 검 앞에서 걸음을 멈췄다.

검은 검집도 없이 검신을 그대로 드러낸 채 벽에 걸려 있었다. 또한 검이라고 말하기엔 너무 두꺼운 검면을 가지고 있을 뿐 아니라 검날은 둔탁해 보일 정도로 무뎌 사람은커녕 무도 제대로 자를 수 없을 것처럼 보였다. 그럼에도 불구하고 파소는 왠지 모르게 그 둔탁한 철검에 마음이 끌렸다.

파소가 자신도 모르게 벽에 걸린 철검을 집어 들었다. 순간 파소의 손에 묵직한 무게감이 느껴졌다. 보기보단 제법 무게가 나가는 철검이었던 것이다.

“마음에 드느냐?”

문득 파소의 뒤에서 을도산의 목소리가 들려왔다.

“좋군요.”

파소가 여전히 철검을 보며 대답했다.

"마음에 들면 취해도 상관없다. 네 검은 너무 낡았더구나. 더구나 그 검은 너와 어울리는 것 같고……. 그 검은 본시 십이조사 이후 처음으로 무선의 경지에 올랐던 을사향이란 분이 사용하시던 검이란다. 너처럼 선검을 익힌 분이셨지."

파소는 순간 들고 있던 철검에 욕심이 생겼다. 그러나 잠시 후 파소는 고개를 저으며 철검을 본래 있던 자리에 걸어놓았다.

"왜 마음에 들면 취하지 않고?"

을도산이 의아한 표정으로 묻자 파소가 빙긋 미소를 지으며 자신의 낡은 검을 들어 보였다.

"조강지처를 버릴 수 있나요."

"조강지처? 하하하, 너다운 발상이구나. 자, 그만 나가자."

을도산의 표정은 한결 밝아져 보였다. 파소는 한동안 침묵 속에 있던 을도산이 어떤 결론을 내렸는지 알 수는 없었지만 그의 표정이 밝아진 것에 내심 안도의 한숨을 내쉬었다. 그런데 막 석실을 벗어나려던 을도산이 나직한 목소리로 중얼거리듯 말했다.

"어쩌면 네 말이 맞을지도 모르겠단 생각이 드는구나. 도에 이르기 위해 극복해야 할 것이 인간사라면 그 인간사를 회피해서만은 도를 이룰 수 없겠지. 그러니 중도 절에서 참선만 하지 않고 철 따라 천하를 행각을 하는 것이겠지."

을도산의 말에 파소는 한줄기 서늘한 바람이 자신의 몸을 파고드는 것을 느꼈다. 그리고 그 순간 그의 머릿속에 불현듯 무천향의 운명에 대한 한 가지 예감이 스치고 지나갔다.

'어쩌면 정말 무천향이 사라져 버릴지도……'

# 第九章

## 은하의 길을 따라

계절의 변화를 크게 느낄 수 없는 무천향에도 가을이 찾아왔다. 검산의 고수들이 무천향을 탈출한 지 어느덧 보름째, 무천향주 을도산의 침묵이 점점 더 깊어지던 어느 날 불현듯 무천향주 을도산이 향의 수뇌 일백 명을 성해 변, 과거 파소가 무천향의 소천으로 정해졌던 그 장소로 불러 모았다.

을도산이 향의 수뇌들을 불러 모은 그날 아침, 따사로운 가을 햇살과 어울리지 않는 서늘한 기운이 무천향을 휘감았다. 보름간의 침묵 끝에 을도산이 내렸을 결론이 무엇일지 무천향 모든 무인들의 시선이 성해 변으로 향했다. 성해 변 집회에 소집되지 않은 무천향 고수들조차 높은 언덕에 올라 집회가 열리는 성해 변을 바라보고 있을 정도였다.

파소는 을도산의 자리가 마련된 공터의 동쪽에 이른 아침부터 서 있었다. 아직 을도산과 향의 수뇌들은 모습을 보이지 않았다. 반면 집회에 소집된 향의 고수들은 이른 시간부터 하나둘 모습을 보이고 있었다. 파소의 일은 소천으로서 집회에 참석하는 향의 고수들을 맞이하는 일. 파소는 하나둘 모여드는 향의 고수들을 일일이 반갑게 맞아들였다.

파소의 마중을 받은 향의 고수들 중 일부는 넌지시 향주 을도산이 어떤 결정을 내렸는지 파소에게 물어보기도 했으나 파소는 가벼운 웃음으로 사람들의 호기심을 비켜갔다.

정오가 되자 소집된 일백 인의 고수 중 향의 수뇌들을 제외한 팔십여 명의 고수들이 공터를 가득 메웠다. 그리고 그들의 시선은 공터와 이어진 향주전을 향해 있었다.

"향주께서 나오십니다!"

문득 향주전의 정문이 열리면서 향주 을도산을 모시는 정종의 무사 한 명이 큰 소리로 을도산의 등장을 알렸다. 그러자 공터에 모여 있던 팔십여 명의 무천향 고수들이 일제히 자리에서 몸을 일으켰다.

그그궁!

을도산의 등장을 알렸던 정종의 고수가 묵직한 소리와 함께 향주전의 정문을 활짝 열었다. 그러자 잠시 후 을도산을 필두로 이십여 명의 노고수들이 천천히 모습을 드러냈다.

공터로 다가오는 을도산의 표정은 무척 심각했다. 오랜 시간 홀로 무천향의 운명을 고민한 사람답게 수척한 모습이기도

했다.

을도산은 느리지만 무거운 걸음으로 공터 동쪽 수뇌들의 자리가 마련된 곳으로 이동하더니 먼저 파소에게 말을 건넸다.

"모두 모였느냐?"

"빠짐없이 모두 참석해 주셨습니다."

"알겠다, 수고했다."

을도산의 말에 파소가 가볍게 고개를 숙여 보인 후 훌쩍 뒤로 물러나 을도산과 향의 수뇌들을 바라보고 있는 다른 고수들 사이로 들어갔다.

"소천 노릇이 쉬운 게 아니지요?"

파소가 막 고수들 사이에 들어서자 을현이 미소를 지으며 물었다. 그러자 파소가 고개를 저으며 나직하게 대답했다.

"지금이라도 을 대협께 이 자리를 넘기고 싶습니다."

"후후, 나도 그 자리 싫소이다. 그러니 계속 고생하시구려."

을현이 그답지 않게 농을 던졌다.

"누구 마땅한 사람이 없을까요?"

"저런, 정말 싫으신 모양이구려. 하지만 어쩌겠소이까? 향 주님의 적손은 오직 소천 하나뿐인 것을. 운명이라고 생각하시구려. 하하!"

을현은 파소가 곤혹스러워하는 것이 재미있는 모양이었다. 그런데 그 때 청명한 여인의 목소리가 두 사람 귀에 들려왔다.

"을 대협은 제 조카를 너무 놀려 먹으시는군요. 을 대협이 이렇게 농이 많은 분인 줄 몰랐습니다."

어느 틈에 을향이 두 사람 곁에 다가와 있었다.

"아가씨도 나오셨군요."

을현이 황급히 을향에게 자리를 내어주며 말했다.

"저도 이곳에 나올 자격은 있지 않나요?"

"당연하지요. 아가씨가 자격이 없다면 누가 자격이 있겠습니까?"

"그런데 장래 무선의 경지에 오를 재목으로 꼽히는 대을현 대협께서 아가씨 아가씨 하니 듣기가 거북하네요. 언제까지 그렇게 부르실 거죠?"

을현과 을향의 나이는 비슷했다. 과거 을현이 을몽학에게 무공을 전수받던 시기 두 사람은 한동안 안면을 익혔었기에 그들 사이는 제법 친숙한 면이 있었다. 그 당시 을현은 을향을 항상 아가씨라고 높여 불렀기 때문에 중년을 넘어선 지금의 나이에도 그 버릇이 여전히 남아 있는 것이었다.

"제겐 언제나 아가씨일 뿐이지요."

"사람이 나이가 들고 지위가 변하면 행동도 변해야 해요."

"저 같은 사람은 쉽게 변하지 못하는 법이지요."

"고집하고는……."

"삼십 년 동안 무극동천에서 나오지 않으신 아가씨 고집만 하겠습니까?"

"저런 변한 것도 있네요? 과거엔 제게 그런 농담을 하지 못하셨잖아요?"

"물론 저도 조금씩은 변해가니까요."

파소가 두 사람의 대화에 빙그레 미소를 짓고 있을 때 갑자기 장내의 분위기가 무겁게 변했다. 파소 등 삼 인이 고개를 돌려보니 어느새 을도산이 자리에서 일어나 천천히 공터의 중앙으로 걸어나오고 있었다.

좌중을 침묵에 빠뜨린 을도산은 공터의 중앙에서 걸음을 멈췄다. 그리곤 천천히 공터를 빙 둘러 앉은 일백 고수들을 바라봤다. 그렇게 일백 고수를 한 번 둘러본 을도산이 작은 한숨을 내쉬는 것으로 입을 열었다.

"흠, 오늘 이곳에 모인 분들을 보니 나도 모르게 한숨이 나오는구려. 모든 것이 변해가는 것이 세상의 이치이나 요 몇 개월 사이에 무천향 백대고수의 얼굴이 너무도 많이 바뀌었소이다."

을도산의 말에 장내의 고수들 역시 낯빛을 굳혔다. 몇 개월 전 이곳에서 파소를 소천으로 선출할 당시 모였던 무천향 일백고수 중 오늘 다시 이 자리에 나온 사람은 겨우 오 할을 갓 넘을 숫자에 지나지 않았다.

그중 일부는 무천향을 탈출했고, 또 일부는 지난 싸움에서 목숨을 잃었을 것이다. 두 경우 모두 자연스러운 세대교체와는 거리가 있는 변화였다.

"어쨌든 일이 이 지경이 되었소이다. 물론 향주인 이 사람이 부덕한 탓일 것이오."

을도산의 말에 소법이 입을 열었다.

"그게 어찌 향주님의 잘못이겠습니까? 작게 보자면 변란을 일으킨 자들의 잘못이고, 크게 보자면 결국 무천향의 운명이 겠지요."

소법의 위로에 을도산이 허탈한 미소를 지었다.

"그리 말씀해 주시니 감사하외다. 하지만 이 사람 대에 이런 변란이 일어났으니 역시 내 책임을 회피하진 못할 것이오. 어쨌든 그런 날 아직도 믿고 무천향을 맡겨주시니 모두에게 감사의 말씀을 전하는 바이오."

을도산이 정중하게 일백 고수를 향해 포권을 해 보였다. 그러자 장내의 고수들이 분분히 일어나 을도산을 향해 마주 포권을 해 보였다. 그렇게 한차례 일어난 작은 소란이 가라앉자 을도산이 다시 입을 열었다.

"본시 일이란 시작한 사람이 끝을 보아야 하는 법이라 들었소이다. 내 대에 이런 변란이 있어났으니 그 끝도 내 대에 보아야겠다는 것이 내 생각이오."

을도산의 말에 장내 고수들의 눈빛이 변했다. 드디어 을도산의 입에서 무천향을 탈출한 검산 고수들에 대한 대책이 흘러나오고 있었기 때문이다.

"그들이 무천향을 떠난 것을 확인했을 때 난 두 가지 생각이 들었소이다. 하나는 더 이상 피를 흘리지 않아 다행이라는 생각이었고, 다른 하나는 수백 년간 쌓아온 무천향의 선기를 훼손하고 도주해 버린 그들에 대한 분노였소이다. 하지만 시간이 흐르면서 난 그 두 감정에서 벗어나 냉정하게 그들에 대한 향후의 대책을 고민하기 시작했소이다. 그러나 그 고민에 대한 답은 쉽게 내릴 수 없었소이다. 지난 보름 동안 여러분도 답답했겠지만 나 또한 무척 답답했소이다. 하지만 내려야 할 결론이었기에 결국 난 무천향의 배덕자들에 대한 대책을 결론 지었소이다."

장내의 고수들이 하나같이 긴장한 표정으로 을도산의 얼굴을 주시했다. 을도산은 그런 고수들을 바라보며 목소리에 힘을 주어 단호한 어투로 말했다.

"난 무천향의 문을 열기로 했소이다. 무천향은 추격대를 꾸려 배덕자들을 추격할 것이오."

순간 을도산의 말을 듣고 있던 무천향 고수들 얼굴에 다양한 감정이 드러났다. 누군가는 걱정스런 얼굴을, 누군가는 다부진 각오를 다지는 얼굴로, 그리고 개중에는 을도산의 결정이 믿기지 않는다는 듯한 표정을 짓고 있는 사람도 있었다. 그렇게 장내의 고수들이 을도산의 말에 각양각색의 반응을 보이는 사이 을도산이 계속해서 말을 이었다.

"추격대는 천추군이라고 부를 것이오. 기존의 천안성 중 일부를 제외하고는 대부분의 천안성이 건재하므로 천안성을 앞세우고 그들을 추격하면 충분히 목적을 이룰 수 있을 것이오."

을도산의 말이 끝나자 문득 소법이 을도산에게 질문을 던졌다.

"천추군이라 하셨는데, 모두 몇이나 보내실 생각이신지?"

"검산을 떠난 저들의 숫자가 모두 이백여 명. 그중 향의 정예로 꾸려질 천추군을 상대할 만한 실력을 지닌 자는 모두 합해야 백여 명 정도일 것이오. 물론 그들이 오래전부터 향 밖에 만들어놓은 세력들도 간과할 수는 없을 것이오만, 그들의 세력이 이 싸움의 승패를 결정할 정도라고는 생각지 않소이다. 무천향에서 추방당한 자들을 모두 모아봐야 이십여 명이 넘지 않을 터이니 말이외다.”

“하지만 그들이 무천향 출신 이외의 자들을 끌어들였을 수도 있지 않소이까?”

“물론 분명히 그럴 것이오. 하지만 무천향의 무인은 강호의 무인과 다르오. 외부에서 끌어들인 자들이라면 숫자가 얼마나 되었든 크게 걱정하지 않소이다. 그런 이유로 일단 정예 일백 명의 천추군을 꾸릴 생각이오. 천안성과 천추군이 힘을 합치면 아마도 소기의 목적을 달성할 수 있을 것이외다.”

일백이란 숫자는 강호의 명문 대파들이 거느린 문도의 십분지 일에도 미치지 못하는 숫자였다. 그러나 천추군으로 구성될 고수들은 무천향의 무사들이었다. 그것도 그냥 무천향의 무사들이 아닌, 무성들의 고향이라는 무천향에서도 고르고 고른 고수들일 터였다. 그렇다면 이 일백 천추군의 위력은 강호의 어떤 세력도 감당하기 힘든 숫자였다.

“일백이라면… 능히 일을 도모할 만하겠지요.”

소법도 일백이라는 숫자에 적이 마음이 놓이는 표정이었다. 그런데 그때 죽림의 대성사 남창이 다시 을도산에게 질문을 던졌다.

“어느 정도 결과를 원하시는지?”

　남창의 질문에 사람들의 시선이 다시 을도산에게로 향했다. 이 또한 크게 관심이 가는 문제였다. 천추군이 강호에 나가 해야 할 일이 무천향을 탈출한 배덕자들의 완전한 소멸이라면 그건 예상외로 어려울 수도 있었다. 남창의 질문에 을도산이 잠시 생각에 잠겼다가 신중한 표정으로 입을 열었다.

　"내가 무천향을 싫다고 떠난 자들을 추격해 제거하려 하는 건 그들이 무천향을 배신했기 때문만은 아니오. 어쩌면 그냥 그들은 그들대로 우리는 우리대로 살아가면 그뿐일 수도 있는 문제일 것이오. 하지만 내가 굳이 천추군을 꾸려 그들을 추격하려 하는 건 그들이 가진 힘이 강호에선 무서운 흉기가 될 수 있기 때문이올시다. 그들을 그대로 놓아둔다면 그들은 분명 강호 천하를 도모할 것이고, 강호에서 그들을 감당할 자들은 아마도 쉽게 찾을 수 없을 것이오. 그리고 일단 그들이 강호를 제압하면 그들은 분명 무천향의 이름으로 강호에 군림할 것이오. 물론 그때가 되면 그 칼끝을 우리에게 돌릴 테고 말이오. 난 그들이 무천향의 이름을 더럽히는 것을 용납할 수 없소. 또한 무천향을 통해 얻는 무공을 세상을 향한 자신들의 야망을 달성하는 데 사용하게 놓아둘 수도 없소. 누가 뭐래도 난 무천향의 향주이고, 그들이 세상에 끼칠 해악을 막아야 할 책임이 있는 사람이니 말이오. 그래서 난 그들 중 이러한 일을 도모할 수 있는 자들을 제거하는 것을 이번 출행의 목표라고 말해두고 싶소이다."

　"멸절을 원하시지는 않는단 말씀이시군요."

"아, 내가 어찌 멸절을 원할 수 있겠소이까? 그들 중에는 여인들도 있고 이제 겨우 걸음마를 하는 아이들도 있소. 그들이 어찌 스스로의 의지로 무천향을 배신했겠소이까? 그러니 그들에게까지 칼을 들이밀 수 있겠소이까?"

"하지만 싹을 자를 땐 뿌리까지 뽑아야 하는 법이지요."

이번엔 을청산이 굳은 얼굴로 말했다.

"물론 그렇긴 하네만… 그래도 선도를 추구하는 우리가 어린애들에게까지 손을 댈 수는 없는 일 아닌가."

"하지만 그 아이들이 자라나면 다시 문제를 일으킬 것입니다."

"힘을 거두면 되네."

"힘을 거두신다면……?"

"그들에게서 과거 검산 육조사의 무공을 재현할 만한 능력을 제거하면 된다는 말일세. 고수들을 베는 것은 물론, 과거 을조인 대종사의 도움으로 만들어진 그들의 절대무경을 회수하는 것까지가 이번 출행의 목적이 될 걸세. 절대무경이 사라진 그들의 후예는 평범한 강호의 무인으로 살아가겠지."

을도산의 말에 을청산이 고개를 끄덕였다. 검산 육조사가 남긴 무경을 회수한다면 그 후손들을 걱정할 필요는 없었다.

"언제 무천향의 문을 여실 생각이십니까?"

을청산의 물음에 을도산이 장내의 고수들을 돌아보며 입을 열었다.

"아직 결정하지 않았네. 먼저 천추군에 속할 백 명의 고수를 정하는 것이 먼저겠지. 모두 들으시오. 난 천추군을 꾸리는 문제를 무천향의 무인들 스스로에게 맡길 생각이오. 지금부터 삼 일 뒤 이 자리에 천추군에 들어 배덕자들을 추격해 무천향을 나설 사람들을 모이라 전하시오. 스스로 원하는 사람만이 천추군에 들게 될 것이오. 모자라면 모자란 대로 천추군을 출향시키겠소이다. 모두들 아시겠지만 무천향은 이미 한 번 피를 흘렸소. 선기는 훼손됐고 향의 무인들은 사기(邪氣)에 노출되었소. 그러니 천추군에 들어 다시 한 번 피를 보게 된다면 각자 지금까지 쌓아왔던 선기를 지키기 힘들 것이고, 그건 아마도 두고두고 자신의 수련을 방해할 것이오. 물론 강호의 무인으로서는 도움이 될지도 모르겠지만 말이외다. 어쨌든 강호로 나가 피를 보는 일이니 향주인 나라고 강요할 수는 없소이다. 그러니 스스로 자신을 희생할 사람들이 나서주길 바랄 뿐이오."

을도산의 말이 끝나자 장내의 고수들이 잠시 침묵에 빠져들었다. 천추군에 들어 배덕자들을 추격하는 일은 결코 쉽게 결정할 문제가 아니었던 것이다.

"혹, 오늘의 내 결정에 이의가 있는 사람은 지금 이 자리에서 말해주시오."

을도산이 침묵에 잠긴 무천향 고수들을 돌아보며 물었다. 그러나 그 누구도 을도산의 결정에 반대하는 사람은 없었다.

"모두 내 결정에 동의해 주니 고맙소이다. 음, 천추군에 드는 일은 앞서 말했지만 많은 고민을 해야 할 문제요. 그러니 이제 돌아들 가서서 가까운 지인들에게 이 소식을 전하고 스스로의 행보도 결정해 주시기 바라오."

을도산의 말을 끝으로 성해 변의 집회는 생각보다 빨리 막을 내렸다. 그러나 을도산이 집회의 종료를 선언한 이후에도 무천향의 고수들을 쉽사리 장내를 벗어나지 못했다. 팽팽한 침묵과 알 수 없는 긴장이 장내를 가득 메우고 있었기 때문이다.

"그만 가자꾸나."

다른 사람들과 마찬가지로 자리를 지키고 있던 파소에게 을향이 나직하게 말했다.

"그럴까요?"

"뭐, 더 할 일이 있는 것도 아니고, 이곳에 죽치고 있는다고 더 좋은 방법이 나오는 것도 아니지 않느냐? 그것보다는 얼른 돌아가 이곳에 나올 소식을 궁금해하는 사람들에게 향주님의 결정을 전해주는 게 낫지 않겠느냐?"

을향의 말에 파소가 고개를 끄덕였다.

"그렇군요. 그럼 가시죠. 을 대협께서는……?"

"난 종성님을 모시고 가겠네."

을현이 말하는 종성은 을정해를 일컫는 것이었다. 을현이 무벽에 검흔을 남기며 혜성같이 출현한 이후 을정해는 을현을 마치 자신의 제자처럼 보살피고 있었다.

"알겠습니다. 그럼 다음에 뵙지요."

파소가 을현에게 고개를 숙여 보이고는 장내를 벗어나려는

데 문득 을현이 나직한 목소리로 파소를 불렀다.

"그런데… 소천."

"하실 말씀이라도……?"

"소천께서도 강호로 나갈 생각이신가?"

을현의 물음에 파소가 망설임없이 대답했다.

"아마도……."

"알겠네."

을현이 고개를 끄덕이고는 훌쩍 장내를 벗어났다. 그런 을현을 물끄러미 바라보고 있는 파소를 을향이 살짝 잡아끌었다.

"가자꾸나."

"아, 네."

파소가 정신을 차리고는 서둘러 을향과 함께 공터를 벗어났다.


또다시 싸움이 일어난 것은 아니었지만 무천향이 다시금 흥분으로 술렁이기 시작했다. 을도산의 결정은 순식간에 무천향 전체로 퍼져 나갔다. 이후 무천향의 고수들은 을도산이 약속한 삼일 동안 삼삼오오 짝을 지어 천추군에 대해 이야기를 나눴다.

수백 년을 무천향에서 살아온 사람들, 물론 개중 극소수는 무천향 밖의 세상을 경험하기도 했지만 대부분은 무천향을 벗어나 본 적이 없는 사람들이었다. 그들에게 무천향 밖의 세상은 호기심의 대상이면서 또한 두려움의 대상이기도 했다. 무천향의 무인들치고 고수 아닌 자가 없지만 경험하지 못한 미지의 세계는 누구에게라도 두려움을 주는 존재이기 때문이었다.

그래서 무천향 고수들을 천추군에 대해 강한 매력을 느끼면서도 한편으론 선뜻 천추군에 들기를 결정하지 못했다. 천추군에 가입하는 순간 지금까지완 전혀 다른 세상, 전혀 다른 삶 속으로 들어서야 하기 때문이었다.

"인간은 누구나 현재의 평온을 포기하기 쉽지 않지."

을지행이 나직한 목소리로 말했다. 파소는 오랜만에 을지행과 단보를 마주하고 있었다. 한쪽에선 석청이 부지런히 아침밥을 준비하고 있었다. 을지행과 단보는 미처 해가 뜨기도 전에 파소의 거처를 찾아왔다. 오늘은 백 명의 천추군이 구성되는 날이었다. 을지행과 파소는 그 때문에 이른 아침부터 파소를 만나러 온 것이었다.

"생각보다 지원자가 많지 않은가 보지요?"

파소가 묻자 단보가 대답했다.

"어제 향을 쭉 돌아보니 망설이는 사람들이 많더구나. 아무래도 강호란 곳이 무천향의 무인들에겐 새로운 세계나 마찬가지니까."

"이러다 천추군 일백이 모이지 않을 수도 있겠군요."

파소가 약간 근심스런 표정으로 말했다. 그러자 을지행이 나직한 목소리로 말했다.

“그래서 나도 이참에 바람이나 쏘여볼 생각이다.”

을지행의 말에 파소가 놀란 표정으로 을지행을 바라봤다.

“함께 가실 거라곤 생각지 않았습니다만······.”

“후후, 왜? 난 이런 일에 어울리지 않아 보이느냐?”

을지행이 미소를 지으며 물었다.

“글쎄요. 대성사님까지 손에 도검을 들어야 한다는 것은······.”

“후후, 나도 대성사이기 이전에 무천향의 무인이니 이 일을 회피할 수만은 없겠지.”

“대성사께서 나서시지 않는다 해도 누구도 회피한다고 말하지 않을 겁니다.”

“물론 그렇겠지. 하지만 다른 사람의 평가가 문제가 아니라 내 마음이 문제 아니겠느냐? 그리고 솔직히 말하면, 나도 이 무천향이란 곳을 떠나서 강호를 여행하고 싶은 욕심도 있고.”

을지행의 말에 단보가 을지행에게 물었다.

“대성사께서도 그런 생각을 하십니까?”

“후후, 솔직히 말하자면 난 자네가 무척 부러웠다네. 자넨 언제나 무천향에 있는 시간보다 강호에 나가 있는 시간이 많았지. 물론 자네에겐 그럴 만한 사정이 있긴 했지만 말일세.”

“그런 생각을 하고 계신 줄은 몰랐습니다.”

“나이가 드니 그런 생각이 드네. 어쩌면 이 무천향이 꼭 축복받은 땅 만은 아니라는 생각 말일세. 사람이나 짐승이나 한

곳에 얽매여 살아간다는 건 그리 좋은 일이 아니야. 고인 물은 섞거든."

을지행의 말에 파소와 단보가 고개를 끄덕이며 잠시 사색에 잠겼다. 그런데 세 사람의 침묵이 길어지려는 찰나, 석청의 목소리가 세 사람의 사색을 방해했다.

"식사들 하세요."

석청의 목소리에 사색에 잠겨있던 세 사람이 침묵에서 깨어났다. 그리곤 아침상이 차려진 주방 쪽으로 움직이기 시작했다. 그때 을지행이 나직한 목소리로 파소에게 물었다.

"많이 늘었지?"

"무슨……?"

"네 안사람 요리 솜씨 말이다."

"이젠 거의 훌륭한 요리사 수준이죠. 이미 사막의 석동을 떠날 때쯤에도 제법 괜찮았잖아요."

파소가 미소를 지으며 대답하자 을지행이 고개를 끄덕였다.

"흐흠, 그래. 역시 세상에 불가능은 없어. 네 안사람이 제대로 된 요리를 만드는 것을 보면 말이다."

을지행의 말에 세 사람이 나직한 웃음을 흘리며 주방으로 들어섰다.


삼 일 전 무천향주 을도산에 의해 천추군의 구성이 선포된 공터에 아침부터 하나둘 무천향의 무인들이 모여들기 시작했다. 공터가 잘 보이는 곳에는 예외없이 무천향의 무인들이 나와 공터로 모여드는 고수들을 구경하고 있었다.

파소와 단보, 그리고 을지행이 성해 변 공터에 나갔을 때는 이미 이십 여 명의 무천향 고수들이 공터를 서성이고 있었다. 그리고 그중 일부는 파소와 무척 가까운 사람들이었다.

"벌써 나오셨습니까?"

파소가 남독마군과 비량 등 사조의 위사들 곁으로 다가서며 말을 건넸다.

"혹 늦으면 천추군에 들지 못할까 봐 좀 서둘렀네. 그런데 아무래도 그건 기우였던 모양이야."

남독마군이 주변을 돌아보며 말했다.

"아직 시간이 이르니까요."

파소의 말에 남독마군이 고개를 갸웃하며 말했다.

"역시 무천향의 무인들은 뭔가 다른 모양이야. 나 같은 사람은 기회를 놓칠까 봐 이렇게 서둘러 나왔는데… 천추군에 드는 것이 그리 매력적인 일이 아닌가 봐."

"평생 무천향에서 무도를 수련하며 살아온 사람들입니다. 강호에 나서는 일이 그리 쉬운 일은 아니지요."

"그렇긴 하지만 아무리 그래도 이제 겨우 스무 명은 너무 적은 것 아닐까? 무천향 밖 세상이 궁금하지도 않은 걸까?"

"기다려 보지요. 그래도 일백은 채우지 않겠어요?"

"흐흠, 뭐, 그렇긴 하겠지. 아니라면 그 무공에 비해 너무 겁들이 많은 것이고……."

공터로 찾아드는 사람들의 숫자가 빠르게 늘어나지 않았다. 파소 등이 성해 변에 도착한 지 한 시진이 지난 후에도 공터에 모인 사람은 겨우 오십이 넘는 정도였다.

그리고 그즈음 무천향주 을도산도 향의 수뇌들을 대동하고 공터에 나타났다. 향의 수뇌들은 모인 사람의 숫자가 일백이 되지 않자 금세 낯빛이 어두워졌다.

"많지 않구나."

자신을 마중하러 다가온 파소에게 을도산이 조금 걱정스런 표정으로 말했다.

"그래도 백은 채워지겠지요."

"음, 싸움은 본시 기세로 하는 것인데 이렇게 망설이는 사람들을 데리고 나가 제대로 그들을 추격할 수 있을지 걱정입니다."

을도산의 곁에 있던 을천목이 얼굴에 그늘을 드리우며 말했다.

"너무 걱정하지 맙시다. 일단 향을 나서게 되면 생각들이 달라질 테니까. 일이란 시작하기 전이 두려운 법이지 일단 시작하고 나면 결국 본래의 능력대로 되어가는 것 아니겠소이까?"

"그리 된다면야……."

을천목이 말꼬리를 흐리는 사이 다시 일단의 인물들이 향주전을 벗어나 공터로 내려왔다. 열 명의 고수. 그런데 그들의 모습은 다른 무천향의 고수들과는 사뭇 달랐다. 어딘지 모르게 어둠에 파묻힌 듯한 모습들, 그러면서도 그 기세는 날카로

위 장내에 모인 고수들 그 누구보다도 강렬했다.

"저들도……?"

파소가 놀란 눈으로 을도산을 돌아봤다.

"그들이 필요할 것이다."

장내의 인물들 중 새롭게 공터에 모습을 드러낸 열 명의 정체를 아는 사람은 그리 많지 않았다. 아니, 어쩌면 향의 수뇌들조차도 그들을 처음 보는 것일지도 몰랐다. 그러나 파소는 그들을 정체를 알고 있었다.

정혼십팔객. 파소의 아버지 을몽학이 죽은 이후 을도산이 어둠 속에서 키워온 고수들. 스스로의 무도를 포기하고 오직 무천향과 을도산을 위해서 빛을 보지 않고 살아온 사람들이었다.

"하지만 저들은 향주님 곁을 지켜야 하지 않습니까?"

"열여덟 모두를 내보내겠다는 것은 아니다. 그중 저들 열 명, 아니, 고담이 널 호위해 나간다면 모두 열한 명이 되겠구나. 그리고 배덕자들이 탈출한 이상 이 무천향에서 내 곁에 호위를 둘 필요는 없지 않겠느냐?"

"그렇긴 하지만……."

"내 걱정은 하지 마라. 내 한 몸 지킬 만한 무공은 충분하니까. 그리고 저들은 이번 일에 꼭 필요한 사람들이다. 무천향의 무인들은 강호의 어두운 면을 모른다. 하지만 저들은 다르지. 지난 수십 년간 어둠 속에서 살아온 사람들이니까. 아마도 천안성들과 함께 이번 일에서 가장 중요한 역할을 맡게 될 것이다.”

을도산의 말을 파소도 인정할 수밖에 없었다. 고담을 비롯한 정혼십팔객의 경험은 아마도 천추군의 행보에 큰 도움이 될 터였다.

“그런데… 저 아이도 가는 거냐?”

갑자기 을도산이 걱정스런 목소리로 파소에게 물었다. 을도산의 말에 파소가 고개를 돌려 을도산이 가리킨 곳을 바라보니 석청이 을향과 함께 향주전을 벗어나 공터로 내려오고 있었다. 그녀들 뒤에는 언제나처럼 고담이 따르고 있었다.

“가겠다고 하더군요.”

“위험한 일이다.”

“충분히 자신의 몸을 돌볼 수 있는 여인입니다.”

“물론 저 아이의 무공이 뛰어나다는 것은 알고 있다. 하지만… 내겐 하나뿐인 손주며느리가 아니냐?”

을도산은 석청이 천추군에 들어 강호로 나가는 것이 못내 걱정스런 모양이었다.

“저 사람이 강호를 떠난 것이 벌써 십 년이 훨씬 넘었습니다. 저로 인해 가족과 생이별을 하고 있는 셈이지요. 그러니 함께 나가는 걸 막을 수는 없었습니다. 그리고 고모님도 함께 가시니 너무 걱정하지 않으셔도 될 겁니다.”

파소의 말에도 을도산은 얼굴의 그늘을 거두지 않았으나 어쩔 수 없다는 듯 고개를 끄덕였다.

“음, 향이 저 아이까지 가겠다고 할 줄은 몰랐구나. 날 좋아

하지는 않는다지만 그래도 네가 천추군과 함께 이곳을 나선
뒤 내 곁에 있어줄 줄 알았는데……."

"아직도 고모님과 화해를 하지 못하셨나요?"

"글쎄다. 나에 대한 원망이 그리 쉽게 사라지지는 않겠지.
그런데 그건 너도 마찬가지 아니냐?"

을도산이 파소를 보며 물었다. 그러자 파소가 잠시 침묵을
지켰다가 입을 열었다.

"향주님을 원망하지는 않습니다."

"하지만 넌 여전히 날 향주라고 부르고 있을 뿐 아니라 거의
날 찾아오지도 않지 않느냐? 역시 여전히 네 부모에게 일어난
일로 날 원망하고 있는 것이 아니냐?"

"원망 때문이 아니라 낯설음 때문이라고 해두지요."

"낯설음?"

"아직은 익숙하지 못하니까요. 전 수십 년을 혼자 살아왔습
니다."

"익숙하지 못하다라……."

을도산이 파소가 한 말을 나직이 중얼거리다가 빙긋 미소를
지었다.

"그 말은 결국 시간이 해결해 줄 거란 말로 받아들여도 되는
거냐?"

을도산의 물음에 파소가 작은 한숨을 쉬며 입을 열었다.

"언젠가는 우리도 온전한 가족이 될 수 있을 거란 기대는 하
고 있습니다."

"하하, 되었다. 그런 마음을 가지고 있다는 것만으로도 이 할애비는 족하다."

을도산이 작은 웃음을 터뜨리는 사이 석청과 을향이 어느새 두 사람 곁에 다가왔다.

"아직 부족하군요."

을향이 건조한 음성으로 장내를 돌아보며 말했다. 을도산에게 하는 말이지만 그녀의 목소리에선 부녀의 정이란 것이 한 올도 느껴지지 않았다. 그러나 을도산은 좀 전 파소와의 대화 때문인지 부드러운 얼굴로 을향의 말에 대꾸했다.

"그래도 이제 조금만 더 모이면 될 것 같구나. 혹, 백 명을 채우지 못하면 어쩌나 걱정했었는데… 그런데 정녕 강호로 나갈 생각이냐?"

을도산의 물음에 을향이 주저없이 대답했다.

"이런 기회를 놓칠 순 없지요. 지난 삼십 년간 무극동천에 갇혀 지냈는데 이제라도 세상에 한번 나가봐야 되지 않겠어요?"

"위험할 수도 있다."

"걱정 마세요. 제 몸 하나 지킬 능력은 있으니까요. 그리고 여기 두 사람과 함께라면 오히려 즐거울 것 같아요."

을향이 파소와 석청을 가리키며 말하자 을도산이 고개를 끄덕였다.

"그래, 어렵게 만난 가족이니 함께 있는 것이 좋겠지."

을향은 말을 하는 을도산을 조금 이상한 눈으로 바라봤지만 별반 대꾸를 하지 않고 다시 공터에 모인 무천향의 고수들에게 시선을 돌렸다.

기다림은 다시 한 시진을 이어갔다. 그리고 그 한 시진이 지나자 얼추 공터에 모인 인원이 백여 명에 육박했다. 그러자 을도산이 한쪽에 서 있는 정종의 고수에게 손짓을 했다. 을도산의 신호를 받은 정종 고수가 그의 옆에 걸려 있는 거대한 징을 세 차례 울렸다.

징징징!

구리로 만든 징이 웅장하면서 긴 호흡의 울림을 성해 위로 흘려보냈다. 무천향을 떠나 검산의 배덕자들을 추격할 천추군의 구성이 끝났음을 알리는 징 소리가 무천향을 가득 메우자 공터에 모인 고수들이나 멀리서 공터를 바라보고 있던 무천향의 무인들이나 모두 상기된 표정으로 향주 을도산을 바라봤다.

사람들의 시선이 자신에게로 향하자 을도산이 주위를 돌아보고는 천천히 공터의 중앙으로 걸어나갔다.

"모두들 가까이 오시게."

공터 중앙으로 나간 을도산이 입을 열자, 천추군에 들기를 자청한 고수들이 을도산을 중심으로 원형을 이루며 모여 섰다.

"모두 몇인가?"

을도산이 고개를 돌려 묻자 대법사 조청광이 앞으로 나서며 말했다.

“모두 구십 칠명입니다.”

“응? 모자라는 건가?”

을도산이 고개를 갸웃하자 조청광이 고개를 저으며 대답했다.

“무극동천에 든 고수들 중 삼 인이 천추군에 합류하길 원한다고 향주님의 허락을 구해왔습니다. 그러니 그들의 출동을 허락하시면 일백 인을 채울 수 있을 듯합니다.”

조청광의 말에 을도산이 살짝 이마를 찌푸렸다.

“무극동천의 수련자들이 말인가?”

무천향에 변란이 있어났지만 무극동천의 수련자들 중 이 변란과 무관하게 여전히 수련을 계속하고 있는 사람들이 있었다. 무극동천의 수련이 지속되는 것은 곧 무천향의 역사가 지속되는 것을 의미했으므로 그들이 지난번 싸움에서 힘을 보태지 않은 것을 원망하는 사람은 없었다. 그런데 그들 중 일부가 수련을 중지하고 천추군에 합류하고자 한다니, 을도산으로선 내심 실망스러운 모양이었다.

“수련을 위해서란 말도 함께 전해왔습니다.”

“수련을 위해서라고?”

“아무래도 그중 몇은 무도에 다다르기 위한 방편으로 다른 계기를 찾고 있는 듯합니다.”

“음, 그러니까 수련의 연장이라?”

“그렇습니다.”

조청광이 고개를 끄덕이자 곁에 있던 을지행이 조심스럽게 입을 열었다.

"허락하심이 어떠실지… 아마도 강호행을 청한 사람들은 무극동천에서의 수련만으론 자신의 한계를 극복할 수 없다고 판단한 사람들일 것입니다. 그러니 그들에게 새로운 기회를 주시는 것도 좋을 듯합니다. 물론 무극동천의 수련자 셋이 합류한다면 천추군의 전력 또한 비약적으로 좋아질 테고 말입니다."

을지행의 말에 을도산이 잠시 생각에 잠겼다가 고개를 끄덕였다.

"대성사까지 그리 생각한다면 허락하겠소. 무공 수련에 관한한 대성사의 능력이 나보다 월등함은 자명한 일이니……."

"무슨 말씀을!"

을도산의 말에 을지행이 한 걸음 뒤로 물러서며 머리를 조아렸다.

"자, 그럼 백 명이 채워진 셈이군."

을도산이 조청광을 보며 묻자 조청광이 고개를 끄덕였다.

"무극동천의 수련자 삼 인을 합류시킨다면 정확히 일백입니다."

"좋소. 자, 다들 잘 들으시오."

을도산이 자신을 반원형으로 둘러선 무천향의 고수들을 보며 입을 열었다.

"먼저 어려운 결정을 내려준 형제들께 감사드리오. 하지만 한편으로 걱정되는 것도 사실이오. 이곳에 모인 형제들 중 대부분은 강호에 나가본 경험이 없는 사람들이오. 그래서 혹여라도 이 일을 단순히 강호에 대한 호기심에서 지원한 사람이 있을까 걱정되는구려."

을도산의 말에 소법이 입을 열었다.

"설마 그런 안일한 마음을 가진 사람이 있겠습니까? 이미 무천향의 고수들은 지난 변란을 통해 무림의 흉험함을 직접 체험했습니다. 그러니 향주께서 걱정하시듯 놀이 삼아 이 일에 지원한 사람은 없을 겁니다."

소법의 말에 을도산이 안도하듯 고개를 끄덕였다.

"듣고 보니 그렇구려. 모두들 지난번 검산의 변란을 경험했으니 칼 든 무인이 피를 보자고 하면 얼마나 처참한 지경이 벌어지는지 잘 알게 되었을 것이오. 더군다나 이번 천추군은 무천향이 아니라 강호에 나가 그들을 상대해야 하니 더더욱 위험할 것이오. 하지만 방심만 하지 않는다면 모든 일을 잘 끝내고 돌아올 수 있을 것이오. 비록 무천향의 정기가 많이 훼손되었다고는 하나 여러분의 무공은 강호의 일반 무인들과는 그 궤를 달리한다고 할 수 있소이다. 그러니 비록 험한 강호라 하더라도 각별히 조심하면 위험에 빠질 염려는 없을 것이오. 바라건대 서로를 도와 무사히 일을 마치고 한 사람도 빠짐없이 향으로 복귀해 주시기 바라오."

"명심하겠습니다, 향주!"

장내의 고수들이 일제히 허리를 숙이며 을도산의 말에 대답했다. 을도산은 그런 고수들을 잠시 동안 바라보다가 다시 입을 열었다.

"출발은 열흘 뒤가 될 것이오. 그동안 각자 향내의 일을 마무리 짓기 바라오."

출발 날짜까지 입에 오르자 장내의 고수들 얼굴에 숨길 수 없는 긴장감이 감돌았다. 그런데 고수들 중 한 명이 불쑥 을도산을 향해 질문을 던졌다.

"천추군은 누가 지휘하게 되옵니까?"

순간 장내의 고수들이 일제히 을도산을 바라봤다. 일백 명의 무천향 고수들, 그 개개인의 능력의 강호 절정고수에 이르는 고수들이었다. 강호에 나가면 그 어떤 세력보다도 강대한 힘을 가질 천추군의 지휘를 누가 할지는 이곳에 모인 사람 누구라도 궁금해할 일이었다.

"이번 천추군에는 향의 노고수들도 제법 많이 포함되어 있네. 그중에는 두 분의 종성과 한 분의 대성사, 그리고 무극동천에서 수련 중인 세 명의 노고수들도 포함되어 있다네. 그러니 그중 누가 천추군을 지휘해도 하등 이상할 것이 없네."

"소천도 계시지요."

곁에 있던 을천목이 미소를 지으며 을도산의 말을 끊었다. 그러자 을도산이 고개를 끄덕였다.

"그렇지. 파소, 이 아이도 나이는 어리지만 충분히 천추군을 이끌 자격이 있다고 할 수 있지. 하지만 난 그 누구도 천추군의 수장으로 지명하지는 않겠네."

을도산의 말에 장내의 고수들이 의아한 표정을 지었다. 어쨌든 무림에 나가 적과 싸워야 하는 천추군이었다. 그런 천추군의 수장을 정하지 않겠다니, 을도산의 말을 쉽게 이해할 수 없었던 것이다.

"본시 무천향이란 곳은 모든 구성원이 누구의 간섭도 받지 않고 무도를 수련하는 곳이었소. 난 그 전통을 지키고 싶소. 물론 이번 천추군의 출향은 무공을 수련하기 위한 것이 아니기에 수장을 정하는 것이 옳을 수도 있소. 하지만 난 무천향의 전통을 믿소이다. 이번 천추군의 출행에 동행하시는 두 분의 종성과 을지행 대성사, 그리고 소천이 서로 상의하여 천추군을 이끄시기 바라오. 물론 무극동천에서 나오는 세 사람도 큰 힘이 되겠지만 그들은 수년간 수련에 몰두한 사람들이니 다급한 경우가 아니라면 그들을 전장에 세우지는 않았으면 하는 게 내 생각이외다."

을도산의 말에 장내가 잠시 술렁였다. 수장을 세우지 않고 을천목과 소법, 두 명의 종성과 대성사 을지행, 그리고 소천 파소에게 공동으로 지휘를 맡긴 을도산의 결정은 어떤 면에선 모험이나 마찬가지 결정이었다. 그러나 이미 내려진 결정, 을천목이 앞으로 나서며 입을 열었다.

"향주께서 내리신 결정이니 따르겠습니다. 모두 합심하여 반드시 일을 마무리 짓고 돌아오겠습니다."

을천목의 말이 끝나자 장내의 고수들이 일제히 을도산에게 고개를 숙여 보였다.

"향주의 명을 받들겠습니다."

"좋소이다. 그럼 이제 천추군이 떠나는 일만 남았구려. 열흘 뒤 다시 이 자리에서 봅시다."

을도산이 종회를 선언하자 장내의 고수들이 하나둘 성해 변공터를 벗어나기 시작했다. 그렇게 무천향 역사상 최초로 강호에 보내질 천추군이 만들어졌다.

# 第十章

## 다시 강호로

그날 무천향의 하늘에선 일 년에 한두 번 올까 말까 한 비가 내렸다. 사막 한가운데 있는 무천향이었기에 간혹 몇 년간 비가 오지 않는 시절도 있었다. 그래서 무천향에 내리는 비는 언제나 축복의 의미를 담고 있었다.

비의 축복 속에 수백 무천향 식구들의 전송을 받으며 일백 무천향 천추군이 무천향을 떠나고 있었다. 옷이 비에 젖을 테지만 그걸 걱정하는 사람은 없었다. 어차피 무천향을 벗어나는 순간 뜨거운 사막의 태양이 순식간에 젖은 옷을 말릴 터였고, 얼마 지나지 않아 무천향의 일백 고수들은 오히려 젖은 옷을 그리워하게 될 것이기 때문이었다.

삼십여 마리의 낙타와 말, 서역을 왕래하는 상인의 옷차림.

무천향을 떠나는 일백의 고수들은 누가 봐도 평생을 무공 수
련으로 살아온 사람들이라고 생각할 수 없는 모습을 하고 있
었다.

"다시 오겠죠?"

남쪽 은하의 계곡으로 향하는 석굴 앞에서 석청이 문득 걸
음을 멈추고 고개를 돌려 무천향을 바라보며 말했다.

"다시 돌아올 거예요."

파소가 안심시키듯 부드러운 목소리로 대답했다.

"즐거웠나요?"

파소와 석청이 무천향에서 보낸 시간은 이 년 정도, 그 시간
동안 두 사람은 무척 많은 일들을 함께 겪어냈다. 그 생활이
즐거웠냐는 질문에 파소가 잠시 생각에 잠겼다.

부모의 죽음에 얽힌 피의 과거를 해결하기 위해 들어온 무
천향.

그 생활이 즐거운 것이었을까?

"무인으로서는 즐거웠다고 할 수 있어요. 내 무공은… 이곳
에 들어올 때와는 전혀 다른 경지에 들어서 있으니까요. 하지
만 누구의 손자, 누구의 아들로서는… 모르겠군요."

"부모님의 죽음에 대한 의문을 풀었고, 가족들도 만났으니
나쁘지는 않잖아요."

"그래요. 나쁘지는 않았지요. 하지만 역시 좋다고도 말할
수 없어요. 나와 당신… 우린 너무 깊은 은원의 세계에 발을
들인 것 같아요."

“호호, 그건 무천향에 들어왔기 때문에 겪는 일은 아니죠. 우리가 강호에 남아 있었다고 해도 결국 강호의 은원 속에서 살아가고 있지 않을까요? 오히려 무천향에 들어 조금 단순한 삶을 살게 된 것 같은데요?”

석청의 말에 파소가 다시 생각에 잠겼다 고개를 끄덕였다.

“당신 말이 맞는 것 같네요. 역시 이곳에서의 생활이 강호에서의 삶보다는 단순하다고 해야겠지요. 물론 적도 있고 피도 보았지만… 하지만 그래도 목동으로 사는 것만큼 단순하진 않지요.”

“호호, 그 생각은 변함이 없나 보네요?”

“싫어요?”

“흠, 생각해 봐야겠어요. 대무천향의 안주인과 가난한 목동의 부인이라… 이봐요, 어느 쪽이 나을 것 같아요?”

석청이 장난스럽게 묻자 파소가 짐짓 정색을 하며 대답했다.

“가난하진 않을 거예요. 이래 봬도 난 무척 뛰어난 목동이라고요.”

“후후, 좋아요. 그럼 목동의 아내 쪽을 택할게요. 그게 당신이 원하는 거죠?”

“역시 내가 혼인은 잘한 것 같네요.”

“이 석청의 마음이 조금 넓지요.”

두 사람이 나직하게 웃음을 흘리는 사이 어느새 두 사람의 신형은 어두운 동굴 속으로 사라지고 있었다.

“후욱!”

누군가의 입에서 거친 호흡 소리가 일어났다. 무천향으로 통하는 동굴을 벗어나는 순간 견디기 힘든 사막의 열기가 일행을 덮쳤기 때문이다.

“젠장, 이제야 실감나네.”

파소의 곁에서 걸음을 옮기고 있던 남독마군이 투덜거리며 구름 한 점 없는 하늘을 바라봤다.

“이제 시작인데 벌써부터 투덜거리면 어떡하나?”

단보가 남독마군을 보며 타박하듯 말하자 남독마군이 고개를 저으며 대답했다.

“항상 시작이 어려운 법 아니겠습니까? 뭐, 며칠 지나면 익숙해지겠지요.”

“하긴 그 말도 맞는 것 같군.”

단보가 남독마군의 말에 고개를 끄덕였다.

일백 명에 이르는 천추군은 동굴을 나선 후 은하의 계곡을 향해 전진했다. 은하의 계곡까지 이어진 협곡은 파소 등이 은하의 계곡을 통과해 무천향으로 들어올 때와 변함없는 모습으로 파소와 석청을 맞이했다. 하지만 두 사람에게 있어 그때와 지금의 느낌은 사뭇 달랐다.

당시에는 힘들게 은하의 계곡을 통과한 후라 무척 지쳐 있었을 뿐 아니라, 무천향에서 기다리고 있을 일들에 대한 걱정으로 몸과 마음이 편치 않았으나 지금은 비록 무천향을 탈출한 자들을 쫓기 위해 나서는 길이지만 일백 명의 동료들과 원기가 충만한 몸 상태를 유지하고 있었기에 과거와 달리 주변의 풍경에 눈길을 줄 여유쯤은 있었다.

서둘러 걸음을 재촉한 결과 일행은 오 일 길을 삼 일 정도로 줄여 은하의 계곡에 도착했다. 은하의 계곡은 기괴하면서도 황량한, 하지만 또 어떻게 보면 신비로운 모습으로 일행을 맞이했다.

"설마 올 때처럼 나가야 하는 것은 아니겠죠?"

은하의 계곡을 통과할 당시 파소의 등에 업혀 마지막 관문을 통과했던 기억을 떠올리며 석청이 입을 열었다. 그러자 단보가 석청의 질문에 대답했다.

"향의 천안성들이 강호를 출입할 때 이용하는 비도가 있다네."

"다행이군요. 전 또 그때처럼 고생을 해야 하는 것 아닌가 걱정했었는데."

석청이 짐짓 안도의 한숨을 내쉬며 말했다.

"후후, 그런 식으로 출입하다가는 천안성을 하겠다고 나서는 사람이 아무도 없을 걸세."

"하지만 한편으론 아쉽기도 하네요."

"아쉽다니 뭐가 말인가?"

"후후, 만약 들어올 때처럼 나가야 한다면 전 누군가의 등에 업힐 수 있었을 테니까요."

석청의 말에 두 사람의 대화를 듣고 있던 파소가 빙그레 미소를 지었다. 그러자 단보도 그제야 석청이 한 말의 의미를 알아채고 나직하게 웃음을 흘렸다.

"후후, 나도 그 이야기는 들어 알고 있네. 마지막 관문에서 소천이 자넬 업고 들어왔다지? 뭐, 원한다면 두 사람은 온 길로 다시 나가도 상관없네만……."

단보의 말에 석청이 파소를 보며 물었다.

"그럴래요?"

그러자 파소가 두 손을 들어 올리며 고개를 저었다.

"저도 그러고 싶지만 사양할게요. 은하의 계곡을 통과한 후에도 또 여러 날 사막을 여행해야 하는데 여기서 힘을 다 뺄 수는 없잖아요?"

"칫, 핑계가 좋군요. 귀찮다고는 거죠?"

"설마 그럴 리가요. 그런데 길은 어디 있는 거죠?"

파소가 석청의 추궁을 피하려는 듯 재빨리 말을 돌렸다. 그러자 단보가 손을 들어 파소 등이 은하의 계곡을 통과한 후 남독마군을 기다리며 잠시 휴식을 취했던 석동을 가리켰다.

"저 석동 뒤쪽에 길이 있단다."

"의외로 찾기 쉬운 곳에 있군요?"

"하지만 오직 천안성들에게만 개방된 길이니 다른 무천향의 고수들은 길을 알아도 갈 수 없는 곳이지. 자, 가보자꾸나."

단보가 일행의 앞에 나서서 석동 쪽으로 이동했다. 단보는 석동 옆으로 깊게 들어간 작은 계곡을 따라 이동하더니 하나의 거대한 바위 앞에서 걸음을 멈췄다.

바위의 넓이가 대략 십여 장에 달했고, 그 높이만 해도 사람 둘을 세워놓은 것만큼 높아 도저히 사람의 힘으로 움직일 수 없을 것 같은 모습의 바위였다. 그런데 단보는 망설임없이 바위 앞으로 다가가더니 천천히 바위를 안쪽으로 밀었다.

그그궁!

순간 지축을 울리는 거대한 마찰음이 일어나더니 단보에게 밀린 바위가 사라지며 검은 동굴의 입구가 드러났다.

"설마 본신 공력으로 여신 건 아니겠죠?"

석청이 거대한 바위를 안쪽으로 밀어낸 단보를 보며 놀란 목소리로 파소에게 물었다.

"처음부터 기관이 설치되어 있었던 것 같아요."

"아무래도 그렇겠죠? 단 어르신의 무공이 대단한 것은 사실이지만 사람이 저렇게 큰 바위를 움직일 수는 없는 일이니까요."

석청과 파소가 대화를 나누는 사이 단보가 사람들을 자신이 열어놓은 동굴 쪽으로 불렀다.

"모두 이쪽으로 오십시오."

단보의 말에 파소와 석청이 먼저 단보의 곁으로 다가갔다. 그러자 그 뒤를 따라 무천향의 일백 고수가 줄지어 동굴로 향했다.

"이 동굴을 따라 대략 한 시진 정도 이동하게 되어 있소이다. 동굴이 끝나면 다시 협곡이 나오고, 그 협곡을 오 일 정도 이동하면 우린 은하의 계곡을 벗어나게 될 것이오."

동굴로 들어서는 무천향의 고수들에게 단보가 앞으로 이어
질 길에 대해 설명했다. 어쩌면 필요없을지도 단보의 이런 행
동은 처음으로 무천향을 벗어나는 일백 천추군의 불안감을 없
애주기 위한 것이었다.

천추군 고수들은 단보의 말을 듣고 그의 예상대로 편안한
얼굴색을 드러냈다. 그렇게 일백 천추군의 마음을 다스린 단
보가 곧이어 은하의 계곡 속으로 사라졌다.


사막의 밤은 너무 투명해서 검은색이 아니라 푸른색을 흘려
냈다. 어쩌면 어둠을 밀어내는 별빛 때문일지도 몰랐다.

파소와 석청은 얇은 가죽으로 만든 천막 안에 들어앉아 밤
하늘을 바라보고 있었다. 천안성들이 드나드는 동굴을 지난
일행은 다시 이틀을 걸어 협곡의 한 귀퉁이에서 야영을 하고
있었다.

아직도 여전히 은하의 계곡 중간쯤인 지점, 그 협곡에서 바
라보는 밤하늘은 눈부실 정도로 아름다웠다.

"성해에 드리운 별들은 아무것도 아니었군요."

석청은 초저녁, 별이 뜨기 시작한 이후 줄곧 하늘에서 시선
을 거두지 못하고 있었다. 은하의 계곡이란 이름이 생겨난 이
유를 설명이라도 하듯 계곡 위의 밤하늘은 별을 쏟아붓고 있
었다.

"아름다운 곳이에요."

석청의 입에서 다시금 감탄사가 흘러나왔다. 파소는 말은

없었지만 석청과 마찬가지로 이 아름다운 은하의 계곡에 흠뻑 빠져 있었다.

"오늘 밤은 잠을 이루지 못할 것 같아요."

파소의 대답이 없자 석청이 다시 입을 열었다.

"하지만 자두는 게 좋을 거예요. 내일부터는 좀 더 빠르게 이동할 예정이니까요."

"은하의 계곡을 벗어나면 어디로 가게 되죠?"

"일단은 계명원으로 가야겠지요."

"사촌 말인가요?"

석청이 되묻자 파소가 고개를 끄덕였다. 무천향의 사람들에겐 계명원으로, 사막에서 살아가는 일반 사람들에겐 사촌으로 불리는 작은 마을은 은하의 계곡과 가장 근접해 있는 마을이었다.

"혹 의심하지 않을까요?"

"계명원은 오래전부터 사막을 횡단하는 대상들이 빠짐없이 들르는 마을이라고 했지요. 아마 우리가 들르지 않고 지나치면 오히려 의심하는 사람이 나올 거예요."

"흠, 그럴까요?"

"그래서 애초부터 식량도 계명원까지 소용될 정도만 준비해 나왔어요. 어차피 계명원에서 다시 식량과 물을 준비해야 하니까요."

"계명원을 떠나면 어디로 가게 되죠?"

석청의 물음에 파소가 미소를 지으며 석청을 바라봤다.

“아마도… 가족들을 보게 될지도 모르겠어요.”

순간 석청의 눈이 크게 떠졌다. 그녀의 시선이 밤하늘에서 멀어지더니 파소에게로 향했다.

“그럼…….”

“일단 심양으로 가야 할 것 같아요. 물론 모두는 아니지만 우린 심양으로 가게 될 거예요.”

“정말이죠?”

“정말이에요.”

파소가 고개를 끄덕이자 석청이 환한 얼굴로 기뻐하다가 불현듯 얼굴을 굳히며 물었다.

“설마 세가에 무슨 일이라도 있는 건가요? 혹, 그들이 다시 모용세가를 노리는 건가요?”

검산의 배신자들을 추격해 나온 천추군이었다. 아무 이유 없이 심양으로 길을 잡을 리 없었다.

“전대 소천께서 송림에서 변을 당하셨을 때 잡아들였던 세 사람이 있잖아요?”

“무극동천에서 수련 중이던 그 세 사람이요?”

“그래요. 그 세 사람에게 사사의 명이 내려져 무천향 밖으로 나갔을 때 일단의 인물들이 그들을 구하기 위해 나타났었지요.”

“그건 이미 모두 알고 있는 사실이잖아요.”

“하지만 사람들이 모르는 사실이 하나 있어요.”

“그게 뭐죠?”

석청이 눈빛을 빛내며 파소에게 바싹 다가앉았다.

"당시 백혼을 비롯한 복면 괴인들이 나타났을 때 향주께서 그들의 뒤에 그림자를 붙였다는 사실이지요."

"그림자라뇨?"

"정혼십팔객 중 두 분이 그들을 추격했다는 거예요."

파소의 말에 석청이 놀란 얼굴로 되물었다.

"설마 향주께서 누군가 그 삼 인을 구하기 위해 나타날 거란 걸 예상하고 계셨단 말인가요?"

"나중에 여쭤보니 확신은 하지 않았지만 가능성은 충분하다고 생각하셨다고 하더군요. 해서 그들을 추격하면 향 밖에서 활동하는 자들의 단서를 잡을 수 있을 거라 판단하시고 정혼십팔객 중 추격술이 뛰어난 두 사람으로 하여금 그들을 기다리고 있게 하셨던 거지요. 결국 그들이 나타났고 향주께선 그들의 꼬리를 잡으셨지요."

"그들이 심양 모용세가 근처로 이동했다는 거군요."

"심양은 아니에요. 하지만 심양과 닷새 거리에 있는 서쪽의 작은 마을이라고 하더군요. 마을의 호수가 겨우 이십여 채에 지나지 않는다니, 어쩌면 마을 전체가 한통속일 수도 있겠지요. 아닐 수도 있지만… 어쨌든 그 마을 사람들은 대부분 산에서 약재를 캐거나 혹은 사냥을 해서 그 가죽을 심양에 내다 팔며 생활한다고 하더군요."

"심양 서쪽으로는 대부분 농사를 짓는데……."

"그래서 더 이상하다는 거지요. 근방의 사람들에게 얻은 정보로는 마을이 생긴 것이 채 이십 년이 넘지 않았다고 해요."

"정말 의심스런 곳이군요. 하면 일단 그곳을 조사하기로 한 건가요?"

"일단은 천추군을 몇 개의 조직으로 나눠야 할 거 같아요."

"흩어진다는 말인가요?"

"그게 좋을 것 같다는 의견이에요. 사막에서야 대상으로 위장한 채 이동할 수 있다지만 일단 사막을 벗어나 백 명이나 되는 인원이 한 번에 움직이면 아무래도 사람들의 관심을 끌 수밖에 없으니까요. 그래서 그중 일부는 방금 말한 그 마을을 조사하고 다른 한쪽은 고승 대협의 추격술을 앞세워 검산을 벗어난 자들을 직접 추격하게 될 거예요."

"검산을 벗어난 자들이 그 마을로 향한 것은 아닌 모양이군요."

석청의 말에 파소가 고개를 끄덕였다.

"아무래도 수백 명의 사람이 한 번에 정착하기엔 너무 작은 마을이니까요. 그들은 아마도 은밀한 곳에 새로운 정착지를 만들었을 거예요. 본래 사람이란 살아온 방식을 한번에 바꾸기 어려운 법이지요. 무천향에서 세상과 고립되어 살아온 검산 사람들이 단번에 세상 속에 섞여들기는 무리일 거예요. 한 곳에 정착해 차차 세상과 섞여들면서 힘을 키워가겠지요."

"강호의 문파를 공격해 점령하지는 않을까요?"

"그 문제도 생각해 봤지만 현재로선 가능성이 많지 않다는 게 종성 어른들의 판단이세요. 세를 키우자면 그게 가장 확실

한 방법이지만 혹여라도 있을 이쪽의 추격에 대비한다면 함부
로 타 문파를 공격하지는 않을 거란 거지요. 천하 어느 곳에서
라도 강호의 문파가 공격당하면 금세 소문이 퍼지는 법이니까
요.”

　“흠, 그렇다면 당장은 그들이 큰 세력을 일구는 걸 걱정할
필요는 없겠네요.”

　“하지만 안심할 수는 없지요. 무천향의 무인이 어떤 존재인
지 잘 알잖아요.”

　파소의 말에 석청이 한숨을 내쉬며 고개를 끄덕였다.

　“휴, 맞아요. 그들 중 고수 한두 사람만 나서도 웬만한 문파
는 하루아침에 주인이 바뀔 테니까요. 후후, 어쨌든 심양으로
간단 말이죠?”

　석청이 득의한 미소를 지으며 물었다.

　“그래요. 하지만 너무 기대는 말아요. 아마 먼발치에서 동
호문의 식구들을 보는 것 정도일 거예요. 지금은 무천향이 강
호에 드러나선 안 될 때니까요. 물론 우리도 그렇고요.”

　“당장은 그것으로도 만족해요. 아, 모두 빨리 보고 싶어요.”

　석청이 아련한 표정으로 말했다. 파소 역시 과거 그가 잠시
머물렀던 모용세가에 대한 기억들을 떠올렸다. 그리고 한 사
람, 그의 인생에서 유일한 친구였다고 말할 수 있는 우루의 얼
굴이 은하의 계곡 하늘 위에 그려졌다.


　파소를 비롯한 일백 명의 무천향 천추군 고수들은 은하의

계곡에서 야영했던 그날 이후 쉬지 않고 이동해 계명촌에 들었다. 사막을 여행하는 사람들에게 사촌으로 불리는 계명촌의 사람들은 누구도 파소 일행에 대해 의심을 품지 않았다. 대신 오랜만에 큰 상단이 찾아들었다며 한몫 잡기 위해 분주히 천추군 주변을 서성거릴 뿐이었다.

천추군은 계명촌에서 삼 일을 머물렀다. 대략 그 정도 시간이 사막을 횡단하는 대상들이 계명촌에서 휴식을 취하며 또 다른 여행을 준비하는 시간이었기 때문이다.

파소와 천추군은 철저하게 대상들의 움직임과 동일한 행보를 취했다. 그 때문에 그들이 계명촌을 떠날 때까지 계명촌의 그 누구도 파소 일행의 정체를 의심한 사람은 없었다.

그렇게 삼 일을 계명촌에서 보낸 천추군은 다시 동쪽을 향해 사막 속으로 사라졌다.

*　　　*　　　*

삼십대 초반의 굴강한 사내가 천천히 방책 안으로 들어섰다. 차가운 바람이 사내의 헝클어진 머리칼을 휘날렸다. 오랜 외지 생활로 인해 구리 빛으로 변한 사내의 얼굴이 그를 더욱 강해 보이게 만들었다. 그리고 그의 뒤를 따라 세 명의 중년 사내가 함께 방책 안으로 들어섰다.

"각주! 이제 오십니까?"

사내가 방책 안으로 들어서자 방책 안에 있던 청색 무복의 사내가 허리를 숙여 보였다.

"아무 일 없지요?"

방책 안으로 들어서던 사내가 인사를 건네는 청색 무복의 사내에게 물었다. 나이는 청색 무복의 사내가 십여 세 정도 많아 보였지만 방책 안으로 들어선 사내는 스스럼없이 청색 무복 사내에게 말을 건네고 있었다.

"별일 없었습니다. 그런데 가셨던 일은……?"

청색무복사내의 질문에 각주라 불린 사내가 살짝 얼굴을 찌푸렸다.

"괴이하더군요."

"역시 모두 몰살입니까?"

청색무복사내의 물음에 각주라 불린 사내가 고개를 끄덕였다.

"독한 자들이군요. 한 번 습격을 하면 반드시 한 마을을 몰살시키니… 강아지 한 마리 남기지 않고 말입니다."

"더 문제는 놈들의 꼬리가 전혀 잡히지 않고 있다는 것이지요."

"역시 아무 단서도 발견하지 못했군요."

"좀 기다려 보지요. 풍청에서 나섰으니 곧 단서를 찾아내겠지요."

"드디어 풍청이!"

청색 무복의 사내가 반색을 했다.

"지난 수개월간 이 괴산 주변에서 세가의 보호하에 있던 마

을 다섯 개가 절멸했고, 흉수들에 대한 조사가 제대로 이루어
지지 않았으니, 세가로서도 더 이상 우리에게만 맡길 수 없다
고 생각한 모양이지요. 쩝, 덕분에 우리 무청 삼각의 신세가 처
량하게 되었지만 말입니다.”

사내가 뭔가 못마땅한 듯 입맛을 다셨다.

“이 일은 워낙 괴이하니 본 각의 책임이라고 하긴 어렵지
요.”

“그렇긴 하지만 본 각에 일이 맡겨진 게 벌써 여러 달쨌데
어떤 단서도 잡지 못했으니. 더욱이 그사이 몇 개의 마을이 더
사라졌고 말입니다. 더군다나 영웅대 두 개 각을 대동하고 나
왔는데… 제길, 아마 세가로 돌아가면 좋은 소리는 듣지 못할
겁니다.”

사내가 입맛을 다셨다. 사내의 얼굴에선 감추려 해도 감춰
지지 않는 강렬한 투기가 물씬 풍겼다. 그때 사내를 따라 방책
으로 들어섰던 삼 인의 중년인 중 한 명이 입을 열었다.

“각주, 너무 걱정하지 마시구려. 아직 승부는 끝나지 않았소
이다. 풍청 삼각에서 놈들을 발견하기만 하면 그때 제대로 빚
을 갚아주면 되는 것 아니겠소이까?”

사내는 얼핏 보기에 중년의 나이였으나 자세히 보면 귀밑머
리가 하얗게 세어 초로에 접어든 나이임이 분명했다. 그리고
그의 허리춤에는 철궁 하나가 매달려 있었다.

“그렇긴 하지만 세가의 말 많은 노인네들 잔소리가 듣기 싫
어서 말입니다.”

“허허, 이제 익숙해질 때도 되지 않았소이까?”

“제가 통 익숙해지지 않는 게 두 가지 있습니다.”

“호? 그게 뭐요?”

“하나는 세가 늙은이들의 잔소리고, 다른 하나는 그들이 죽었다는 걸 인정하는 것이죠.”

사내의 말에 철궁을 찬 초로의 노인이 흠칫 얼굴을 굳혔다. 그리곤 한동안 말이 없다가 음울한 음성으로 입을 열었다.

“나도 벌써 십 년이 넘었지만 파소 그 친구가 아직도 옆에 있는 것 같소이다. 하, 운명이란 참으로 이상하지. 죽겠다고 뒤에 남은 나는 살아남았고, 오히려 살고자 사막으로 들어간 사람들은 대부분 죽었으니…….”

초로의 노인이 아스라한 표정으로 방책 너머 보이는 서쪽 초원을 바라봤다. 깊은 회한이 느껴지는 표정. 그의 곁에 젊은 쪽 사내가 나란히 섰다.

“살아 있을 겁니다.”

하지만 자신없는 목소리였다. 그렇지만 그 말에 늙은 쪽도 고개를 끄덕였다.

“그래, 살아있을 게요. 파소, 그 아이는 그렇게 단명할 상이 아니었거든. 뭔가 기이한 기운을 가진 아이였지. 더군다나 두 사람의 시신이 발견되지 않았으니 분명 어딘가 살아 있을 거요.”

노인의 말에 젊은 사내가 서쪽 초원을 노려보며 나직이 중얼거렸다.

"찾을 겁니다. 살아 있지 않다면 시체라도……. 그게 이 두 우루가 십 년이 넘는 세월 동안 이 변방에 나와 있는 이유지요."

모용세가 서쪽 변경은 요하 상류의 대흑산(大黑山)이 중심이다. 대흑산을 중심으로 서북쪽으로는 북삼룡의 세력권이었다. 그 대흑산에서 보통 사람의 걸음으로 오 일 거리를 더 전진하면 조산이 나온다. 엄밀히 따지만 조산은 북삼룡의 세력권 안에 있는 작은 산이었다. 그러나 이 조산을 차지하고 있는 곳은 모용세가였다.

십이 년 전 북삼룡과의 치열한 싸움 이후 조산은 모용세가의 차지가 되었다. 북삼룡에서도 자신들의 도발로 일어난 싸움을 끝내기 위해선 약간의 양보가 필요하다는 걸 알고 있었고, 그 양보 중 하나가 북삼룡 세력권에 들어 있는 조산의 양보였다.

그러나 조산이 비록 모용세가의 차지가 되었지만 모용세가는 대흑산에 있는 서쪽 변경의 중심을 조산으로 이동시키지 않았다. 지형적인 면에서 볼 때 조산보다는 대흑산이 전략상 중요한 요충지였을 뿐 아니라 대흑산 주변은 모용세가의 세력권이라 물품을 조달하기 쉬웠고, 대흑산의 크기와 산세가 워낙 엄중하고 험해서 적의 침입을 막기엔 조산보다 훨씬 유리했기 때문이다.

그리고 결정적으로 대흑산은 요하를 타고 모용세가의 본가가 있는 심양으로 이동하기가 수월했다.

그래서 모용세가는 여전히 대흑산을 서쪽 경계로 생각하고 있었다. 그렇다고 애써 얻은 조산을 포기할 수는 없는 일. 또한 조산은 조산 나름대로 전략적 가치가 있었기 때문에 평소에는 용호대 일 개 각, 열 명의 인원을 내보내 북삼룡과 서쪽으로 펼쳐진 사막의 동정을 살피는 일을 맡겨놓고 있었다.

그런 조산에 우루가 이끄는 무청 삼각의 고수들과 용호대 일 개 각이 더 파견된 것은 최근 조산 근처에서 일어나고 있는 심상치 않은 사건들 때문이었다.

비록 조산이 북삼룡의 세력권 안에 위치해 있다고는 해도 조산 인근의 마을들은 조산에 나와 있는 모용세가 고수들의 세력하에 있었다. 조산 인근이 북삼룡의 세력권이라고는 해도 북삼룡의 고수들이 조산 근방에 나타나는 일은 극히 드물었다.

그건 물론 조산이 모용세가의 관할하에 있기 때문이기도 했지만 북삼룡의 본거지에서 조산까지의 거리가 지나치게 멀기 때문이기도 했다. 다시 말해 조산 인근이 북삼룡의 세력권이라는 것은 거의 명목적인 구분에 지나지 않는 것이었다.

그런 상황에서 서쪽 사막과 초원을 접하고 있는 조산 인근 마을의 사람들은 당연히 조산에 나와 있는 모용세가의 고수들을 의지할 수밖에 없었다.

조산 서쪽으로 펼쳐진 광활한 초지와 사막에는 적지 않은 마적 떼들이 활동하고 있어서 조산 인근의 작은 마을들은 수시로 마적들의 약탈에 시달려 왔다. 그러니 모용세가와 같은 강호의 명문대파가 조산에 자리를 잡고 있는 것은 주변 마을 사람들에겐 하늘에서 떨어진 행운이라고 해도 과언이 아니었다.

덕분에 조산에 나와 있는 모용세가의 고수들과 조산 인근 마을 사람들은 지난 십여 년 동안 끈끈한 관계를 유지하고 있었다. 특히 모용세가의 고수들이 조산에서 활동하며 소비하는 물품은 거의 조산 인근에서 자체 조달할 수 있을 정도로 많은 재물을 지원받고 있었다.

그런데 최근 들어 그 조산에 심상치 않은 일들이 벌어지기 시작했다. 사건의 시작은 사 개월 전 조산에서 서북쪽으로 삼 일 거리에 있는 산골 마을 하덕촌이 한순간에 절멸한 것이었다.

얼마나 철저히 파괴되었는지, 하덕촌에서 생존한 사람은 단 한 명도 없었다. 어른 아이 할 것 없이, 아니, 기르던 가축까지 생명이라곤 완전히 사라져 버린 하덕촌의 참극이 조산 모용세가의 고수들에게 전해진 것은 하덕촌에 변괴가 생긴 지 꽤 오랜 후의 일이었다.

당연히 조산에 나와 있는 모용세가의 고수들이 조사를 시작했다. 그러나 너무도 철저히 파괴된 하덕촌에서 흉수에 대한 단서를 찾아내는 것은 거의 불가능했다.

흉수들은 살아 있는 모든 생명을 죽이면서도 자신들에 대한 어떤 단서도 남겨놓지 않았다. 당시 조사를 나갔던 용호대 구각의 각주 법연의 말에 따르면, 마치 바람이 몰려와 하덕촌의 생명들을 죽이고 물러간 것 같다고 할 정도로 흉수들은 자신들의 흔적을 남기지 않았던 것이다.

그런데 하덕촌 사건이 미궁에 빠지고 조산 인근 마을이 공포에 떨며 조산에 나와 있는 모용세가 고수들만 바라보고 있는 사이 놀랍게도 같은 사건이 다시 일어났다.

이번엔 조산 남쪽 삼 일 거리의 무령촌이었다. 역시 같은 형태의 괴사, 살아 있는 생명은 없었고, 흉수의 흔적 또한 없었다. 조산에 나와 있는 모용세가 용호대 구각의 각주 법연은 서둘러 대흑산에 사람을 보냈고, 대흑산에선 일이 심상치 않음을 깨닫고 심양의 본가에 일의 전말을 전했다.

사건은 당연히 모용세가 수뇌부의 비상한 관심을 끌었다. 일단 사건의 괴이함이 근래 근방에서 일어난 어떤 사건보다도 특별했고, 또 사건이 일어난 곳이 비록 변방이라 할지라도 모용세가의 관할하에 있던 마을이라는 것이 모용세가 수뇌부로 하여금 사건을 무겁게 생각하게 만들었다.

그래서 파견된 것이 모용세가 최고의 무력 조직이라는 무청의 삼각이었다. 세가의 수뇌들은 거기에 더해 용호대 일각을 더 파견해 지금 조산에는 삼십 명의 모용세가 고수들이 머물러 있었다.

그 무청 삼각의 각주가 바로 우루, 파소의 유일한 친구였던 북마가의 두우루였다.

지난 십이 년 동안 우루 역시 파소와 마찬가지로 치기 어린 젊은 청년에서 삼십대를 넘어선 강호 대협으로 성장해 있었다. 본시 북마가의 적손으로서 나이 삼십이 넘으면 당연히 모용세가에서의 직책을 벗어나 북마가의 소가주로서 가문을 이어받을 준비를 해야 했지만 우루는 삼십이 넘어서도 북마가로 돌아가지 않았다.

북마가의 가주 두천상이 몇 번이고 두우루를 불렀지만 두우루는 모용세가의 서쪽 변경만을 떠돌며 계속해서 무청의 무사로서 살아가고 있었다. 그러는 사이 우루의 지위와 명성도 높아져 이젠 무청에서도 최고의 고수 집단이 불리는 삼각의 각주가 되어 있었고, 다시 말하면 우루는 북마가의 소가주란 명칭 대신 무청 삼각주라는 호칭이 더 익숙한 사람이 되어 있었던 것이다.

그런데 무청 최고의 조직이라는 삼각이 투입되었음에도 불구하고 조산 인근에서 벌어진 괴사는 여전히 해결의 실마리를 찾지 못했다. 오히려 그사이 다시 세 개의 마을이 절멸되는 참상이 일어났다.

이쯤 되자 모용세가에서도 이 일이 결코 단순히 마적이나 도적 떼들에 의해 일어나는 일이 아니라는 것을 깨달았다. 어쩌면 세가에 치명적이 위험이 될지도 모르는 자들의 소행일 수 있다는 위기감이 모용세가의 수뇌부들을 불안하게 만들었다. 더군다나 그들에겐 여전히 십이 년 전 모용세가를 덮쳤던 그 혈풍의 기억이 생생하게 남아 있었다.

급기야 모용세가주 모용중광은 세가 최고의 추격술을 가진

풍청의 고수들을 동원했다. 풍청 삼각을 조산으로 급파한 것
이다. 그렇게 급파된 풍청 삼각의 고수들이 조산 인근에서 벌
어진 이 해괴한 사건을 조사하기 시작했다.


　모용세가 풍청의 고수들은 뛰어난 무공에 풍부한 강호 경
험, 그리고 언제라도 침착함을 잃지 않는 깊은 심기를 지닌 고
수들로 구성된다. 풍청의 인원은 모두 서른 명. 그중 열 명씩
을 한 각으로 세 개의 각이 존재하는데, 풍청 삼각의 각주를
맡으려면 뛰어난 무공은 물론이고, 그 배경 또한 튼튼해야 했
다.
　풍청의 경우 세가의 비밀스런 일들까지 속속들이 알고 있기
때문에 철저한 기밀 유지가 필요했고, 자신의 목에 칼이 들어
와도 세가를 위해 입을 열지 않을 만한 충성심이 요구되는 조
직이었다. 때문에 풍청 고수들을 선발할 때는 능력에 더해 그
출신을 중요시할 수밖에 없었다.
　그런데 그런 풍청에서 각주를 맡고 있는 세 명의 인물 중 삼
각을 맡고 있는 중년 고수는 그 출신의 벽을 뛰어넘은 인물로
유명했다. 그는 모용세가의 핏줄을 이어받거나 혹은 오대외가
의 적통은 아니었지만 모용세가의 수뇌부로부터 완벽한 신뢰
를 받고 있었다.
　그렇다고 그가 모용세가의 수뇌들에게 아부를 떨거나 타고
난 친화력으로 그들의 마음을 얻은 것은 아니었다. 오히려 그
는 무뚝뚝한 성정에 어찌 보면 도전적이라 보일 만큼 독선적

이 태도로 모용세가의 수뇌부를 대했다.

그럼에도 불구하고 하극상에 가까운 모습을 보이는 그가 풍청 삼각주가 된 것은 그의 탁월한 능력에 더해 그가 지켜낸 한 사람 때문이었다.

십이 년 전 그는 북삼룡 중 한 곳인 곤산 묵철가로 비밀리에 파견된 모용세가 고수들 중 하나였다. 지금도 모용세가에선 북삼룡의 권역을 수개월간 누비고 다녔던 당시 풍청 사각의 고수들에 대한 이야기가 전설처럼 떠돌고 있었다. 그 대단했던 당시의 곤산행에서 살아남은 고수는 겨우 셋. 이번 조산 괴사의 조사를 위해 투입된 풍청 삼각의 각주는 당시 생존자 삼 인 중 한 명이었다.

그는 당시 전율적인 무공을 지닌 괴인의 공격으로부터 세가의 파견 고수들이 거의 몰살을 당한 상태에서 사경에 빠진 모용세가 최고의 고수 모용굉을 데리고 천우신조로 세가에 복귀했었다.

그리고 그 하나의 사건으로 인해 그는 모용세가의 수뇌부로부터 절대적인 신뢰를 받는 인물이 되었다. 그리고 시간이 흘러 그의 무공이 세가에서도 이십 위 안에 꼽힐 정도가 되었다는 소문이 돌 무렵, 그는 풍청 삼각의 각주가 되었다.

혹자는 그의 무공이 비약적으로 발전한 것은 그가 목숨을 구해준 모용세가 최고의 고수인 모용굉의 지도가 있었기 때문이라고 말하기도 했지만, 그를 잘 아는 사람들은 그가 누군가의 도움이 없어도 결국은 강호에 대명을 날릴 무공을 완성했을 거라 말하기도 했다. 왜냐하면 그는 그를 아는 사람들이 볼 때 천하에게 가장 독한 인물이었기 때문이다.

그 모용세가 풍청 삼각의 각주가 무릎을 꿇고 자신의 발끝 아래 떨어진 작은 구슬을 바라보고 있었다. 잘 익은 앵두처럼 붉은빛이 감도는 구슬, 인적이 드문 가난한 산골마을엔 어울리지 않는 구슬이었다.

"각주, 무슨 단서라도……?"

사방에 흩어져 멸절된 산골 마을을 샅샅이 뒤지고 있던 풍청 삼각의 고수 중 한 명이 풍청 삼각주에게 다가서며 물었다. 그러자 풍청 삼각의 각주가 마른 듯한 훤칠한 신형을 일으키며 질문을 던진 풍청의 고수에게 손을 내밀었다. 그의 손에는 그가 방금 전 발견한 피처럼 붉은 구슬이 들려 있었다.

"이건……?"

"무엇 같은가?"

풍청 삼각주의 입에서 건조한 음성이 흘러나왔다, 죽은 자의 목소리 같은…….

"구슬 아닙니까?"

"좀 더 자세히 보게."

풍청 삼각주는 아예 구슬을 수하에게 넘겨줬다. 그러자 구슬을 넘겨받은 풍청의 고수가 붉은 구슬을 들어 요모조모 살피기 시작했다.

"구슬의 가운데 구멍이 뚫려 있다는 것은 같은 모양의 구슬을 꿰어 목걸이 비슷한 걸 만들었단 의미군요. 아니면 팔찌던지……."

"그 구슬의 크기로 짐작하면 한 가지 물건이 연상되지."

여전히 무뚝뚝한 풍청 삼각주의 목소리. 그러자 풍청의 고수가 고개를 갸웃거리고 손으로 구슬을 여러 개 이어 붙인 모양을 만들어보더니 확신이 없는 표정으로 말했다.

"마치 염주 같군요."

"맞았어!"

"하지만 붉은 구슬로 만든 염주라니… 이상하지 않습니까?"

"보통 중들이 아닌 거지."

"보통 중들이 아니라면……?"

"이런 구슬로 만든 염주를 쓰는 자들은 한 종류의 중들밖에 없어."

"그들이 누굽니까?"

풍청 고수의 눈이 번쩍였다.

"홍교의 라마들!"

"홍교라시면……?"

"서역삼대기문 중 하나인 황교가 라마교를 장악하기 전 라마교를 이끌었던 자들이지. 지금은 어둠속에 숨어서 재기를 노리고 있고."

"설마 그들이 이 동무림에 발을 들인 것일까요?"

"모르지. 지금부터 그걸 조사해야 할 거야. 추홀!"

풍청 삼각의 각주가 누군가를 불렀다. 그러자 어둑해진 숲 저쪽에서 한 사람이 바람처럼 다가왔다.

“불렀수, 각주?”

풍청 삼각주와 비슷한 나이의 사내, 작은 키에 들개처럼 빠른 발을 가진 자였다.

“흔적은?”

“흐흐, 천하에 이 추흘의 눈을 속일 자들은 많지 않지요.”

“좋아, 추격한다.”

“우리끼리 말입니까?”

“왜? 겁나나?”

“제길, 누가 겁난다고 했수? 좋습니다. 한번 가봅시다.”

추흘이란 불린 사내가 어깨를 한 번 으쓱거리더니 훌쩍 몸을 날려 그가 달려나왔던 숲으로 다시 달려가기 시작했다. 그러자 풍청 삼각주를 선두로 아홉 명의 풍청 삼각 고수들이 일제히 추흘의 뒤를 따르기 시작했다.


어둠 속에서 파소와 석청은 산골 마을을 벗어나는 풍청 삼각의 고수들을 지켜보고 있었다. 두 눈에서 반가움과 회한의 빛이 엉켜 나오고 있었다.

“분명 송 대협이시죠?”

석청이 물었다. 그러자 파소가 무겁게 고개를 끄덕이며 대답했다.

“맞아요. 송 형님이에요. 늙으셨군요.”

“모용세가를 떠나지 않으셨나 보군요.”

“그런가 봐요. 하긴 두 누이의 복수를 하기 전엔 떠날 사람
이 아니죠. 그런데 대단하군요. 풍청 삼각의 각주라니… 후후,
출세하셨군요.”
　파소가 깊은 눈빛으로 어둠 속으로 사라지는 모용세가 풍청
삼각주 송거련과 그의 동료들을 응시하고 있었다.




『무천향』 7권 끝

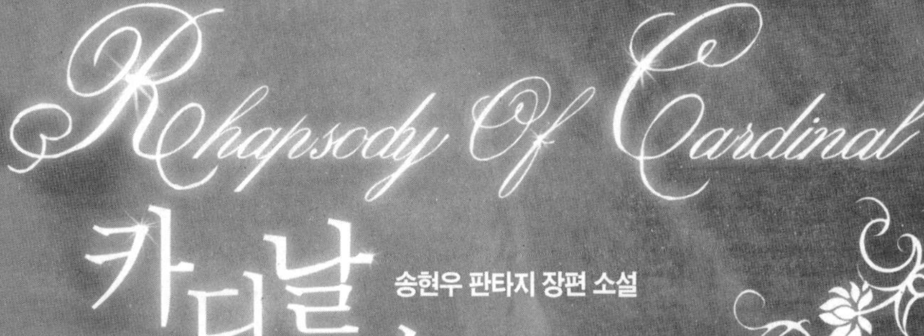


놀라운 경험(the enormous experience)!
He created a completely new world.
It is a place who have never known and where never been able to imagine.
This splendid world will introduce the enormous experience for the
person only who reads.
그 누구에게도 알려진 것이 없으며 상상조차 할 수 없었던 새로운 세계를
작가는 완벽하게 창조해내었다.
이 멋진 세계는 독자들만이 체험할 수 있는 놀라운 경험으로 인도할 것이다.

판타지는 허구다? 아니다. 판타지는 일상이다.
우리의 삶은 연속된 판타지의 연장선상에 놓여 있고,
상상은 우리의 일상을 더욱 살찌운다.
『카디날 랩소디(Rhapsody of Cardinal)』를 경험하는 독자들은
더욱 풍부한 일상 속에서 새로운 삶을 경험할 것이다.
멋진 만남! 흥미로운 경험! 이것이 『카디날 랩소디』가 가진 장점이며,
작가 송현우가 독자들에게 바라는 꿈이다.

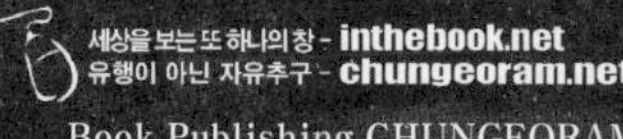

세상을 보는 또 하나의 창 - inthebook.net
유행이 아닌 자유추구 - chungeoram.net
Book Publishing CHUNGEORAM

# 共同傳人
# 공동전인

설경구 新무협 판타지 소설

## 마고를 재건하라.

혈마옥에 갇히며 마교 장로들의 공동전인이 된 사무진에게 주어진 과제.
역사상 가장 착한 마교의 교주.
하지만 역사상 가장 강한 마교의 교주가 되고 싶다.

## 고정관념을 버려요.
마교도라고 해서 꼭 나쁜 놈일 필요는 없잖아요.

## 지금까지와는 다른 마교.
이제 사무진이 만들어가는 새로운 마교가 모습을 드러낸다.

歡喜密功

# 환희밀공

설봉 新무협 판타지 소설

歡喜密功 환희 밀공 1
설봉 新무협 판타지 소설

歡喜密功 환희밀공 密功
1 치무(治務)

설봉 新무협 판타지 소설

무유칠덕(武有七德), 금폭(禁暴), 집병(戢兵), 보대(保大),
정공(定功), 안민(安民), 화중(和衆), 풍재(豊財), 자야(者也).
〈좌전(左傳), 선공 십이년(宣公 十二年)〉

무에는 일곱 가지 덕이 있다.
첫째, 난폭을 금지한다. 둘째, 무기를 거두어들인다. 셋째, 큰 나라를 보전한다.
넷째, 공적을 정한다. 다섯째, 백성을 편안하게 한다. 여섯째, 대중을 화합하게 한다.
일곱째, 물자를 풍부하게 한다.

섬서성(陝西省) 육반산(六盤山)에 신력(神力)을 바탕으로
패공(覇功)을 구사하는 가문(家門), 육반루가(六盤婁家).
세상에게 외면받고 멸시당하는 환희교(歡喜教).
육반루가의 후손과 환희교 교주의 운명적인 만남.

"넌 환희교를 지키는 수문장(守門將)이 될 거야.
강하게, 아주 강하게 키워주마."
'아버지처럼 죽지 않을 거야. 아무도 날 죽일 수 없어.
세상에서 최고로 강한 사람이 될 거야.'